35

林行止作品集粹

當年2017

林行止

著

www.cosmosbooks.com.hk

書　名　當年2017

作　者　林行止

編　校　駱友梅

封面設計　郭志民

出　版　天地圖書有限公司
　　　　香港皇后大道東109-115號
　　　　智群商業中心15字樓（總寫字樓）
　　　　電話：2528 3671　傳真：2865 2609

　　　　香港灣仔莊士敦道30號地庫／1樓（門市部）
　　　　電話：2865 0708　傳真：2861 1541

印　刷　亨泰印刷有限公司
　　　　柴灣利眾街德景工業大廈10字樓
　　　　電話：2896 3687　傳真：2558 1902

發　行　香港聯合書刊物流有限公司
　　　　香港新界大埔汀麗路36號中華商務印刷大廈3字樓
　　　　電話：2150 2100　傳真：2407 3062

出版日期　2018年12月／初版

目錄

林行止作品

當
2017
年

林行止作品

節日歡樂減壓　換湯換藥更生

一、

踏入2017年，維多利亞海港的煙花匯演，加插了二十多響海上鳴禮炮，煙火綻放20這個阿拉伯數字，寓意今夏香港回歸將滿二十年！

煙花當晚，獲邀到維園工展參加倒數的香港人近萬，包括一班大約只有十歲八歲的小孩子，他們的新年願望是社會和諧、忘記去年的「不好」、迎接新一年的好景……。一本正經，頭頭是道，端的是年「少」老成。

同樣是人頭攢動的蘭桂坊，熒幕上所見的年青人，對着鏡頭展笑容扮鬼臉，為友誼舉杯、為業績打氣、為婚嫁許願，甚至有人希望雙親更多關愛（「惜我多啲」〔愛我多一點〕），吐露充滿暖意的心事；他們或說粵語、或說英文，還有不少人說普通話，方言有別但是溢於言表的熱愛香港則一。他們有人陶陶然略帶酒意，口齒不算特別伶俐，可是，奔放的言談、開朗的笑容，帶

有快樂的感染力。

　　作為香港人，筆者看到人人歡暢開懷的大城小景亦覺心情特別好。回歸以來，香港被蛻變中的政治意識形態所「羈絆」，人們一窩蜂反對這樣那樣也好、大堆頭地擁護北京港府也罷，集體意識高揚，個人意志凝滯，除夕騰歡，別看輕那向雙親「討愛」的孩子氣「大唔透」（kidult），笑他稚氣未除、未夠老成、仰仗父母是傻氣話，卻是香港這些年甚少聽聞不折不扣的傻氣「人話」，是不虛不偽的「心聲」。

　　個人的「心聲」可以隨意表達、可以經常聽聞，那是香港人精神生活沒有「淪陷」的捷報。民陣主辦的元旦大遊行，主事人為參與人數比預期為少（而且是少很多）而向公眾鞠躬道歉，他沒說的是人均捐款一百五十五元，比去年七·一遊行的十八點六元多出很多倍，那是整體港人樂聞的喜訊。香港人因梁振英聲明不競選連任而面露笑意，心情輕鬆了！

　　和世界各大城市比較，剛成過去的耶誕和元旦，香港充滿和平和喜樂，那不僅僅是因為不孚人望的梁振英棄選不連任，更根本的原因是除了受文化大革命的波及，香港一直是個崇尚安寧和平的城市，從來不以暴力爭取權益，執政者亦極少粗暴對付有所不滿的群眾；2014年底的噴霧器和催淚彈無法逼退靜坐示威者，下令或默許警方動粗的行政長官，成為回歸後第一位無法連任的地方長官，可見訴諸武力的打壓，不但港人不會

當
2
0
1
7
年

接受，授權來源的北京亦不肯認同！看看西歐各大城市如臨大敵地慶賀節日，紐約市為保時代廣場平安出動六十五部二十噸貨車（每部載十五噸泥沙）、百餘輛全副武裝的巡邏車、近萬警察和以百計反恐特種部隊……。港人多麼珍惜此刻享有的安樂與祥和！

二、

「CY下台」成真，港人放下心頭大石，這個假期過得舒心。從熒幕所見，港人的新年願望大致相同，全是社會和諧、化解戾氣、經濟向前等等，是大家所想，那與北京對香港的願景，並無二致。可是，如何達致港泰人安，卻未必如習近平主席的豪情壯語般「大家擼起袖子加油幹，我們就一定能夠走好我們這一代人的長征路」而能成功──香港行的是可以歸納為自由亦即有別於內地政府事無大小一把抓事事管的「一制」。過去四五年，香港真算蹉跎歲月，政經社、均無成，那倒退絕非港人不抖起袖子努力工作，而是梁振英試圖以內地硬邦邦的嚴厲態度管治香港，帶着晚娘使出的辣招，惹人反感、炮製離心，不認同是中國人身份者日眾，向有關當局申請「國籍變更」（放棄中國公民身份「有事」時才能獲外國領事保護）大增，這種變異，滋生了根本不可能實現的自決和獨立訴求，未必是受「外來勢力」所愚。

把香港引至危險邊緣的是民意受到漠視，其不恤民

情，以為有北京授權和此間北京權力代理人撐腰便可以驕橫行事，梁振英如今以比「腳痛請辭」更令人難以入信的理由求去，北京又豈能委任梁氏要員即有份參與策動梁氏治下作重大決策而又誓要貫徹梁氏治港路線的幹員要角當治港第一把手？不怕故「志」重施麼？

下屆行政長官必定不是梁振英，可是，新人可以勝任而不重蹈那不得民心甚至壞了北京名聲的覆轍嗎？現在人人要問的是，特區政府改過遷善——施政符合北京定下的「準則」（四大條件）而為大多數港人認同的機會有多大？

政務司司長Carrie Lam（林鄭月娥女士的洋名）是對梁振英不爭取連任反應最大、最公開的梁班子要角，她一聞「梁不留」，即改變任期屆滿便退休的決定，重新考慮參選行政長官，而「逐鹿」與否的前提是，可否延續梁振英的施政路線。林太此話一出，泛民當初競逐選委而高舉的ABC（Anyone But CY）大纛，繼續高高掛起、迎風不倒，「振英以外的任何人」轉作「林鄭以外任何人」（Anyone But Carrie〔ABC〕），一樣派上用場！

直認是梁振英的緊密合作夥伴，林太認為香港人對她的上司梁氏「不公道」，那些對人不對事的對梁氏的批評，是偏頗是不公的。不但如此，梁振英上京述職，香港人看到的報道，全是他接受中央領導人對其治港工作的連番肯定和讚賞，集「非」成「是」的場面，一個

連一個，讓港人疑幻疑真，奇怪北京「今上」與有切身體會（說切膚之痛更恰可）的南隅港民，二者對梁振英的功過，竟有雲壤之別、南轅北轍的評價！

（下屆行政長官的人選·二之一）

（2017年1月3日）

失誤不能失覺　覆轍怎可重蹈

三、

對梁振英的不滿，不滿其為人者，實屬次之又次，不滿他治港施為，才是關鍵所在。梁氏當行政長官的個人條件不差，能言善道，攀得上「大夫無私交」的資質，所以上任之後，「官商勾結」和利益輸送之類的風評物議，顯然較其兩位前任為少；雖然有人嫌他冷漠、不夠親和，然而，冷面事公的嚴正，豈能說成是品格缺憾？

外交部長王毅對着鏡頭稱讚梁氏「年輕有為」，電視播送的那個場面，港人聽來便覺滑稽，一是那種上官大老爺與「微臣」的恭順惶恐，形成強烈的對比，封建時代的尊卑特色大大掩蓋了現代人比較舒徐自在的以禮相待和尊重。聽王部長讚梁氏為港事「傾注心血」，沒有太大反感，以梁氏治事之機心、更非不嚴謹不努力，但是外交部長「充份肯定」他的工作，便令港人感到極為牽強，以為王氏在唱「京腔粵劇」！值得一提的是，北京首度安排外長見地方官，清楚傳達「非國」的香港

當
2
0
1
7
年

特區，作為中國搞非正式外交的超然地位——香港在這方面的重要性，將隨特朗普上台後更為彰顯。下任行政長官要具有「玩」類似「國民外交」的才具，是必備條件之一！

斟酌京官對梁氏的評價，為的是要檢測人們是針對梁氏其人還是就事論事。總的來說，梁氏不是辦事不力，不是庸惰蠢鈍、不是貪官威討便宜……，可是，眼前擺着的現實是，治績實在低劣、治效有違港人所想，甚且應是未符北京期望。香港在其任內，方方面面都只見破敗，少有實際遑論實惠的建樹；港人對他的行事不果、居功諉過、言過其實，討厭非常；林鄭月娥司長卻說港人對梁氏不公道，顯然是梁班子可以把死的說成活的、扭曲真相的獨特「語言藝術」。惹人不快的不盡不實，是梁政府矯情之極的特色和作風，不但沒有為民紓困的作為，還把偏頗的主見無限上綱為民欲之所趨、民心之所向，急風驟雨般的政策源源推出，既不言悔、亦不認錯，使市民感到不良管治帶來的反效果，成為港人難以承受的生活壓力。

就以傾力「搶地」興建樓宇為例，梁氏說的「粒粒皆辛苦」，不無可信，可是，從來地小人稠的香港，並不是他上任後才有的問題；何以他全力策動的工作，結果卻是輪候公屋的時間反而更長，「辣招」出了再「加辣」，何以樓價反而節節飛升？為甚麼香港會出現百來呎的私樓（「劏房」式住宅）應市？居住空間縮至比蝸

居還袖珍，那是香港生活質素的恥辱！一個貪官損及貧黎，別人會罵他損人利己，梁班子辛辛苦苦搶地建屋，未見其利，先見其害，累己害人，港人連罵亦罵不出直截了當的所以然，怎不氣炸！其工作不能執中扼要，以致事事適得其反，市民遂因「梁不留」而輕鬆，因為希望地方管治能有個轉機，而非因為拔除一顆眼中釘而雀躍！

四、

　　國務院港澳辦主任王光亞重申中央對來屆行政長官需要具備四項條件：「愛國愛港、中央信任、有管治能力、港人擁護。」又說行政長官要準確貫徹落實《基本法》，同時要「全面、準確、客觀地向中央反映香港情況、提出工作意見」，其辦事施政，更要以「符合香港法律規定、符合香港情況的方法向市民解釋中央政策、落實中央決策……」。王主任說得清楚，而梁振英在京官眼中，顯然亦符合要求，那是從北京領導人高度評價其工作並眾口一詞說他之不爭取連任，皆因照顧家人。京官這種看法，和大多數港人的觀感背馳——大多數港人認為梁氏絕不合格，既乏管治能力，又不獲港人擁護，而且沒有準確向北京反映香港情況……。

　　顯而易見，港人比京官的看法有更具體的事實根據，茲從下列數例見之。

　　甲、按《基本法》規定，梁振英任內的關鍵工作

是落實雙普選，結果當局藉着強指「佔領運動」受別有用心的「外來勢力」影響，有顛覆性甚至有「港獨成份」，遂強詞奪理叫停循序走向雙普選的初衷。換一角度看，那等於是因管治無方、社會失序，令政改追隨不了《基本法》定下的政制發展規律。

乙、大量搶地建房，當然是彈丸之地人人求之不得的德政，可是，梁政府並無可行政策讓此「願景」成為事實。梁政府既無開山填海造地的魄力，又無有效規劃不同舊區離島的重建和開發能耐，更無說服北京削減甚至暫停「每天一百五十名新移民」舊例的勇氣；連向高爾夫球會草坪「搶地」的主張亦無疾而終。如此這般，只知與民爭地，為甚麼作為政府的責任不是致力造地而是絞盡腦汁與民爭地？為甚麼不是設法改善市民的居住環境而是撩動群眾的置業意欲。總而言之，梁振英感到委屈、埋首拚命的增建樓宇工作，絕對不是人們對他有偏見而罵他不濟，而是他發錯力，定錯政策方向。在「搶地」問題上，梁振英充份暴露了他的團隊遠離實事求是、求真務實的原則！

丙、全民退休保障是好事變壞事的「胡搞」，而貧窮線的制定則是「口惠而實不至」的「胡謅」。凡此種種，林鄭司長還說港人對她的「老闆」不公道？

包括主要骨幹為林鄭司長的梁班子，可有反躬自省，他們釐定的政策，可有造福港人？有關置業的「辣招」，內地大款漠然視之、不當一回事，卻把欲成為小

業主的港人整得半死不活……。幾年的亂搞,梁班子可有發覺香港原有的市場供求自動調節機能已被打個稀巴爛?元氣大傷?!過去小政府時代造就了不少工業家,世界豪富級的企業家和物業發展商;被北京賦予除軍事外交外全權管治香港的特區政府,卻令今日的香港經濟失去動力和生氣,人們因無所憧憬不謀自力更生而爭接濟、求福利,商界抓時機「脫苦海」的大有其人。苦果數之不盡、苦水吐之不完,但是梁振英路線仍獲北京充份嘉許,而林鄭月娥女士若得位便會繼續走這條路,這豈是港人願見的前景?

文明理性的社會,要正視現實,知過則改。港人不是因梁振英是「好人」或「壞人」而論定其功過,大家要檢討的是其惹人反感的政策並予修正。惟有這種自省能力和足以敦促其成為政策的機制,香港才會再度踏上成功之途。

下屆行政長官不管個人能力有多強、民望有多高,若在政策路線上不分是非、指鹿為馬甚至以梁為師,香港仍然「冇運行」!

(下屆行政長官的人選・二之二)

2017年1月4日

一帶揚威一路招忌
美俄宿敵化作姘頭

一、

　　今年令人眼前一亮甚至有點驚奇的國際新聞，相信是「死對頭」美國和俄羅斯關係「緩和」（detente），以這個冷戰時期常用詞形容兩個核彈大國的新關係，不一定恰當，但她們將比過去「親善」，甚至「合謀做世界」，卻有跡可尋，而看深一層，這是地緣政治催生的必然結果。

　　冷戰結束二十多年間，在美國政局大變特朗普勝選之前，美俄仍然互相提防，經濟上固然不曾合作，在安全事務上更無法達成區域性遑論世界性協約，所以如此，主要是受「中國因素」影響。在這期間，美國須要利用中國制衡俄羅斯，而俄羅斯為了重現昔日光芒，達致和美國在國際事務上平起平坐，與中國稱兄道弟會有積極效應。與此同時，中國已全方位崛起，無論經濟上、軍事上和社會上，都有長足進步。綜觀世界，其間各國窮亂居多，即使先富起來的西方大國，亦國國有本

難解的苦水經，比較之下，政治穩定經濟動力強勁的中國，顯出優勢，領導人於是信心滿滿（特別在2008年成功主辦「京奧」之後），認為世界兩極，應由中國和美國領風騷；以為由中美取代冷戰時期的美蘇地位，天經地義。俄羅斯雖然滿口核牙，但蘇聯變成俄羅斯後，經濟乏善足陳，且在國際間時受孤立，如此形勢，強化了中國自視足與同樣核牙閃閃的美國平分天下秋色。

可是，中、美平分天下成為世界「共主」的格局，具戰略上的不安。深知俄羅斯經濟困頓和以為美國已步入衰敗期，中國領導人滋生與美國分治天下的想法，是透過時常聽到中國領導人以「大國」自居；這種重現明清鎖國前中國自我中心、天下最強的「偉大構想」或「夢想」，體現於中國在南海填海造島「裝彈弓」（興建先進軍事設施以保障有關海域的「和平航運」）上。中國視這些島礁「自古以來」屬於中國，因此理直氣壯甚且義不容辭地填海建島築機場，但南海周邊諸國（包括菲律賓）不作此想，「大哥大」美國當然亦大不以為然！看這幾天來中美（和俄國）在區內調機遣艦，形容南海正風高浪急，一點亦不誇張。

二、

中國與俄羅斯的關係，表面看來，不能說是不密切，但細味兩國歷史，地緣政治的矛盾與衝突，令她們很難確立真正友好、更別說達致推心置腹的關係。俄羅

斯至今仍在侵佔自古以來屬於我國固有國土的三百多萬平方公里土地，看中國在南海的「基建」，俄羅斯不免憂心忡忡，因為難保有朝一日真正崛起的中國不會在愛國主義情緒鼓動下，要求甚至自行「取回」那片土地！

不過，俄羅斯的最大隱憂是，人口眾多的中國可能覬覦對「萬里無人」的西伯利亞。這種憂慮絕非杞人憂天，本世紀初二任俄羅斯國會副議長的自民黨領袖舒林諾夫斯基（V. Zhirinovsky）便多次表示中國的崛起對俄羅斯遠東地區（指西伯利亞）的安全性構成威脅；加上俄國後院那些「一帶一路」沿途國家經濟愈來愈受中國支配，相比之下，俄羅斯對鄰國（不少為前加盟共和國）的影響力相應萎縮。那當然不是野心勃勃、有意在國際舞台扮演重要角色、已幹了十七年「皇帝」的普京所願見。

從「務虛」的層面看，近代史中曾與俄國打得火熱的中國政治人物，無論是李鴻章、蔣介石還是毛澤東，不管當初雙方多麼的有誠意，達成令人擊節讚賞的「互惠」協議，但是到頭來，莫不以翻臉收場。清朝全權大臣李鴻章與沙皇簽訂《中俄密約》，以為雙方可以和平共處、互惠互利，哪知轉眼間，滿洲便為俄國侵佔，成為比俄國本土更繁榮興旺的「黃色俄羅斯」（Yellow Russia）……。中俄歷史上只有權宜之交，無法建成永久同盟，如今兩國表面和好如初，可是這種關係經不起考驗。

　　奧巴馬政府於2011年提出「重返亞洲」（Pivot Asia），那是權衡利害後，美國有計劃地從中東中亞「抽身」，一來是能源策略有變，美國決定逐漸減少對該區石油的依賴，致力開發替代能源，同時大事國內瀝沙鑽岩的採油，求變的根本原因是中東油產快將見頂……。策略令與該區有地緣優勢的俄羅斯佔盡便宜，於該國在土耳其、敍利亞等地的影響力坐大而美國的角色卻相對褪色可見。這形勢將於今後更為彰顯。從種種跡象看來，美俄「分治」世界的格局漸漸成形，俄國的主場在中東中亞，美國則在遠東！

三、

　　行將離任的奧巴馬總統，突於去月底頒下行政命令，驅逐三十五名駐美俄國使館外交官離境（他們與家眷一共近百人於元旦日抵達莫斯科），被逐原因是「網絡干擾2016年大選」，令特朗普大冷勝出的一個原因。不認為選情受外人干擾的特朗普馬上指出，他上場後會馬上取消這個行政命令，而「俄酋」普京的回應是暫不採取報復行動，待特朗普就任後才作決定。如果特朗普迎回那批外交官，等於美俄修好有個好的開始！

　　筆者認為這齣外交鬧劇是兩位美國總統「唱雙簧」、「扯貓尾」。奧巴馬的決定必然成為特朗普向普京示好的戲碼，而他們的做法完全合乎邏輯——奧巴馬聽信情報局的報告，認為民主黨敗選是俄人從中作梗；

特朗普則反是。在這種情況下,上演一齣「逐、迎俄羅斯外交人員」的外交戲,不是很精彩且有利美俄修好嗎?

　　美俄關係是否真的「緩和」以至會否聯手拒中?也許要追看1月20日特朗普宣誓就職後的發展。不過,有一點足以預示兩國關係的政治表態,就是俄羅斯會否成為特朗普第一次外訪的國家。如果真的如此,便是意味美國外交政策將有大變,那會扭轉1972年國務卿基辛格定下拉攏中國的國策。如此一來,世界秩序便沒有可能不大變,此時保留香港作為外交人員非正式折衝尊俎「摸底」之地,大有必要!

2017年1月5日

好人好事未圓滿
奉公堂正始為功

一、

在西九文化區興建「香港故宮文化博物館」，原是一樁誰都只會叫好的美事，可是，由於相關官員不按成規辦事，從倡議、選址、建造費用到禮聘負責設計的建築師，全程秘而不宣，直到京港就建館簽約，藏頭露尾的政務司司長還洋洋得意，認為保密工夫了得，一點沒有因為「黑箱作業」而感愧疚，眾皆嘩然，由於此事或會牽涉競逐特首選情，更形敏感。

好人好事之會化「妍」為「醜」，原因有二。其一是該館之「設」，先是「授」「受」雙方都在秘在而不宣的環境裏行事，有違香港公眾事務一向遵守既定程序，確保處事公正、公平、公開。「程序正義」（Procedural Justice）是法治精神的一項「核心價值」。其一是計劃還未公佈，未經杜絕私相授受的公開招標，便聘請專人負起「建館」的責任（是否牽涉肥差事，尚難論斷，可是，昨天已有傳媒揭發獲得「秘密任命」的建築師嚴迅

奇,是現任行政長官梁振英私邸的原設計者,也是當年代梁宅進行多處「修建」而非「僭建」的申辦人,如此「水洗唔清」的夾纏關係,能不惹人疑竇?),那與向來奉行不渝、可以說是廉政之本的「正常程序」(due process)背馳。做法與正當推展公務的常規有異,那對追求社會開放、力守生活方式五十年不變的香港人而言,是個大忌,指責林鄭司長的言文隨處可見可聞,不少人更因此大怒,所以在收到北京充滿善意的厚禮時,仍與或許並無歪心(?)的港官翻臉!

「香港故宮文化博物館」坐落西九文化區,而西九發展為娛樂藝術的文化區,是回歸伊始便大張旗鼓的重大建設,為本港商界、文化界、藝術界和教育界等等,帶來過不少憧憬和希望。可是歲月匆匆,今夏香港回歸足二十年,西九發展,並不出色,好不容易能有北京「故宮博物館」千里來龍,大可視為慶賀回歸的「點睛」之作,奈何在此「結穴」的「時辰」失準,港人震怒,港官觸了霉頭,北京難保不會覺得港人不識好歹。

第一屆行政長官董建華初膺重任,欲為踢走殖民者的特區香港「豎碑立石」,於其第一次「告港人書」《1998年度香港行政長官施政報告》,宣佈發展西九龍文娛藝術區;該區位於西九龍填海區臨海地段,佔地約四十公頃,在空中樓閣的籌劃階段,是集結一系列世界級文化、藝術、潮流、消費及大眾娛樂活動的一片綜合文化場地,核心設施包括劇院、博物館、演藝場館、劇

場及廣場等。在寸土尺金的香港，撥出這塊經濟價值不菲的土地作「綜合文化活動」，目的在告訴世人，香港不僅僅是金融經濟的市儈重鎮，還是可與世界看齊的國際性文化藝術中心！董建華的用心高尚，可惜缺乏貫徹的識見和推動能力。

回歸初期，在磨磨蹭蹭、諸事難成的情形下，西九文化區並無多大「動靜」遑論「動土」，直至2004年，時任政務司司長的曾蔭權，提出言詞充滿內地假大空特色的口號「創地標、顯文化、添悠閒」，並舉辦文化區設計比賽，結果被選中的不是最多人認同的巨型天幕設計……。當時大財團主導政策的影響力很大，對西九發展欲分杯羹的興趣甚濃，由於社會上反對天幕設計之聲響徹雲霄，財團幕後游說角逐之張力甚猛，在「表」、「裏」不一的角力狀況下，董建華—曾蔭權政府只好「俯順民情」，放棄原有的發展框架，不再堅持大篷幕設計，決定「推倒重來」，而一聲「重來」便至2008年才稍見端倪。

根據《西九文化區管理局條例》，2008年成立的「西九文化區管理局」獲港府注資二百一十六億，該局自此「默默耕耘」，於2011年3月公佈全新概念的設計，發展大綱於同年12月上呈城市規劃委員會，2012年3月，委員會公佈發展草圖；2013年1月，行政長官會同行政會議批准發展圖則，籌建工作同時展開，預期2020年或之前竣工；第二階段工程則計劃於2030年或之前完成。

從小政府主張變為取法於大政府，梁振英任內，商界參與發展任何大型項目都會在「官商勾結」的有色眼鏡下諸多避忌，繼而鮮有聽聞、無疾而終，西九曾是地產發展商摩拳擦掌、爭相「文化」起來的發展獵物，結果是商界不再問津，成為政府要大額注資且成效不彰的發展項目，令人不期然想到另一落入政府一手包攬的啟德郵輪碼頭——落成多年，經營依然慘淡。筆者認為若有講求成本效益的商界參與，必定不至如此不堪。

二、

設立「故宮文化博物館」，行政長官梁振英是決策人，政務司司長林鄭月娥只是執行者，但如今「梁不留」，鄭女士成為一切由她說了算數的大有為官員。既「握權」，又執事，終於出現好心做好事一樣出事，而隱瞞過程的好話說盡，還不是壞事？

2015年9月林鄭月娥司長訪問北京，故官博物院院長單霽翔向她提出在港成立故宮文化博物館，據當時的傳媒報道，他還問該館能否設於西九文化區……。和大多數港人的想法一致，司長大喜過望，但她是否未請示上司便一口應承，港人不得而知；港人知道的是，她回港後即與數名首長級官員商量；顯而易見，所謂「商量」，相信只是「知會」，因為據她數天前自述，以她「一貫希望為香港做事的性格」，沒理由不接下這個「大禮」——她顯然沒有料到自己是興奮過度，拿了一

個燙自己手的熱山芋！

聘請建築師的「特殊做法」，林鄭司長去週在立法會被議員質詢時，不但斷然否認其做法有錯，拒絕向公眾道歉，還認為這種不欲人知把公眾以至她大部份同僚蒙在鼓裏的做法「合法、合情、合理」，她不認為這樣做有違「程序公義」，又指「特區官員如果唔（不）敢做判斷，香港唔（不）會有發展」。更大言不慚地說「為官三十多年我好熟悉程序、依法辦事……。」如果這兩句話的意思等於說知法便不會違法，那便太強詞奪理難以令人信服了。

可是，不管官員們如何能幹精明如果他們強橫的判斷凌駕於正當程序之上，那與獨裁者行事何異？沒有經過「程序」上必須的辯論、商議和諮詢，做錯事的「成本」應由誰來承擔？林鄭司長說她憑「判斷」便可自把自為，態度之自以為是和傲慢，令人不安……。今日有人能以政治理由說服自己繞過公眾諮詢和監察程序，明天難保沒有人為謀求個人政經利益而把程序公義拋諸腦後。可以肯定，政府一旦不按規矩辦事，社會必會大亂，而愈來愈多自言出於一片好心（為本港好）而獨行獨斷的官員執行任務，結果不是因為判斷出錯而誤大事，便是為了謀求有形無形私利而斷送人我利益！

（引咎辭職　堂正參選·二之一）

2017年1月10日

問心無愧「大頭佛」
政治問責「一支公」

三、

　　在處理興建「故宮文化博物館」上，林鄭月娥司長的做法，足證梁振英任內才堂而皇之、琅琅上口的「特事特辦」，對她影響深刻；「特事特辦」觸動港人神經，引起廣泛不滿，在港府行政系統打滾三十五六年的林鄭司長，不可能不認識癥結之所在，她之所以仍會「特事特辦」，並曾公然洋洋得意地説「這次保密真係做得極好，可以話係滴水不漏……」。雖然翌日即打倒昨日之我，説她辦事透明度高，以為「語言藝術」足以掩飾其自相矛盾的言辭，展示她即使不是「特事特辦」的始作俑者，亦是後繼傳人。

　　《基本法》賦予港人高度自治、及五十年不變的生活方式，目的不在延續英式管治，而是維護其法治與吏治的成效，其帶來的繁榮穩定，贏人敬仰，即使英殖的治術權謀（Statecraft）未盡善美，辦事效率亦未必能像「一言堂」那麼乾脆快捷，但是排除了從醞釀決策到貫徹執行之間可能出現的不公義以至徇私舞弊等，開誠佈

公、行事有規有矩、資訊也盡量盡快公諸於民的政府，才較容易避免藏污納垢、徇私枉法，才能取信於群眾。法律之前人人平等固然是法治根本，「程序正義」也同樣重要。政府管治講求成效和速度，過去香港公務員隊伍質素向稱一流，按規矩行事與流程透明度高，是良好吏治不可或缺的元素。

沒有一個地方沒有法律，沒有一個政府說自己不依法行事，而「茲事體大」的政策和建設，難免會有醞釀階段的若干保密需要，不過，保密有保密的規矩，比方說，過程須有齊備精微的詳細紀錄，絕不含糊、一絲不苟的程序刻畫、始末交代也要清晰，不能像當年董建華的房屋政策，說甚麼「不提八萬五便等於政策不存在」那麼荒唐兒戲；更不能像林鄭女士以為好心為港人、無私從公，便可藉保密之名，做隻手遮天的決定！

在香港設立「故宮文化博物館」，是北京的一番好意，在回歸二十週年來這樣一份大禮，深富意義，不過代表港人接過這份禮物的林鄭司長，不能隨手把它塞給港人，不加解說，便要港人接下，並且隨她感激莫名、高呼「謝主隆恩」。禮物內容再珍貴，包裝髒劣，亦會失色。林鄭司長的處理不當，是不幸辱命，要負上不能推卸的政治責任！

安好心從公的人不少，從公結果是誤蹈法網的，亦有很多。立足社會，誰會存心決意做壞事？林鄭的自以為是，理不直而氣壯，也許有人以為這是「好打得」，

當
2
0
1
7
年

事實卻非港人之福，亦非其個人仕途之幸！

　　如果林鄭司長對「輿情」仍有感覺，如果她仍服膺政治問責，筆者認為司長該為這回處事不周公開道歉，而引咎辭職是顧全大局和比較體面的做法。此舉既可及時把群眾逐秒升溫的非議降溫甚或平息，更可了斷「前嫌」。反正坊間盛傳林鄭將為競選行政長官而於明天（週四）請辭「備戰」。如果她以政治問責之名辭職，那對稍後以無官一身輕的條件報名參選，影響不會更壞，只會稍好──壞的當然是可能被對手攻擊，指她破壞了香港奉行超過一個甲子的官場規矩；好的是不僅可以杜悠悠眾口，還因而彰顯了她仍有承擔責任的氣度，以知錯必改的大勇姿態角逐行政長官的位置，好處蓋過壞處！

四、

　　特區政府成立後，除了選舉第一屆行政長官時，港人有過挑選賢與能的美麗憧憬外，接下來幾屆的大眾心情，已變得不是「深慶得人」的完美之選，而是從北京圈定的人選中，找一個缺點較少能力較佳的。林鄭女士若為建館「程序之失當」辭職，等於「止血」後再上前線，她的選情未必那麼一面倒，卻肯定比「死不認錯」看高一線！

　　林鄭司長2014年負責推銷政改，其於「佔領運動」後向北京呈遞的民意報告，失正蠻來（不符「全面客觀

準確地向中央反映香港情況」的原則），人所共知，她是筆者認知的其中一位沒有如實向中央反映香港「政治實況」、令中央作出不利於政改、妨礙香港民主進程且有損北京政府威信的大員！

香港前朝沒有民主，回歸以來，即使照足《基本法》規定，毫無困阻地「民主」起來，極其量亦只有「封頂」的鳥籠民主。雖然民主是不少港人嚮往追求的政體，但是礙於客觀的歷史和地緣因素，香港的民主路崎嶇不易行得通，摸着石頭過河若有寸進，已是特區成立後足以稱道的新成就。近年的政制發展顯示了這裏的民主體制雖遠離完備，卻無礙我們這個地方早已是個公認的開明開放社會。法治傳統的貢獻，說之已屢；公務員系統的有規有矩和按部就班的行事準則，亦絕不能缺。直至上屆行政長官曾蔭權任內，特區政府仍殷殷於講求「服務承諾」，以確保服務公眾的效率公平公正！前朝的公務員，其年齡、學歷、資歷等，都有年度性的「藍皮書」揭示底細，所有涉及公務的人和事，均詳細記錄在案。雖然有人視之為繁文縟節，卻是「必要之惡」（necessary evil），以其體現政務人事公正公平公開的優點，那是造就香港成為「開放社會」（open society）不可或缺的「根基」。林鄭司長面對議員的質詢和公眾詰難時的傲慢輕慢，對拙劣隱瞞「建館」的手法毫不認錯，把市民的反感推向接近熾烈的公憤，她顯然理解不到港人覺得他們的生活質素中、有一核心價值

已被踐踏、近於失陷！那是比追求不到、期待不來的民主進程更傷民心！更為失落！林鄭月娥女士如果有捍衛香港核心價值之心，及時「請辭明志」，化缺德為功德，該是最後機會。

五、

　　港澳辦王光亞主任數年前接見訪京港大學生代表團，席間談及香港公務員，有幾點極有見地的觀察，當年王氏說港英培養出「接受及執行指令的高水平公務員，卻培養不出有力駕馭政治兼有長遠規劃的人才」；又說大部份公務員的心態是「上司叫我做甚麼便做甚麼……，過去。是聽老闆（Boss）的話辦事，現在自己做Boss，卻不知道怎樣當Master（主人）」。這番一針見血的説話，與末督彭定康稱讚曾蔭權為「服從盡責的公務員」（Consummate Public Servant），如出一轍；林鄭司長的「斤兩」，亦可作如是觀，一旦作主便亂了套、敗了「留存」下來的規矩，壞了任事出色的水平。

　　「惡紫之奪朱也，惡『鄭』聲（原文無括號原意一般解讀為『過甚其詞的話語』，錢穆則註為『淫聲』）之亂雅樂也，惡利口之覆邦家者。」出自《論語・陽貨十八》，那是〈陽貨十三〉「鄉愿，德之賊也」的延伸，説明孔子對偽君子的厭惡，他們滿口仁義道德不像壞人那麼容易辨識，其所生的破壞作用卻往往更甚於「壞人」。孟子的解讀更透徹，〈盡心下〉説「……居

之似忠信，行之似廉潔；眾皆悅之，自以為是，而不可
與入堯舜之道。故曰『德之賊也』」。

　　我們絕對不願意見到特區香港愈來愈多特事特辦，
更不願意香港成為鄉愿的溫床！

　　　　　　（引咎辭職　堂正參選·二之二）

　　　　　　　　　　　　　　　　　2017年1月11日

三十年河東四十西
自由貿易大移位！

一、

　　習近平主席過幾天（本月15至18日）便將國事訪問瑞士，這個政治中立的歐洲小國，到底有甚麼值得習核心專程前往訪問？從他會以國家元首身份出席17日至20日在達沃斯舉行的「世界經濟論壇」（WEF）並發表主題演說看來，或許找出蛛絲馬跡。習主席將參觀日內瓦的聯合國歐洲總部、洛桑的國際奧委會及日內瓦的世界衛生組織（WHO）——習主席與世衛總幹事陳馮富珍會面的「言外之意」和「肢體語言」，也許對老於世故的觀察家，便可從中測度馮女士的政治前途。此時此地，由有國際外交經驗和廣泛國際人脈的人出掌特區香港，應是不錯的主意。香港的公務員隊伍紀律嚴明、效率不錯，任何善解京意的人，在中央官員的眼裏，都可位列勝任香港行政長官的人選。

　　中國出席「世界經濟論壇」（下稱「世論」）的代表，向來止於總理級官員，這次由習核心領銜，意義

非同小可。雖然外交部發佈的消息「簡而清」,但筆者以為這是中國在奪取世界話語權上——起碼是經濟話語權——向前邁出一大步的部署!

「世論」閉幕之日為特朗普宣誓就任第四十五屆美國總統之時,也是中美關係趨於緊張的關鍵時刻。選民皆知,政客的競選綱領成為政策的不多,特朗普這名臭名遠播的地產商兼賭場老闆,食言當「食生菜」,其對選民的承諾,因此不必認真;不過,從他組成的內閣人選看,在經貿上特別是對華政策上,力行貫徹的可能性甚高,那意味在特朗普治下,「美國自掃門前雪」,貿易保護主義勢必成為美國經貿的主導思想,這和中國致力促進自由貿易的大策略背馳。

過去二三十年,自由貿易及因而形成的全球化(globalisation),令世界經濟蓬勃發展,中國更是主要受惠國(不是之一),特朗普的經貿團隊指出,自從1990年加入世貿組織(WTO)後,中國對美國貿易,前後累計了五萬餘億美元的貿盈,雖然中國為此付出極大的代價(包括揮之不去的霧霾),現實卻是產品遍銷全世界,中國因此名副其實地「經濟崛興」。中國人口稠密的經濟結構,強化自由貿易是提供充份就業穩定經濟發展的不二渠道,中國鼓吹繼續走這條貿易道路,是利人利己之策。

去年9月初於杭州舉行的「二十國集團峰會」上,內地官方媒體已寫下這樣的豪情壯語:「二十國集團遇

見中國，這是爬坡過坎的世界經濟走向復甦的必然選擇，也是一個影響力不斷提升的大國走向復興必經之路。」又說通過這次會議，讓與會各國感知「中國的道路自信、理論自信、制度自信、文化自信……。」充滿自信的中國，選擇了貿易此一重要課題，與同樣信心滿滿的美國「對扰」（對撞的意思）！

二、

筆者過去談及經濟發展史時寫過，世界各國的經濟政策，均以本國利益優先，利己益人當然最好，利己不益人，只要力之所及，亦要橫來。眾所周知，鼓吹自由貿易的「聖經」《原富論》於1776年出版，大受政商學界歡迎，作者阿當‧史密斯被捧為「國師」。可是，英國放棄保護政策漸行自由貿易，是遲至19世紀初期的事，而令倫敦政府突然自由上身的，是因為英國全方位崛起，尤其是海軍和工業已穩執世界牛耳。這種轉變令英國必須通過向世界輸出成品、輸入原料，才能保障增長、增加「國富」，於是，雄霸四海的英國海軍東征西伐、所向披靡，成為殖民地無處不有的「日不落國」！換句話說，當經濟發展成熟行有餘力可以大量輸出時，以武力為後盾的英國便以炮艦為前驅，軟硬兼施，要後進國（當年未有新興國家這個名詞）開放市場，經濟學家此時不談應該保護初創工業待經濟進入起飛期才可對外開放市場，只是長篇大論，細說自由貿易的「互惠互

利」有益世人，結果不問可知。先進國愈來愈發展，後進國滯留在落後境界⋯⋯。

二戰之後，美國國力最盛，其欲壟斷世界市場之志甚切，但壟斷畢竟見不得光，於是在其主導下，金融上有「布列頓森林（Bretton Woods）會議」，議決以美元為核心貨幣的貨幣政策，「關稅暨貿易總協定」（General Agreement on Tariffs and Trade）則主導自由貿易，加上美國援歐的「馬歇爾計劃」（Marshall Plan），世界市場成為美國為首的西方大國予取予攜的囊中物⋯⋯。自由貿易於是成為國際貿易主流。

比較之下，美國現在「知不足」，按「常理」本該力求創新突破以走出困局，但經過這些年的嘗試，面對經濟力旺盛的中國，仍在「力爭上游」，受蘭德宣揚自私不顧他人死活的「哲學」影響，特朗普政府將走回經濟洪荒時期——發展初階的老路總是對本土工商業作形形色色的保護。受到絕大多數主流經濟學家的力斥不是，但是特朗普政府主張以強橫保護手段救活美國才再談「互補短長」的自由貿易，視其為必行之路。

習主席破例親自出席「世論」，筆者以為是中國有意趁此機會向世界展示中國繼續走環球化的決心，推動自由貿易，這份決心還體現到去年底（2016年12月31日）把中國中央電視台（CCTV）改名為中國環球電視網（CGTN）！在美國將行貿易保護路線令世界經濟陰霾蔽日的情形下，中國信守杭州峰會「誓言」，成為

帶領世界經濟通過自由貿易走向繁榮的領導大國！「世論」將成為中國帶頭續走自由貿易的「誓師」大會，而領路人是大權在握的習主席！

三、

習主席在「世論」上必將大受歡迎，與會者起立鼓掌歷久不停的場景將成為世界、尤其是內地傳媒隆而重之、密集報道的大新聞。

經過過去三幾十年的「考驗」，自由貿易益全球、保護主義令各國受害，這點簡單的道理是人人意會，毋庸經濟學者大費唇舌。可是，中國經濟的崛興，令不少西方大國特別是頹態畢呈的美國渾身不自在，統治層推卸責任的最佳藉口，是實行自由貿易令中國佔盡便宜。特朗普有此認知，被他延攬入閣的經貿官員更是人同此心。如今中國出動最高領導人在「世論」宣揚自由貿易，以中美為「領頭羊」的世界貿易戰幔已徐徐拉開。《金融時報》王牌評論家胡爾夫（M. Wolf）6日的文章以〈走進世界失序的漫漫苦路〉（The long and painful Journey to world disorder）為題，望文題知文意，一觸即發的中美貿易戰不會很快分出勝負，而首當其衝受苦的，必然是各國的受薪階層！

2017年1月12日

防南海觸礁惹火
還須關注美民情

一、

　　特朗普當選至今雖然只有兩個多月，還有三四天才正式「宣誓就職」，但是他通過「推特」、記者會、會客和「用人」，已在美國和國際政壇掀起漫天風雨；委出大員的言文，莫不戰意高揚、美國優先，為求利美不計損人的後果，有關國家（與美國貿易頻仍尤其是有領海糾紛），莫不提高警惕，表面無大動靜，底下卻如鴨子划水，動作頻頻，積極因應。

　　今後一兩年，最令人關注也影響最大的「世變」，也許是中、美關係。看特朗普咄咄逼人的強橫，擔心「中美利加」將起質變，是大多數論者的共識。特朗普以北京一再強調無討價還價餘地的「一中政策」，作為威逼中方在金融經濟政策上讓步的「籌碼」，候任國務卿（共和黨在國會佔有大多數優勢，相信在議員「嚴詞質問」後得到通過，應無懸念）投入俄羅斯懷抱，猶其餘事，直接挑釁中國的南海策略，才是危機所在。數

天前蒂勒森在參議院答問時，公然宣稱美國必須對中國發出兩項清晰的信息：其一是中國（在南中國海）填海造島的行為必須馬上停止；其一是不准中國進入這些島礁（...access...is not going to be allowed）。如此粗暴地「干預中國內政」，可說除了交戰國，和平時期的外交史上非常罕見。難怪有論者認為這是美國對中國宣戰的預警！

　　中國對若干南海島礁的主權訴求，是否有理有據？迄今仍各執一詞。中國有中國的理據，外人有外人的說法且有國際法庭支持。中國當然有「自古以來」屬於中國的歷史根據，只是世無公論，不認同中國的，大有「國」在，因此紛爭難免。筆者認為，即使中國有足以在雙邊（所對皆為經濟上有求於中國的小國，不難擺平）談判裏佔上風的理據，此時採取實際行動，把這些島礁「國有化」，時機上仍稍欠成熟——在軍事上具絕對優勢下進行，便不會招惹「公憤」。不但如此，此舉還令俄羅斯有「遠慮」，擔心一旦中國真的強大起來，便會「有需要」收回被其霸佔的大幅土地，這又豈是想重建俄羅斯帝國野心的統治者所願見?!以「自古以來」屬我國及保障南海航道和平暢通的理由，在南海若干島礁「插旗」，確可彰顯中國國威，保證經濟發展不會因物資供應突然中斷而窒礙，但是卻在國際間帶來敵視，尤其是強敵的監視，現在顯然並非把那些島礁官式劃為己有的最適時機。

面對領土問題，不少人認為中國絕對不會讓步，從19世紀英帝兩次入侵滿清以至對日抗戰（把抗戰八年改為十四年，更突顯這種事實），便是大家不會忘記的一寸山河一寸血的例子。不過，讀日本外交官孫崎享的《日本的國境問題》（戴東陽譯，中文大學出版社），對「60年代中蘇邊境衝突」的分析，不由不令人相信中國的外交由內政主導（伸延）。那即是説，中國「對外用兵」，皆因內部政治鬥爭激盪而起，令人未免想到內部政治如果穩定，中國會採取非武力方式與外敵達成互利的外交協議，反之才傾向動武。孫崎享1969年在莫斯科學成後於駐蘇使館的「外交班」任職，參與「追蹤」中蘇關係的任務，掌握相關情報，才能具體地剖析了1969年3月爆發「珍寶島事件」前後，中蘇國內政治鬥爭的動向……。一句話，如果沒有1966年的「文化大革命」並因此引致的內部權力政爭，連串中蘇邊境武力衝突的機會便大大降低。

如果中國政局全面穩定，經濟發展順暢、國泰民安，只要美國不先動手，令習主席下不了台（無法向愛國情緒高漲的人民交代），南海便有驚無險！

二、

特朗普肆無忌憚口沒遮攔，加以把「傳統智慧」丟進垃圾堆填區，其樹敵多多，各界都有敵人，是不難想像的。這種「客觀」形勢，令預測他不能終任（被國

會彈劾、被暗殺）的揣測多如牛毛；對他只能是「一任總統」的論斷，亦數不勝數。筆者對特朗普政治生命的短長，無話可說；只知道20日正式開始運作的美國特朗普政府，其「武將」人人驍勇「好」戰，「文臣」個個是中環人口中的鱷類且美利堅掛帥；這些重要官員，與「老大」特朗普不一樣，均為經驗豐富處事老練之輩，有的即使未曾涉足政壇，亦有與政客長期打交道的經驗；必將多多作為，其前景雖被既得利益階層（包括學者）看淡，但決策層莫不信心滿滿，以為可以打通新路闖新天。要怎樣才有收穫看到成績？答案是，特朗普必須連任。

還未正式上任當總統便滿肚密圈尋求足以下屆連任的大方向下，特朗普政府不會打「贏面不大」的仗，換句話說，那些有翻天覆地後果的政策，會留待連任後才推出。事實上，只要「捷報頻傳」，反對派變成支持者將如恆河沙數，如此便會增加其連任的把握。這種不惜一切「爭取連任」的策略，是西方民選國家的「通病」。

筆者相信當選後上任前特朗普這段時間的種種妄言瘋行，包括對中國的「挑機」，都不會成為政策——所有政策都會經過「理性討論」後大打折扣地被淡化。從這兩個多月來的「搞作」看，不失投機商人的特性，特朗普確是以小博大的能手，「留住」福特在美國本土擴廠，「說服」開利冷氣取消裁員以至抨擊波音胡亂開

價，從總體經濟層面看，雖然均為小事，卻突出甚至是樹立了他「積極有為」做出成績的領導才能，更可看出特朗普是藉這類「小事」達致人人可見「成就」為其競逐連任累積政治資本的高人。

在中美關係上，作樂觀推想，筆者認為只要中國給美國一點甜頭，令世人尤其是美國人看到特朗普迫使中國讓步，「中美利加」仍能保持藕斷絲連的關係，一切矛盾與衝突可通過談判協商解決。假如美國人仇中之心甚烈，則事態的發展，可能悲劇收場；這種民情令在南海紛爭上挫敗中國（蒂勒森傳遞的信息貫徹為政策），才能在國人面前彰顯他的強勢並有助其「連任」。如果中國海空軍繼續頻頻展示「肌肉」，南海局勢便不只戰雲密佈那麼簡單了！

中國海軍環台灣島巡航，戰機則在台海飛來飛去，最大得益者是美國軍火工業，因為台灣為此必須提升「防禦性」軍力，添購美國那些行將「退役」但在發展中國家仍屬先進的武備；特朗普上台後，如果民意展示軍事挫敗剛剛崛興的中國有助重建、提高他的政治本錢，為了達成「連任」的最高標的，中國便要加倍小心應對了。

也許中國可在美國進行一項可信的民調，如果得出多數美人希望遏制中國崛興，不想中國在南海造島建機場，便應致力避免在南海爆發戰事……。除非北京真正以為中國是有足夠兵力卻敵，才可把特朗普、蒂勒森和

當年
2017

國防部長馬蒂斯將軍的「好戰言論」當作耳邊風。

2017年1月17日

自由貿易説來無敵
通商四海要靠軍力

一、

　　國家主席國事訪問瑞士，除「簽署多項合作協議為中瑞經貿增添新動力」之外，還在達沃斯世界經濟論壇2017年年會開幕式上，發表題為《共擔時代責任　共促全球發展》的主旨演説。一如筆者早幾天在這裏的「預測」：「全場多次響起熱烈掌聲。」

　　與會的世界政商精英，為何要多次掌聲雷動？答案「一字咁淺」，以習近平的演説，不僅漫不經心似的拋出先賢含有深意的智慧言詞，還給在經濟問題上「徬徨無計」的各國帶來全光譜式的希望。有思想養份加經濟實惠，與會者不拍爛手掌才是奇事。

　　習主席的演説（下稱「習説」）政治正確之餘非常中聽，可以説是「杭州峰會」的伸延，盡顯其欲與有意行貿易保護主義的美國「平分秋色」帶領世界走向。習主席的宏願是「共促全球發展」，而貫徹他提出的「四模式」和「三共同」以能達標。「四模式」是打造富有

活力的增長模式、開放共贏的合作模式、公正合理的治理模式、平衡普惠的發展模式;「三共同」則為牢固樹立人類命運「共同體意識、共同擔當、同舟共濟」。非常明顯,中國要分擔時代責任,因此會「堅定不移推進經濟全球化、引導好經濟全球化走向」。作為這個崛起大國的最高領導人,習主席趁此機會,揭開歷史新篇——中國走上領導世界的台前!

可是,這些促進經濟持續發展的構想,每一項都知不易行更難,比如「打造富有活力的增長模式」,如何「打造」便令人傷透腦筋;有人會說,仿效中國的「增長模式」不就行了嗎?當然「不行」,因為哪有一國能像中國,領導人是經軍政大權一把抓?同時足以規劃國家經濟發展的方向和進度、具有保證能達致增長目標的威權?和中國政制不相伯仲的北韓,尚且無法使經濟「富有活力」,民主自由(遑論放任自由)媒體天天妄議「中央」的國家,又怎能望中國領導之項背?

細讀「習說」,不免令人想到口號亮麗令人動容的「黨八股」,像「四個堅持」便足以令人心大振,可是聽罷指示散會之後面對現實時,便回復不知所措——「一要堅持創新驅動、二要堅持協同聯動、三要堅持與時俱進、四要堅持公平包容」,上引「四模式」,便是這樣「打造」出來。非常明顯,除了國情政體特殊的中國,其他國家必定學不來。從字面上看,一番豪情壯語,字字珠璣,中人心坎,但要怎樣才能以底於成?

「習說」認為「只要我們牢固樹立人類命運共同體意識，攜手努力、共同擔當、同舟共濟、共渡難關，就一定能夠讓世界更美好、讓人民更幸福」。經過三十八年的改革開放，中國有此輝煌的經濟成就，「習說」念念不忘地指出中國共產黨的領導是關鍵所在！這又是一個「老大難」，因為除了不成器的北韓，世上沒一個國家包括俄羅斯樂於接受共產黨領導。

承「杭州峰會」鼓吹自由貿易、為市場開放唱讚歌的餘緒，「習說」以「甘瓜抱苦蒂，美棗生荊棘」為訓，指出「世界沒有十全十美的事物，經濟全球化確實帶來問題，但不讓一棍打死」。這種比喻恰當，有鼓勵性有啟發性，道盡成功路上的困阻重重而有所犧牲，實屬必然，而自由貿易實在利大於弊，因此應迎難而上，堅持。

中國不避困難捍衛自由貿易環球化、反對保護主義貿易戰，用《人民日報》特稿〈開年迎新局 外交啟新篇〉的話，「不僅是推動解決經濟全球化難題的勇氣、誠意和決心，而且是實實在在的理念、思路和方案」，與習主席年多前在紐約聯合國總部發表題為〈攜手構建合作共贏新夥伴 同心打造人類命運共同體〉的演說主旨，一脈相承。不過，正如前述，由於政制不同，「中國智慧、中國方案」，在非共產國家是很難貫徹！

二、

　　習主席有讓中國成為世界經濟發展的動力，利己惠人，胸襟開闊，志向可嘉。然而，為他出謀獻策的智囊，不是昧於史實，便是為國內經濟繁榮衝昏頭腦，忽略主導貿易政策的「國力」重要性。歷史上每次勢力大轉移，不論文化或經濟，均以不可抗力的國力為後盾，而「國力」是軍力的同義詞。希臘文明令人景仰，但羅馬成為歐洲獨一強權之後，把其精華羅馬化；英國成為海上霸主和工業革命後，多少「世界文明」都被盎格魯（英國）化……。至於自由貿易，有關學說成於1776年，但把之政策化，在大約百年後英國全方位崛興才落實；而二戰後美國軍力蓋世，工業先進、經濟興旺，有對外輸出以自肥的必要，自由貿易才再獲強化……。

　　眾所周知，19世紀中葉，軍事強國英美憑堅船利炮的所謂「炮艦外交」，打開我國和日本的「門戶」（1842年《南京〔江寧〕條約》、1854年《日米〔神奈川〕和親條約》），硬軟兼施逼這兩個亞洲大國和她們「自由貿易」，與之配合的是英美學者著書立說，大說自由貿易「有益世人」的學說（有關理論極具說服力，「習說」不過是從中「偷師」並加上一些較煽動性的政治語言而已）。這種互通有無實際上是英美予取予攜的「通商」，不消多少年，便令英美成為現代化工業大國，而被迫與之「自由貿易」的國家包括中國，迄百餘年後的20世紀中葉，仍是「以農立國」的後進國。不難

林行止作品

想像，期間英美是如何積極鼓吹自由貿易，所以如此，皆因這種方式對她們最為有利。

80年代開始，中國經濟重現活力，但是加入世貿（WTO）這麼多年，其自由市場經濟地位仍未被WTO成員國確認，那等於說中國打出自由貿易的旗號，但實行的，是「有選擇性的自由貿易」，此時適逢「先富起來」的西方國家如英國和美國，經濟步入低潮，遂把衰頹不振的「禍源」指向中國，而特朗普主張以雙邊取代多邊貿易的協議，便是有意壓制中國從「不公平的自由貿易」中中國共產黨的領導牟利。這種策略性改變，雖然令向來闡釋自由貿易有利世人的學人論者政客極度不滿、大發雷霆，但是美國經濟萎靡不振的現實，令認同必須規範自由貿易的人日多，這是特朗普當選總統的原因之一，投票給他的人，稍後也許會吃上苦頭，但他們多數只求短期利益的訴求，藉改變貿易遊戲規則成為大多數受薪階級的共識。

從經濟效益和歷史角度，沒有人會否定自由貿易的好處，那意味「習說」會引起廣泛的認同。可是，經濟現實令美國不得不設法改變對其不利的貿易方式，而由於她是世上軍事最強國（希望北京有同感，不然麻煩更多），便如六七十年前她強力在全球推動貿易自由化一樣，因為軍力強盛而在世務上有話語權的美國，在貿易問題上仍會得其所哉。

2017年1月19日

武賽月娥 文反雷鋒
當奴登基 北京頭痕

一、

　　當奴‧特朗普已於美東時間去週五中午「登基」，就任美國第四十五任總統；無視以百萬計反對者上街示威，當天就職以後，果如此前的承諾，簽署「行政命令」，命衛生及公共服務部部長全面檢討「奧巴馬醫療改革」（Obamacare），看其全名《保護病人及廉價醫療法案》，便知此「法案」須投入巨額公帑，特朗普和他的團隊認為「不可行」，因此要大幅修訂；如今下達空洞無一物的「行政命令」，如何體現、整頓或「推倒重來」，未見具體規劃，成效如何，是未知之數。

　　去週六《信報》「環球時事版」對特朗普政府的人事結構，作了具體簡明的報道，頭條新聞則點出其就職演說的重心，要言不煩，讓讀者能以最省時的方法，對有關新聞充份了解。

　　雖然尚有不少重要職位有待國會確認，但筆者認為國會的通過，不應有問題，因為畢竟兩院俱由執政黨

林行止作品

控制，黨內確有不滿特朗普之聲，但最後反對者，除了個別説得太盡改不了口下不了台，為顧全大局，做好做歹，通過有關任命，應無懸念。

原班人馬上任，特朗普政府的特點如筆者去年底（12月29日）在作者專欄指出，「武將」人人身經百戰、「文臣」皆為蘭德信徒。這幾天看美媒鋪天蓋地的「論述」，益信特朗普選中的武將，是「肯定好打得」；「文臣」則信奉專門利己（美國）不顧他國死活的蘭德「哲學」。該怎麼説呢？説「武將」賽月娥、「文臣」反雷鋒，也許大家較易明白！

二、

候任國務卿蒂勒森對南海問題的咄咄逼人，以其任命尚未獲國會通過，稍後再説。同樣令中國頭痛的是新設「白宮國家貿易委員會」主席納瓦路（P. Navarro, 1949- ），這名經濟學者可説是「仇中派」的領頭人。説來有點不可思議，納瓦路1984年博士學位未到手時，便出版一本厚達三百五十多頁（文本亦有三百頁）的書《政策博弈──特別利益集團和空想家如何淘空美國》（The Policy Game），指責列根總統的「貿易保護政策」，迫使日本於1981年減少對美輸出汽車……。有誰想到這位自由貿易鼓吹者，在大約十五年前竟然搖身變為保護主義健將，而且矛頭直指中國（資料詳見12月29日作者專欄）。他對中國的不滿是多方面的，惟可用下

面這幾句話概括——中國以國家之力推動經濟,以私企為主的自由市場經濟絕非中國的競爭對手。私企利潤掛帥,如何能與為配合國家政策釐訂經營方針即可以不計短期經濟利益的國企,進行「公平競爭」?此立論有一定道理,相信特朗普深然斯說,才會「破格」為他在白宮開設新部門(納瓦路過去二十年多次試圖躋身政壇而不果)!以目前的政治氣氛看,不但中國產品輸美很快會遭逢這樣那樣的阻撓,國企或被懷疑有國家資本成份的法人和個人在美國投資,亦將備受挑剔、波折橫生!

三、

中國現在已成為捍衛自由貿易和推動環球化的大旗手,北京的立場由習主席於去年9月上旬的杭州峰會和本月中旬在瑞士沃達斯世界論壇的發言,作出權威性論述,效果卻有待進一步觀察。看當前的形勢,除了特朗普政府,世上極少人贊成的貿易保護主義,仍會因為美國政府的「擇惡固執」而漸成主流,那不是因為美國有理有據,而是美國武備蓋世。筆者近日數度指陳,貿易政策由軍事主導,那是說軍事強權才足以決定甚麼政策行世。舉個簡單的例子,如果當今中國的軍力勝似19世紀的英美,中國便能順利打開包括美國在內的世界市場或迫使美國等不得走回頭路實行保護主義,因為戰機臨上空、戰艦進港口,當事國便只好開放市場以免生靈塗炭。現今的實情恐非如此。

中國向全世界宣佈自由貿易對全人類有利，因此
堅定不移推動環球化，那是去年9月上旬，當時特朗普
還是一頭盲衝亂撞的「鹿」（連稱「馬」都不配），中
國當然萬沒想到會遇上一個如此「神經刀」的對手；不
僅滿口核子牙，軍權（包括國安情報部門）還落在一批
好戰將領之手。這批人對中國絕無好感（最決定性的是
中國在自古以來屬於中國領土的南中國島礁上進行「基
建」），莫不口出不遜、耀武揚威。面對如此惡劣客觀
環境，中國將如何應付，當視領導層會用上哪句成語而
定──若是「迎難而上」，會以貿易報復手段與老美
「對撼」；若為「謀定後動」則是按兵不動，不再派飛
機艦艇在區內巡航游弋，同時和美國進行幕後談判，交
換利益；當然，還有「君子報仇……」。我國的成語真
的非常豐富。不過，看習主席22日與包括政協副主席董
建華和何厚鏵在內的黨外人士共迎新春酒會上的講話：
「愈是任務艱巨愈要砥礪前行」，在對付特朗普政府
上，北京「迎難而上」的可能性不低！當然，「上」法
很多，筆者當然希望只是發動凌厲的言文攻擊，「動口
不動手」！

四、

　　特朗普破空而出，在「全人類」反對下當選，取
勝之道是以巧妙運用網絡配合與眾不同的語言藝術，記
上一功（不一定是首功），而其幕後功臣，一般相信是

他的女婿、如今已貴為其三名高級幕僚之一的賈德‧庫什納（Jared C. Kushner, 1981-）。在過去一段頗長的時間，「一問三不答」是公眾人物面對棘手詰難時的慣技，無可奉告（No Comment）是大家耳熟能詳的口頭禪，但效果可以很壞，因為記者會尋找真相、繼續「扒糞」，結果對當事人有害無利。特朗普的策略是作出簡單的答案——A、比如問他為何不公開報稅表，他答以「正在核算」，事實可能如此更可能他為「藏拙」而着他的稅務律師為他審核收支情況；又如被問對女性出言不遜，他沒迴避，但說「這是在更衣室的笑謔而已」，遠較面紅耳赤地斷然否認高明。B、當被記者捉着痛處時，做錯事（當然是雞毛小事，大事絕對無法逃避）的政客，會一臉悔意當眾道歉，然後繼續（暗中）錯下去，傳媒當然會繼續窮追，許多時是問題愈捅愈大愈掏愈臭，小事變大，但特朗普的策略是「對不起我沒對你不起」（Sorry I am not Sorry），模棱兩可似答非答便把記者打發，這令對記者不存好感的「特粉絲」十分雀躍；而此中顯例是白宮與傳媒就觀禮人數多寡的爭議。電視觀眾清楚看到這次人數遠比奧巴馬那次少，白宮發言人仍堅持「不少」，理由是他說的是「另類事實」；又斥傳媒批評總統言行是「行為不當」，因為記者的任務是報道而非對公眾人物的指指點點。C、別跟文人開筆戰，本為應付有「地盤」寫作人（文化人和記者）的傳統做法，但特朗普打破此「陋規」，他利用網絡（推

特），「有理沒理」說出「心聲」、擺出「事實」，
而效果算很成功。按：勸人別和文人打筆戰的原文為
Don't feud with people who buy ink by the barrel，現在
絕大部份文人已不用「墨水」而用電腦，這句話本身已
經落伍!

　　特朗普對付記者（公眾質詢）的手法所以奏效，
主要是令問者一語塞、不知如何接續話題，網絡的利用
當然居功至偉。事實上，本地政客的語言「偽術」，與
之有點相似。美港相通處是時見答非所問，時見問東答
西或顧左右而言他，「有意見」則用網誌、「推特」補
足。大概是運用得出神入化，加上有一個精煉有力的強
團隊，令特朗普能在主流媒體圍剿下以輕佻的流氣突
圍！

2017年1月24日

「共」聚一堂雞報曉
一中逾份兩制休

一、

　　林鄭月娥女士宣佈競逐下屆行政長官時，說她要延續梁振英「行之正道，穩中求變」的理念，港人聽得口呆目瞪、異常反感，因為梁振英當上行政長官的幾年間，「禮崩樂壞」是經常聽到人們對香港情況的批評，特區府會關係緊張，問責官員質素非常參差，公務員士氣低落，梁氏卻剛愎自用，提挈不起整體運作，行事沒有準則，經常給人以梁班子只知勾結，不識團結的極壞、極壞印象。即使決定不會角逐連任以後，早就透露準備退休的林鄭女士，一聽梁氏倦勤，竟然馬上改變初衷，挺身而出，其中一個理由是要延續梁氏的「政策理念」，能不令人莫名其土地堂？

　　向與梁振英工作關係平平的前財政司司長曾俊華，其為參選請辭，出缺卻不是由多次署任財爺的現任財經事務及庫務局局長陳家強頂替，而是由會計界出身，說到經濟學識、財政政策、公共財政經驗均屬拍馬也追不

上陳家強教授的陳茂波發展局局長出替。這種人人不難看到的難看，梁特首就有堅持的能耐。這副「硬骨頭」何以服人？怎能服眾？誰能信任？

即使林鄭女士沒有說過「梁振英路線」，她說梁振英的理念是「行之正道，穩中求變」，也是很難不令港人吃驚的。

二、

中聯辦舉行新春酒會（19日）圖文影音的報道很多，留意的讀者和觀眾，不難從張曉明主任的致辭、賓客的掌聲、大家握手寒暄的肢體語言，看出中聯辦在港的政治角色是多麼重要之餘，尚可參透一點何以梁振英力疾從公，卻落得民望插水神憎鬼厭的緣由。

當晚的酒會嘉賓，包括全國政協副主席董建華、行政長官梁振英、外交部駐港特派員宋哲、解放軍駐港部隊司令員譚本宏及政委岳世鑫，當然還有來自中央駐港機構人士、特區政府高官、駐港中資企業負責人和外國駐港領事以至社會時彥四千多人，他們「共」聚一堂，氣氛熱鬧。

主人家中聯辦，一般港人只知道它是中央國務院派駐香港的代表機構，知道其在中國共產黨掛的牌子是「中共香港工作委員會」（香港工委）的，不甚普遍。筆者指出這點事實，並無價值判斷的成份，只想點出，如果黨、國的名份清晰，權責分明，特區政府在《基本

當
年
2
0
1
7

法》規定的「一國兩制」之下，應該與其實是「香港黨委書記處」的香港工委、別號中聯辦這個機構保持適度距離，不該在管治取法人事安排上，過分靠攏。

在政治結構上，「一國」下的特區港府，必須聽命於隸屬中央國務院之下的中聯辦，否則便有違「一國」精神。然而為了穩住「兩制」之別，中聯辦不能不約束其對香港政情和人事的指指點點，因為工委的本來面目是共產黨，如果特區政府受其提點擺佈，發揮國內黨委書記權力無限大的影響力，那便成一黨之下的兩種可以混為一談的「兩制」，而非「一國」之下的社會主義和資本主義。從種種事象看來，梁振英當上行政長官、張曉明當上主任的互相配合下，香港已變為一黨領導、沒有靈魂、只是徒具資本主義外殼的拜金社會！

中共港澳工委於1947年成立，曾以新華通訊社香港分社的特殊地位，活躍於香港；1991年，港澳工委分拆，主權回歸後三年（2000年）香港工委以中聯辦的面貌在香港出現。十二年後（2012年）的中共十八大召開，香港工委首次成為獨立選舉單位，選出十六位名字不對黨外公佈的在港中共代表；2015年，中共中央政治委員會網頁公佈工作會議時，首次提到相關的在港代表；他們究竟是誰，秘而不宣。不公開黨組織詳情，是否有其必要和法理，港人無從置喙，只是如此一來，「香港工委」的存在便成了公開的「一個秘密」，而這個披起中央政府（國務院）駐港機構外衣的中聯辦，近

年經常擺出領導香港政治的架勢,而非「政治顧問」那麼簡單。香港的資本主義社會仰仗社會主義的忠貞分子「教路」,是切切實實的「外行領導內行」,怎不荒腔走板、昏頭轉向?

在中共編制內是香港工委的中聯辦,內設文宣協調、研究、社團聯絡、社會工作、經濟、法律、教育、科技、警務聯絡、保安和港九新界的分區聯繫等等不下二十個部門,至於國內常設的辦事處亦有三個(分設廣州、深圳及北京)。如此宏大規模,奠下有能力有辦法對港事無事不管的基礎,使其為特區政府背後的「實力」支撐,形象益顯玲瓏。

想到中聯辦研究部前主任曹二寶,2008年曾於黨校刊物建議香港應該設置直屬中央的「第二支重要管治力量」,可能正是中聯辦機構高速膨脹之本;「還看今朝」的中聯辦組織,其於香港內部管治上,最初是想透過工聯會、民建聯等港共團體參政,強攻官場、議會的位置,爭奪「話語權」——等於香港工委間接問政——以期能夠成為砥柱中流的建制陣營,不惜借助蛇齋餅糉遊的「免費午餐」,動員投票、影響選情,可惜水平不夠的港共,畫虎不成。中聯辦的京派駐港大員,自2012年國慶煙火沉船夜,剛當上行政長官不數月的梁振英,笑陪李剛副主任登場說事故、撫民心,指揮若定。從此之後,中聯辦公開介入香港內務再不鮮見。如今在挑選行政長官人選上,香港工委的「造王者」姿態,已是毫

不扭捏地走到幕前,何用猶抱琵琶?

三、

　　酒會當晚,梁振英政府的兩名要角,呈辭即獲中央批准的政務司司長林鄭月娥,受到現場賓客的熱烈包圍,盛情擁護,祝賀她即將參選,希望她心想事成;而另一要角,即月前呈辭的財政司司長曾俊華,既拖延月餘才獲北京批准,且連出席酒會的一張請柬亦沒收到。如此厚此薄彼,真有「比而不周」的「偏黨」顏色,既是不成體統的難看!也是難看得不成體統!

　　事實上,中聯辦主任和行政長官在香港內務上的合作,應非「同流合污」,更有可能是同心為港。可惜,他們要打造的是北京要見的事事北望神州的香港,而非港人想要維護推進、有國際城市景觀的香港,此中的矛盾和有時免不了的衝突(當然不排除「有心人」從中作梗讓事態嚴重化危機化),令中央為防範根本莫須有的港獨而在香港這個鳥籠之中加設多重鐵閘,處處設限,進一步剝奪港人向有的自由空間,令中港之間出現難以紓解的心結。

　　從雨傘運動前後的連串不和諧事故看,行將卸任的行政長官梁振英,得到中央政府的認同,得到中聯辦主任的高度讚賞,許亦出於「有利於國家」的念頭,卻肯定失利於「兩制」的堅持,最終更有可能令香港成為國家的負累(希望沒有把柄落入美帝之手令香港成為特朗

普政府和北京進行利益交易時的籌碼）；而中聯辦名實
不副，經常就港事出點主意，雖然不少出於打造和諧的
香港，可惜難脫工委痕跡，那對國家是否有利（利分有
形與無形兩種），際此政爭升溫之際，相關人等實應深
切省思。

2017年1月25日

基建強軍加消費！
擴大財赤可興邦？

一、

雞年將至，相信大多數香港人都希望「雞鳴喚福來」，此地畢竟是典型商業城市，港人口中的「福地」，指的是經濟繁榮股市樓市「炒」上，從中有所得着，便是不少港人心目中的「福」。

今年——2017年或雞年——令關注經濟興衰者感意外的，許是世上主要的經濟大國，在資金氾濫和利率看升的情況下，無視通貨膨脹這頭怪獸蓄勢反撲，都會行向經濟體注入資金刺激經濟使其不致陷入呆滯無法自拔的困局（當然有人憂慮可能重返上世紀30年代的大蕭條）。這樣做能否收成效、有甚麼消極後遺症，只有政治家會考慮，着重眼前（任內）利益的政客，均置諸不理，其實是要理亦力有未逮。因此，即使債如天文數字，為了擴軍、基建以至派發「免費午餐」，編製赤字預算仍是各大國尤其是硬貨幣國的必然選擇。

在一般人的印象中，美國是世上負債最重的國

家，哪知統計數字顯示的是另一回事。去年10月下旬，聯儲局紐約分局公佈的《家庭債務及信貸報告》（Household Debt and Credit Report），顯示去年第三季美國家庭的總負債為十二萬三千五百億（美元·下同；汽車分期一萬一千四百億、學生貸款一萬二千八百億、信用卡及其他信貸一萬一千二百億、物業按揭八萬八千二百億），分類數字特別是總負債，看起來頗為驚人，然而，去年美國的國民生產毛額（GDP）達十八萬五千六百億，意味國民負債只及GDP的78.8%，在世界排名榜上，「屈居」第十位。說來有點不可思議，據顧問公司「交易經濟學」（Trading Economics）編纂的統計，以GDP為據，世上負債最重的是大家心目中的世外桃源或人間天堂的瑞士，其民間負債比率高達GDP的127.7%，以下依次為丹麥、奧地利、荷蘭、加拿大、挪威、南韓、美國、瑞典（她們的負債比率在123.3%和84.9%之間），難怪美國不及80%的負債比率，在排名榜是「大落後」了。負債前十國，除了南韓（90%），可說都是令人羨慕的國富民富的國度（其共通特點為基本利率和按揭利率均「偏低」），哪知其人民的幸福生活，竟然主要是靠信貸撐持。真是想不到。

二、

　　一再「量化寬鬆」之下，幾近於零的利率持續多

年，但是經濟增長仍在正負數之間徘徊，欲有所為（遑論大有所為）的政府，只好不顧後果，再打赤字主意。換句話說，有能力印刷硬貨幣（國際上有市場）的國家，不少有續行印發鈔票、寬鬆信貸以刺激家庭消費、藉之促進經濟增長的構想。當然，這樣做有「超乎估算的風險」。

一國人民（以家庭為單位）怎樣「幫助」國家經濟起死回生（甚至起飛）？答案簡單，向金融機構借多點錢（以物業等有價商品為抵押品），然後上街購物、天天「出街食飯」便大功告成！把物業按揭甚且二按三按，財務學有個很動聽和中性的叫法：「以物業搾取金錢」（home equity extraction）。借貸者把擠出來的錢花掉，零售市場復甦，必會引致「總合成長」（aggregate growth），那即是說，零售興旺、工廠加班、失業率下降、消費上升……，最終投資快速增長，經濟繁榮便在眼前！可是，經過這麼多年經濟興衰起落的切身教訓，沒有人不知道「借得太盡」令當事人無法承受半點金融風浪，加一厘半厘息便叫苦連天。在通脹率爬升期間，人人笑呵呵做「豪客」，但很快便是利率漲升幅度甚於通脹率（不然惡性通脹肆虐政府很易倒台；當然，獨裁或強人政府如津巴布韋是例外），至此，一切便改觀，改觀意味「借盡」者有難。此中的情況，讀者知道比筆者多——想要知道更多請讀上引楊君的大作。

以目前的情勢看，誓要擴軍（硬體軟件常規核子武器多管齊下）及大搞基建的特朗普政府，必會走這條路，那從他過去幾個月的言論可見（散見筆者在這裏的評論），而隨其尾驥的，也許是日本。昨天《信報》網站引述日相安倍晉三的前經濟顧問、日本駐瑞士大使（可能於明年出掌日本央行）本田悦朗的話：「（面對通縮）日本目前處於要增加政府支出，擴大經濟規格的階段（藉此令安倍經濟學有起色）。」他預測2018年度內可能加大力度再行寬鬆政策……。日本有刺激消費者「加強消費意識」做「大花筒」的條件，因為其家庭負債與GDP的比率僅為65.9%（參考數據，香港66.4%，中國41.8%），負債不算重，為個人為國家甚至為世人，何樂不再借！

三、

千里來龍在此結穴，説了這麼多經濟現況與前景，有餘資者應怎樣做才能「保本生利」？筆者的八股答案是，主要是靠自己，多聽專家的意見，多看財經演員的表現，最後要做自己資金的主人，自己做投資決定。不過，賺錢是天下最難的事，離開市場時你要有所得，還是離不開對時機的準確拿捏！

在利率與通脹率齊飛的前景下，有市價的實物如黃金如磚頭，都是不二之選。前者是世界性的，通脹率步步高與時局緊張，令利率上升加重持金成本的缺點消於

無形；金價近日雖升了不少，仍是投資組合中不可或缺的元素。至於深具本地特色的物業，雖然人人說貴，政府且辣上加辣、誓不減辣（新人上任後應會據市況作新決策），但內地國企私企，捨前海就香港，「值得投資的物業」，價格仍是升易跌難（投資者是不會理會市民的負擔比率的），以部份內地資金或有「走資」及「洗錢」的隱性目的，可以不必「斤斤計較」成本效益，由是可以出高價投地買真豪宅，整體樓市遂被輕輕帶起；當然，美國揚言擴軍黷武，軍工股不可不留意……。撇開中東戰火蔓延南海可能聞炮聲，在天下太平的條件下，今年的投資若跑贏通脹，已是徼天之幸！

2017年1月26日

美國基建利所在
中國地位難取代

一、

　　特朗普和安倍晉三會談的結果，不出大部份論者事前所料，果然強化了美日兩國「友誼永固」的關係、鞏固日本作為受美國核子傘保護國的地位，當然，對關心遠東政治局勢者來說，特朗普重申《美日安保條約》適用於釣魚島（日稱尖閣諸島），意味美國會協同日本保護這些「鳥不生蛋」的荒島。如此宣示，多少起點阻嚇作用；以當前的政治情勢，短期內東海應風平浪靜……。雖然特朗普去週四與習主席通電話時，「應中國的請求」，公開承認「一個中國」政策，對中國釋出「善意」，意味中美不會斷交，但他在釣魚島上擺出的姿態，令「善意」變假意！非常明顯，美國新政府仍企圖利用這類島礁主權糾紛，作為稍後與中國作政經討價還價的籌碼。

　　留意股市動向的人大概都知道，由於「特安會」中提及在華盛頓與紐約間興建新幹線高速火車（車程僅

需一小時），加上特朗普可能在他的萬億美元基建計劃中，把高速火車引入加州（修補他與加州政府「瀕臨破裂」的關係），消息尚未見報但網上已廣為流傳，有關股票瞬被炒起——生產火車安全訊號系統的大同信號（株式會社）去週五股價一度急漲15%（收市升9.2%）、火車製造商川崎重工業漲4.5%、日本車輛製造（日本中央鐵路公司持51%股權）更一度飆升18%（收市升14.6%）……。不但如此，中國中車亦突然升約百分之五，投資者認為在高速火車製造上有重大突破的這家中國公司，可能在美國的基礎設施重建上有所得着，是完全合理的推測。值得注意的是，高達二百三十公尺的加州奧隆維爾湖水壩（Lake Oroville Dam）一條排洪道出現裂痕，數萬居民須要疏散……。這宗意外，必會加速特朗普大力投資基建的進行，那意味在研發高速火車和興建水壩俱大有所成的中國企業投得工程的機會大增。換句話說，如果「中美利加」關係藕斷絲連，不致破裂，中國在美國的基建中分杯羹（被邀參與標投工程）可能性上升，那對兩國皆有利——市場若因政治理由為日本廠商壟斷，美國要付較高經濟代價，是十分顯然的。

二、

　　「特安會」傳達的強烈信號是，美國和日本會繼續緊密合作，阻遏中國在亞洲的勢力擴張。按照常理，以

中國市場之大、購買力之強，美日可從中獲巨利，三國應攜手合作「共同搵錢」，才是正理；所以弄成今日的局面，筆者簡單的看法是，日本有先天懼華症（見收於《國之不幸》數文），本來基於經濟利益，美國不會死心與日本聯手「壓中」，但中國在南海的「建設」，令美國感到大事不妙，以此舉會令中國坐大，相對地令美國在區內的政經利益尤其是「道德影響力」受侵害。

一向以來，以李光耀為首的西方論者，認為中國通過經濟力量（龐大消費市場）不僅可輕易令東南亞鄰國「臣服」（一如中國對香港藝人的要求，要打進中國市場，必須在外交上與中國同調），且可在世界市場佔顯要地位；與此同時，吸收德國和日本在未真正站起來（制敵於死地的先進武器未被發明前）的時候、武力「挑戰現存秩序」結果慘敗收場的經驗，在明知軍力於短期內無法與美國匹敵的條件下，維繫「中美利加」關係，盡量避免與美國正面衝突，即以「韜光養晦」為前提，與美國和平共處。「韜光養晦」的另一涵義是別重蹈蘇聯與美國展開武器競賽的老路——蘇聯在軍事上的投資雖有所成，缺乏資源在民生經濟上投資，令人民怨聲載道。所以如此，皆因美元有市場而盧布連俄人都不願持有。北京雖極力想讓人民幣成為通貨，多年來的努力有顯著成效，但離成為硬貨幣之途尚遠，那等於説不能通過印鈔票建軍強軍，要用人民的血汗錢與美國作軍備競爭，別説因為底子不厚毫無取勝把握，要為此付沉

重代價的，肯定是國民經濟。中國領導人對此有充份了解，可惜南海建島壞了大局！

　　中國埋頭苦幹，致力經建，而領導層知道保持長期增長，除要大力培訓科技人才及提高企管技能外，維持航路暢通，以免要靠進口的能源、原材、以至糧食受制於人，因此必須另闢不受美國海軍控制的馬六甲海峽的航道……。在軍事崛起自我感覺良好的背景下，中國很快出手把自古以來屬於我國所有的南中國海若干島礁，打造成也許可以控制通往中國航道的軍事堡壘——萬一馬六甲海峽被封鎖，南海航道便可保障中國需要的物資不會受阻中斷！

　　中國的想法和做法有理有據，但是外人尤其是南海周邊國家及她們的「老大哥」美國，看法南轅北轍，以這些主權無法確定的島礁歸入中國版圖引起的地緣變動，有關海域的天然資源盡歸中國所有，肯定會加速其坐大的時間，這豈是美國和其亞洲盟友所樂見。美國新任國務卿蒂勒森出掌世界最大石油公司艾克森長達十年，他知道南海海底有多少寶藏。蒂勒森對中國「霸佔」南海島礁極度反感且口出狂言，必有其道理。

　　看蒂勒森的咄咄逼人，特朗普政府必會強化此一政策。除了空泛的維護美國在區內的政經利益，作此主張的美國政客還有美國是促致遠東諸國經濟繁榮的認知。事實上，二戰結束後迄今七十年，區內的「和平安定」，美國可記首功。在大局穩定各國基本上和平相處

的環境下，日本、亞洲四小龍（南韓、台灣、香港和新加坡）以至中國，才能「心無旁騖」發展經濟，而且取得非凡成就⋯⋯。這種「世界和平經濟繁榮」的願景，因為觸動美國利益神經的南海島礁建設而生變。在國人愛國情緒高漲的現在，北京如何既安內又「攘外」地擺平這個難題，由於軍力起不了鎮懾作用，需要高度的外交智慧。

三、

奧巴馬政府若干政策，特朗普一紙「行政命令」便改之哉，而「重返亞洲」，是特朗普不會放棄且會強化的政策。

美國的持續介入亞洲事務，加上日本（和台灣）的「通力合作」，「北京頭痕」是現實的寫照。

在這種大環境下，美國智庫「環球政策論壇」（GPF）2月6日發表一份被廣泛援引（如《福布斯》、《商業內幕客》及《本週地緣政治》〔*This week in Geopolitics*〕）、題為〈2040年日本將成亞洲領袖〉（Leading Power）的報告，從經濟層面剖析何以日本有力再起。筆者不想引述這些說服力不算很強的經濟分析，但想指出一點，大家可有想過（筆者從未想過），這三二十年來，日本經濟經歷從高峰直墜谷底而社會安定和諧如昔，其制度其管治手法以至民族性（趨吉避凶、默默工作），值得「有心者」仔細研究。經過約

三十年的「休養生息」，在日俄可望共同開發「北方四島」的憧憬下，日本加速經濟復興步伐，可以預期。然而，日本人外侵天性難改，但軍事上必須借助美國之力才能安心創富，兩者必有出現矛盾引致衝突之時，新動亂由是而生，這正是日本的「心腹大患」；只要中國的經濟與軍事能夠同步穩定向前，其在亞洲的地位，是不易被取代的。

2017年2月14日

有競爭形格勢難禁！
京意民意一樣稱意？

一、

　　行政長官候選人提名期從洋氣浪漫的情人節（2月14日）開始，為期兩週，至3月1日結束。

　　接受報名前，最後一位表態準備參選的，是諢名「長毛」的社民連成員梁國雄。梁氏表明自己不是民主黨派（泛民）角逐特首之位的理想代表，可是，由於說服不了一些他認為資質比他好且更具代表性的民主人士出來競逐，在堅信「香港人應有機會支持一個能代表民主原則、民生訴求的候選人，在選舉中道出香港人的願景、立場，同時實踐公民提名」的信念下，梁氏明知無可為，亦赤膊上陣，正經八百地站出來說他準備參選。

　　以民主陣營來說，「長毛」的言行，不無道理亦合邏輯，然而，他的「民主原則」在特區的「鳥籠政治」下，只是不着邊際、在籠外翺翔的「理想」，而選舉行政長官，卻是容不下那原則的籠內生態，當人們大多認為香港管治在梁振英任內嚴重出岔、必須換上一位

當
2
0
1
7
年

不至於重蹈覆轍的新人時,在建制內履行職責的選委,即使心存民主志業,面對此一人事任用的關鍵,不免要在「事有所宜」上知所因應和權衡,不能不顧選情,在意於「長毛」那種民主原則和邏輯,所以梁國雄出此一「選」,鼓動不了人心、磨礪不了眾志,擺在眼前的現實是,選委們不會、也不該買賬!

多年以來,梁國雄議員在立法會上扮演反建制、爭民主的角色,聲嘶力竭,卻畢竟只是一個碎了又修、破了又補的點綴民主的寶貝爛花瓶,因此,這回有意「競選」,只會繼續予人以不足成事的「搞搞震」印象,僅足以給民主黨派選委,帶來不必要的擾攘。

二、

林鄭月娥女士是迄今為止勝算最高而民意在低檔徘徊的參選人。人大委員長張德江說她不是被欽點,卻是中央政治局唯一支持的行政長官參選人。最高統治層「唯一支持」而非「欽點」的話中矛盾如何解讀,政治識見有限閱歷不同的香港人如丈八金剛。京師盛讚林鄭「愛國愛港、執行力強」,不是「無煙大炮」、未必與事實有很大距離,可是,她以梁振英政策馬首是瞻的「入場引言」,早把不少港人嚇得雙腿發抖,全無與她「同行」的勇氣!

故宮博物館一役,盡顯林太「愛國愛港執行力強」那些深受京官賞識的能量,同時還看出她有繞過正常渠

道、鑽空子行事的過人本領，其肆意縱橫而自鳴得意的目無餘子，算是開了港人眼界。人們對她後來以「關心、聆聽、行動、同行」等等的宣傳字眼，號召支持，亦就言者諄諄、聽者只會「藐藐嘴」了。

自從表明參選後，林鄭女士在公眾場合的表演，似因過度興奮而有點手忙腳亂，若干言行，成了公關災難和「堅離地」笑柄，連外國傳媒亦引以為「奇」！可是，中聯辦與京官竟毫不避嫌地繼續為她敲鑼打鼓，使人覺得香港人過去曾引以為傲的、公平競爭的政商環境，竟已面目全非。中央政治局的取態，港人聽來看來，根本就是赤裸裸的干預。林鄭何幸，獲京官青眼有加；卻又何其不幸，遭香港民意鄙夷！其與梁振英在港神憎鬼厭而深受上意嘉許的同工異曲，豈止神似而已？

三、

「偏一國」團體會作綑綁式提名的決定，不但令辭職參選遇到拖延的曾俊華，親歷「人在江湖」便有趨炎附勢嘴臉的現實，就是收看電視新聞的觀眾，亦會看到林鄭所到之處的奉承虛火、表面風光。幸好形格勢不禁，曾俊華做慣「持家富太」，參選行政長官，一樣態度從容，人氣飆升。人家問他在管治上有甚麼值得一提的往績，他「論論盡盡」地說，很難具體一樣一樣地細數，認為在政府裏工作，審時度勢，防患於未然的事前化解工夫，要比災害發生後的救災救難更為吃重。這是

出自一位在梁振英麾下任事五年而仍然記得政府處事訣竅的人，管他「懶懶閒不着緊」的態度在別人看來是多麼的欠缺朝氣與幹勁，若處事得體、着力得當、拿捏有準、行事奏效，便比那些煞有介事，經常以「迎難而上」為標榜的死力拚勁，更能見用於時、見效於事、建功於社會──起碼也不會是禍己累人的胡作妄為。

　　回歸以來，過去嘗過港英奉行「積極性不干預」好處的香港人，也許是受神州大地經歷過革命豪情的感召，傾向於積極有為幹實事的作風；可是，關乎眾人之事的政經事務，講求精簡可行機制的呼應配合，至為重要，不是人人出死力用蠻勁便能事事亨通。回顧過去三位行政長官，董建華不是沒有氣魄和志向，他還非常勤力；可是他對政府組織的制約和發力，欠缺認識和尊重，半部長制的匆匆上馬，畫虎不成的後果，把香港長期以來寄望倚重公務員系統的行政主導，變得非驢非馬。董建華對香港管治的破壞性超過了他對香港的建樹。

　　曾蔭權的管治不算完美，卻是中規中矩，「冇做嘢」（不做事）之說，不知何所據而出，可是，就像「貪曾」之名長期在傳媒與坊間流傳，雖經立案、調查和審問多年，「貪」之一說，如今纏訟當在尾聲，卻因此不便「妄議」。「冇做嘢」的曾氏，在任七年，香港人的快樂指數比其前任和繼任者都要高；港人對國家的歸屬感及對特區政府的尊重和好感，亦肯定比在梁振英

治下的幾年間高出很多很多倍……，營商環境更是今非昔比，當然，這些或與外部環境多少有點關係，但是特區政府的行事作風又怎會不起作用！

同樣在梁班子裏浸淫的林鄭月娥與曾俊華，前者力疾從公，這是眾所周知不用懷疑的事實，可是，能否執中扼要，行事有果，榮中國益香港添市民福祉，卻成大疑問。以領導者的氣度而言，曾俊華與另一位行政長官參選人胡國興大法官，都比林鄭的器宇大，可是，一士諤諤的法官工作與提挈整個政府和社會各階層的圓融合作，距離實在很大，那是熟悉官場作業的林鄭月娥、曾俊華和另一名逐鹿人葉劉淑儀女士，都比胡官更具優勢處。雖然有不少人因為當年政府由葉劉女士帶頭硬推二十三條立法而走上街頭抗議，可是，受過經驗教訓，通過民選洗禮、為人直率的葉劉女士，比起林鄭和曾俊華，條件並不輸蝕，可是她的勝算卻實在未許樂觀。

傳聞林鄭女士「不久前」在一高級公務員聚會中，為自己過去做事未能顧及同袍感受而犯「眾」怒作公開道歉後，聽眾並不受落，一班新舊高官，耳語相傳，要是在林鄭與葉劉間作一選擇，多數寧選師姐葉劉！

四、

七百多萬人口的香港，當中只有一千二百人（雖然當局說他們代表了三百多萬港人）有資格投票選舉行政長官，要是選委還有空間把中央政治局的「推薦」視

為「參考」而非「指令」（那意味他們同意張委員長所說沒有「欽點」這回事），那便不是沒有選擇的選舉。不過，說實在的，如今無論哪個競逐者出線和勝出，都不能不對北京唯命是從，頂多只有解釋香港情況深淺之差別而已。如果中央力撐的林鄭民望被曾俊華遠遠拋離（這種場景應該不會出現，因為「商業性」民意製造團體已準備隨時開動，來一場如過往愛字牌的「民意大反擊」），其勝出便清楚顯示京意港情的雲泥之別、南轅北轍。北京既不怕難看，又不理會港人難堪的一意孤行，扼殺「兩制」，便彰彰明甚，抵賴不了。要是京官一句，尊重「兩制」，中央雖有屬意人選的傾向性，卻不等於那是委任般的決定（真的沒有欽點），投票權還是在香港選委手中，那麼，香港將會出現一個北京支持的人落選，由一位民望較高的人坐正。如果未來的演變果真如此，港人千萬別以為那是「兩制」彰顯，因為這不過是代表「一國」的北京掌控得宜、收放自如，「想點都得」的得意罷了。

2017年2月15日

日本危困易生變
備戰避戰費思量

一、

　　有西方智庫認為二十多年後，日本會成為亞洲第一強權，亦有商業機構指出三十多年後，中國會高踞世界第一大經濟體！跨國會計公司普華永道17日發表報告，顯示貨幣以購買力平價（PPP）計（以美元在不同國家的購買力與在美國的購買力比較得出的數據），根據當前的發展勢頭，到2050年，世界十大經濟體排名如下──中國、印度、美國、印尼、巴西、俄羅斯、日本、德國和英國；屆時中國的國內生產毛值（GDP）為五十八萬四千九百九十億（美元‧下同）、印度四十四萬多億、美國三十四萬餘億……（詳情見PwC.com）。這兩組數字雖然都出自專業團體之手，但前者有價值判斷成份，後者則有順藤摸瓜之弊，因此都有商榷餘地，況且它們的「估計」俱以「如無意外」為前提，如今國際秩序大亂，意識形態顛倒，意外頻生恐成常態，這類長期「預測」，因而只可作談佐，不宜當真。

迄今為止，似乎未見本港、內地和外國論者議論，日本由於不易走出深陷難以自拔的經濟困境，在軍事上潛存對外用兵的可能性。與所有古今中外的國家一樣，有掙扎求存餘力的國家，都會對外生事以轉移國內人民不滿現實的視線。2012年日本政府突然把釣魚島（日稱尖閣諸島）收歸國有，刺激中國的神經，令東海局勢升溫。現在回想，那或許是日本為紓困鋌而走險的一着棋，而這着給她押中了，那從特朗普政府在釣魚島紛爭上擺明不惜「得罪」中國亦要干預的架勢可見；另一方面，美國一面承諾尊重「一個中國」，一面派兵保護「美國在台協會」（高雄台北一南一北之外，未來可能會在更多城市如台中設辦事處；而某種形式的軍事基地亦會建立，藉口當然是讓海軍陸戰隊隊員有「休養生息」之駐紮地），直接向中國示威——美國與台灣的關係走近一步，對中國便是退了一步。如此情勢，肯定可為日本壯膽，強化其對中國不友善的取態。

二、

看日本的市況，特別是客似雲來的旅遊業，加上經常有些新玩意尤其是與創新科技有關的發明，令世人耳目一新，感到日本有望經濟再度起飛；但現並不如此樂觀。粗略地看，日本經濟有兩道不易克服的屏障。其一是人口持續老化，五歲以下兒童人數有少於六十五歲以上長者的比例逐年上升（勞動力後繼乏人外，尚加

重政府的福利開支）；其一是日本僅存的主要工業汽車業，因保護主義抬頭及市場競爭日劇而呈疲態！

日本的經常收支盈餘仍甚可觀，去年創下九年新高的二十萬六百五十億日圓（約一千八百四十億美元），比2015年增近26%，但是，由於日本過度依賴單一商品汽車出口（過往的相機和家電已為他國產品取代），提倡「美國優先」的特朗普政府勢必加諸這樣那樣的限制。美國對日本的有形（非服務）貿易赤字去年為六百八十九億（美元‧下同），其中汽車（及零件）佔約53%（為總數八成左右）。特朗普為了報答選民及為連任鋪路，大力推動本土汽車業，首當其衝的正是日本汽車業。

美國的貿易保護政策固不利日本貨外銷，世界最大汽車市場中國因經濟及政治理由少購日本汽車，更是致命一擊。去年日本車在華銷量比前年增加12.7%（三百七十九萬餘架），看似甚為可觀，但是同期的中國汽車市場增長率是接近15%，顯見日本車的大陸市場佔有率已在萎縮——今年1月，日本四大車廠（豐田、日產、本田及萬事得）在中國賣出三十五萬九千九百四十二部車，比去年同月跌6.7%。日本汽車在美國會遭受保護主義的打擊，在中國則要面臨激烈的市場競爭，前景並不亮麗。當然，日本還有把貨幣貶值的「絕招」，惟此招式已使盡用老，不必翻查數據，經常赴日本旅遊的港人，這三兩年對美元從兌八十日圓水平

跌至一百二十（目前在一百一十三水平徘徊）左右，有切身體會；旅客當然巴不得日圓再挫，但日本的「老大哥」特朗普甫上台便公開指斥日本（和中國）操控匯價令其貶值對美國不公。再讓日圓匯價下挫以刺激出口，已不大可行！

日本金融市場表面看來運作如常，那卻是政府撐持而非自由市場操作的結果。今年1月底，日本央行持有值三百五十八萬億日圓（時價三億二千萬美元左右）的政府債券，約為總債券發行額（據不完全統計達在八百九十四萬億水平）的四成，不僅如此，日央還持有66%的「交易所交易基金」（ETF，「證券投資信託基金指數」），僅去年的淨購入額便達四萬三千餘億日圓（約三百七十億美元）……。日本央行「全力入市」，直接持有的日債和間接持有的日股（證券化指數），數量之巨，前所未見，那才令日本金融市場能夠「正常」發展。然而，央行大力介入令市場無法自由運行，絕非健康之象。央行對此焉有不知之理，只是由於經濟底氣虛弱，央行停不了手。今年1月25日，日央「考慮削減購入債券數量」，債券便遭拋售，十年期（比較流行）債券孳息於2月3日飆升近百分之五十、成零點一五五厘，日央只好出手吸購，才令一場醞釀中的金融風暴趨於平息。

三、

看中美日國情，最不需要對外戰爭的，是政經雖有這樣那樣麻煩但發展勢頭甚佳的中國，那是意味怎樣有尊嚴地、不失國體地迴避「外來勢力」在東海、南海以至台灣問題上的種種挑釁，是當前最為重要的外交取向，這方面的政策似乎需要注入新思維，因為舊的一套看來並無宏效！

美國在台灣變相「增兵」及在北京公開警告下「悍然」派遣官兵七千五百餘名、戰機六十架（包括F/A18戰機）的航母卡爾文森號及導彈驅逐艦美亞號的「戰鬥群」進入南海巡弋，顯然是觸及中國的「核心利益」底線，但形勢比人強，除了言文攻勢，採取行動，對不知國家機密（不知解放軍真正實力）的論者如筆者來說，似乎尚非其時。「忍辱負重」是上策。

至於以經濟手段為壓力迫使有關政府改變對華政策，事實說明行不通。台灣民進黨政府不承認「九二共識」，北京馬上以限制內地遊客赴台及杯葛在內地的台商台貨，這類措施確為有關業商帶來損失，但蔡英文政府不但不為所動，且變本加厲如決定研發自製戰機及引入美國海軍陸戰隊；昨天《環球時報》獨家消息，指把高爾夫球場有條件交給南韓政府部署薩德飛彈的樂天（Lotte）集團，在華業務或遭「重創」；樂天即使怕得要死，亦無法無力改變政府部署薩德的政策。所謂「經

當
2
0
1
7
年

濟制裁」，只會令受害地區的商界和人民對中國更反感、在感情上對故國更疏離！

　　中國全方位崛起了，但軍事上尚不足以號令天下，因此外交身段應該放軟一點，才不會有下不了台的尷尬⋯⋯。在對付香港人的民主訴求上，北京實在不必那麼「強硬」，香港已是籠中鳥，何以還要在鳥籠中加鐵閘、間劏房，進一步限制港人應享的自由（《基本法》賦予的）。北京應從不認同中國人身份的港人持續增加上汲收教訓，進而改變治港策略。如果有一天北京對香港的過分干預令美國重啟、通過一度被國會擱置的《香港民主人權法案》（HK Human Rights and Democracy Act），除了「外來勢力」，沒有人可從中受惠的！

2017年2月21日

此一是非人情在
彼一是非法治存

一、

近日兩宗矚目「大」案的法律裁決，引起社會上有不少回響，那些訴諸情緒的激盪，令人隱約感到香港法治未必承受得起這股兵不血刃，然而見血封喉的暗湧！

前行政長官曾蔭權和七名「年輕有為」的警務人員同惹官非。前者因「公職人員行為不當」罪成，後者則因執勤時「暗角毆打」示威者被定罪，全部受到判囚的懲罰。

曾氏從事公職四十五年，表現卓越，被他的老上司末督彭定康稱讚為「稱職的公僕」，且是角逐下屆行政長官的林鄭月娥女士嘴裏的人格楷模。當了八年行政長官（2004年至2012年）的曾先生，是回歸至今香港三位行政長官中，在位時間最長的一位，比中途「下馬」的董建華（七年）和只做一屆的梁振英（五年）都要長。可惜，成功的故事，在快將功成引退的最後半年生變，未能圓滿謝幕，那是他個人的悲劇，亦是不少珍惜香港

故事的港人憾事。

曾蔭權可説是受傳媒「扒糞精神」而飽受煎熬的香港人,在他接近退休之期,有傳媒不分地域全天候跟蹤,拍下他私下與富豪朋友間奢靡遊宴的照片,包括參加賭場春茗之類的飲宴。報道見報後,「貪曾」之名不脛而走,「貪」的形象深入民間,口耳相傳,形成一股莫之能禦的社會壓力。經過廉政公署三年零八個月的徹查,曾先生終於被控三罪;此案纏訟五年,週前宣判,當中一項無罪、一項重審(已定今年9月),而陪審團以八比一通過定罪使曾氏身陷囹圄的一項,是他沒有向行政會議申報當年準備租住的深圳物業業主,為當時正在申請廣播牌照的雄濤公司主席黃楚標。陪審團不是全部認同其為疏忽,而是「故意隱瞞」(未見涉及利益輸送的舉證)。僅此一罪,曾氏鋃鐺入獄,一世勳功一朝喪!

那是對當事人極度殘酷的裁決。香港未必無人稱快,可是,扼腕痛惜深覺不近人情的,更是大有人在。此事令筆者想起《信報》草創期約四十年前,廉署成立不久,郵差過年時收下市民自願饋贈的十元八塊「利是」,亦要伏法服刑坐牢的舊事。不過,正是那份雷厲風行、鐵面無私和「執到正」的堅持,香港才實現到移風易俗的倡廉效果。

二、

　　一位法官説，人人都知道法治好，都想要有法治，那可以説是絕大部份官民的願景，可是，世間有法治的地方卻並不多見，何以如此？答案很簡單，因為法治的貫徹，社會得付出很高的代價，因此對落實法治遲疑者有之反對者有之，結果法治遂不普遍。以筆者所見，當前香港對上舉兩宗「大」案的反應，便是在人情方面感到「肉赤」（不捨），而人情激盪是足以動搖法治根基的一重考驗。

　　近年香港因為政見分歧而政府不事調解融合，反而強求爭贏鬥勝，令意向本已模糊的香港人，變為各走極端令社會異常撕裂；佔領運動原先那份帶着「愛與和平」的初衷，換來適得其反的惡意攻擊和絕不手軟的打壓，衍生了黃、藍陣營對壘而觸及法網的案件，盈千累萬，不滿法庭裁決的社會訴求，也就無日無之，於是出現了過去幾十年鮮見的侮辱甚至威嚇法官的情況，這本屬罪行，可以嚴拿懲處，然而，梁振英政府不暇自顧而律政司也沒有採取決斷行動，及時制止，影響法官令譽進而法治受損的趨勢，愈演愈烈。

　　七警案的主審法官，最近受到數以萬計與警隊關係密切人士在「撐警」聚會上，以粗言穢語公開謾罵；事件受到法律界專業界及不少市民的齊聲譴責，表示對此事關注的司法當局，已把事件交由律政司跟進。法政範

圍的執法部門（穿制服的紀律部隊）對司法裁決言出不遜，其與「建制」對着幹的程度，雖然未至於像1977年廉警對峙衝突的嚴重，可是已足教尊重和珍惜法治的香港人，驚心動魄，感到法治基礎不再那麼穩若磐石、固若金湯！

法治成敗的一大關鍵，是法庭莊嚴，法官的裁決，必須受到社會尊重，那是人人守法令法治行之有效的一項先決條件。一切涉及對法庭和法官不敬的言行，都會構成負上刑責的危險。進入司法程序（法院審理）的案件，別說官司控辯雙方的相關人士，就是傳媒記者的採訪活動，亦受諸多限制，必須依足法庭規矩，種種設限的目的，主要是讓法庭有序運作、杜絕瘋傳謊話閒言的散播，影響司法公正。法官判案未必無失，但是，不服裁判更改量刑甚至推翻裁決，都須透過合法的上訴機制，即便如此，法庭裁決的公正性卻是不容質疑和冒犯的。

近似宗教上有「佛相莊嚴」和「教堂是敬拜上帝的聖殿」等等不容褻瀆神靈的持守和敬畏，那是反映信眾或對佛陀或對上主的崇敬。事實上，莊嚴的教堂、廟宇以至設於其內的「神物」，一經亂用錯置，或輕忽、或污穢，便應了我國一句成語：「佛頭着糞」，玷污的佛像便會觸動其為一個普通雕塑的轉念；而一座教堂亦只不過是一幢可以變為賭場妓寨的建築。一念之誠不能破，誠靈的信不能滅。佛教的莊嚴佛相如是，彰顯法治

的法庭莊嚴亦如是！

（曾蔭權陷獄與七警案・三之一）

2017年2月28日

議會鬥法忘本分
法治得體代價高

三、

　　曾蔭權當行政長官期間，因為沒向行政會議申報他準備租住的物業業主是申領廣播牌照的集團主席而犯法，對於一般不大認識公職人員申報利益（包括無形利益如人事關係）是刑事罪行的市民而言，便會錯覺地以為那是雞毛蒜皮的小事。這次位高權重、為官四十多年且向來清白少瑕的前行政長官，在臨近退休前給抓住這「小辮子」下獄，法律之前人人平等、大家必須嚴守的教訓，便盡在不言中。經此「一役」，為官的不論職位高低，人人警惕，一絲不苟、絕不馬虎地守法做事，香港在國際間的法治信譽便多了保證。以這點小過失而成功檢控一位京委大員，意味「刑不上大夫」只見於封建時代，在向稱自由開放和尊重法治的社會，沒有人敢違背法院的裁決，有罪便得負上一定的刑責。換言之，曾蔭權案本身具有彰顯法治的作用！

　　前人說過，當法律對掌權者和立法者不管用時，

其治下的人民便不是受到合法的管治，而是被「牽制」在一個自由沒有蹤影的地方。法治的最大作用是制約權力，使之不致被人——尤其是有權勢的人——任意使用；法治是把不同權力置於明確的釋義和既定的法律條文之下，藉以保障一個地方的公共權力，維護社會上人人共享的自由和核心價值，而非個別權貴圈子的價值觀。法治不止於依法辦事，因為依法辦事僅屬權力之一端，亦可說是權力「宏圖」中的一幅小速寫——法治是不同「法力」並駕齊驅的壯麗風景！

說法律架構，香港本有不錯的分支和配合。無論在立法、執法和司法方面的事工分野清晰、權責分明，權力與權限界說井然，不管在訂立新法還是刪修廢除舊有的規條，立法工作都有繁複卻有條不紊的程序可依，這些程序必須遵守，不能踰越，而通過不同層面的多方考慮，為的是要達成周延的共識。立法過程莊重、絕不苟且，雖然有人覺得「缺乏效率」，然而數上數落後的法則訂定，卻能惠澤久遠，盡量避免朝令夕改的出現。當大權在握者有力隨心所欲釐定規矩法例的時候，社會便會陷入沒完沒了的混亂。其實，法律以外，即使是政府為應變應急而頒行「行政措施」，無論是辣招或加辣招式，也有弊多於利的隱憂。歷史告訴大家，不論有權者如何英明神武，急就章的措施，都會帶來不良的後遺症！

四、

　　過去幾年，本港的管治權力，在「一國」意識與「兩制」觀念之間徘徊。建制與泛民派系（筆者對這種區分並不同意，為行文方便，姑用之）的議員，堅壁清野，各自表述、各顯神通，結果「禍延」立法工作的進度，他們以兵家必爭的敵我對立，藉立法會的議事空間時間，天天鬥法、日日「講數」，立法會早已淪為「鬥法會」！這種與對手鬥其樂無窮的「議事」方式，不僅令立法工作裹足不前，成為法政不同範疇卻必須攜手並進的障礙。事實上，法治是方方面面的法政表現恰如其分才能達致的人文風景，撕裂的社會反映到分組的議事堂，議員的各有所「宗」、各有偏執，不但貶低了他們作為香港議員的身份，也疏忽了議員應有的本分，在很大程度上，那是動搖法治支柱的危險警號。

　　責守職份是「政府律師」的律政司，其對法治的影響，不容有失。經手的法律草擬刪修、政策的法律考慮以至民事刑事案的檢控舉證等等，其居中擇要的工作取捨和處理事務的先後緩急，在在反映特區政府的傾向。1998年，廉署就英文《虎報》虛報銷量的案件，當年的律政司司長梁愛詩女士，在舉證控訴星島報業的員工時，卻以維護公眾利益及證據不足為由，中途叫停對集團主席胡仙女士的起訴。社會譁然，認為律政司司長的決定有所偏袒、有失公正。

　　梁振英任內，市民對律政司司長的行事取捨，不是毫不生疑，比如令香港作為國際金融中心形象受損的商品交易所，其「來無蹤去無跡」的兒戲，主事人會否被追究，迄今數年，仍無「下文」。最近傳媒報道有人看到梁氏與那位曾經受到「最佳公職人員」褒揚的商品交易所牽頭人飯聚，如此這般的微枝末節，看在珍惜法治體面的人們眼裏，其對法治可能留下這樣那樣的污點，怎不引以為憂!?

五、

　　執法維護法紀的紀律部隊中，警隊規模最大，與市民的日常接觸最頻仍，所以警隊形象好壞，是社會法治面貌的一面鏡子。「七警」在年前聲勢浩大的「佔領運動」中，工作壓力嚴峻，身心疲累，心情煩躁，當可理解。可是，執勤的警察打人——不管是「暗角」還是「當街」，在鏡頭下均無所遁形——此人即使有破壞治安、挑釁警力的罪證，群警動手圍毆，便涉私刑，非常嚴重，判囚兩年，不算偏高；可是，有人將之比較破壞治安者的量刑，指證後者的刑罰比違法的警察還輕，於是便糾眾上街、開會抗議，批評法官量刑不公，進而力爭赦罪、爭取減刑並要求立法保障執勤警員免受挑釁和侮辱……。殊不知這類理直氣壯的言詞和行動，是對法治「失覺」衍生冒犯。

　　「七警」在「當打、當紥」職業如日方中的壯年，

入罪判刑是對個人發展、職業前途的致命一擊；人們對
這些「一失手成千古恨」的警員，莫說同袍親友，就是
一點關係都扯不上的市民大眾，亦不會全無同情之心，
對於在飢寒交迫時曾受惠於警員的筆者（偷渡失敗被捕
時警員竟讓出他們的菠蘿包，筆者對此終生感念），更
心有戚戚。本身是律師的民建聯立法會議員周浩鼎，他
在立法會辯論應否對《施政報告》致謝時，話題一轉，
便說到「七警案」。他說年前春節期間旺角騷亂中，用
磚頭襲擊警員的年輕人，只被判感化令，使社會出現了
危害人命、破壞社會秩序亦只會被輕判的錯覺；周議員
說警員在佔領和騷動期間的長時間執勤，精神情緒所承
受的壓力都到達爆炸點……。總而言之，周氏力數警員
辛勞，力陳罪成的警員有沉重損失；他因此希望法庭能
給這些因「一時衝動」而做出不當行為的警員「一個機
會」……。

　　作為一名專業律師，周氏不是向法官求情、不是為
「七警」到法院上訴陳情，而是以議員身份，在立法會
的議事堂上，一個不恰當的場合，發表他對「七警案」
的看法，而會議主持人竟然可以不加制止，那對法治香
港來說，真是匪夷所思！法治水平之大不如前，倒退步
伐甚速，便是這些不經意的胡混所造成。周氏以一己之
見說「七警案」，根本覺察不到其對維護大公的法治，
是多麼無知、失禮和荒謬；毫無惡意、絕對好心的發
言，就是不懂法治、不識分寸、不理規矩而給法治帶來

一頁難堪的反面教材！

（曾蔭權陷獄與七警案・三之二

〔三之三刊3月9日〕）

2017年3月1日

「美國第一」非假大
股匯軍費財赤一起升

一、

　　美國新任總統去週二首度在國會（兩院）演說，其腔調其身體語言與他的就職演說以至競選期前後的表現有異，一句話，就是「正常化」，和他結怨的美國主流傳媒趁機盡顯客觀立場，不因被他排斥再出惡言，而是讚賞有加，以示不偏不倚、不會因人廢言！這次演說的內容，以筆者之見，並沒有甚麼可寫，因為那和他過去數月特別在競選高峰時期對選民許下的承諾差不了多少！一向以來，論者（包括筆者）均指出政客當權便把在野時的言文忘個一乾二淨，即不守信諾是民主國家政客的「慣技」，但特朗普打破「成規」，「依書直說」，不過把以狂言出之的競選承諾，變為一本正經的政策宣示罷了。

　　特朗普「不食言」，預示美國經濟和國際秩序將有巨變。關於美國經濟，具體評論有待細節的公佈，如今大家知道的是新政府會在基本設施及國防上大舉投

資，資金來源雖說要靠減稅（大家尚記得「拉發曲線」乎）、刺激本地投資以增稅入甚至徵收關稅等。不過，這些「舊橋」不但成效不彰，而且不易滿足投資所需，因此，財赤飆升在所難免，與此並生的必然是利率與通脹齊飛……。

在這種環境下，華爾街股市不問情由、不理後果，「一於炒上」，主要股市指數連漲十多天，而看好後市者數不在少，坐擁市值近五千億美元股票的巴郡主席畢非德，甚至揚言「如無意外」，目前在二萬點水平徘徊的道瓊斯指數將見十萬點（好在他未設時限）！美股目前的市況只能以「過熱」形容，因為代表性較全面的標準普爾五百指數成份股的平均市價盈利率（P/E），過去五年升了近倍——從2012年1月的14.87倍升至今年3月3日的26.75倍（Multpl.com），不過期間每股盈利只從2012年第一季的二十三點零三元（美元·下同）增至去年第三季的二十五元三角九分。按照「常理」，P/E逾二十倍的美股已高處不勝寒，危危乎，近來美股投資者所以漠視P/E高企，所持「理據」，除對當局會大量向經濟體注資以刺激增長（盈利及經濟數據）有所憧憬外，還有對國際間可能有新「麻煩」而使各國資金投奔美國避難有關（這亦是美元匯價難以形成下降軌的主因）。有錢人（有餘資買股者在不同社會體制下都是「醒目分子」〔醒目不等於發財〕）有此共識，最重要的是這說明了他們相信美國是未來國際亂局的大贏家！

二、

　　特朗普兩院演說令人「提心吊膽」的，是擴軍。由於目前局勢高危而美國認為有不可推卸責任在南（中國）海「維持秩序」以保障南海周邊「諸小」——美國小乖乖——的利益，美國擴軍「彈指」中國，以遏制其「擴張」，因此值得特別關注。

　　美國在奧巴馬執政初期已用「重返亞洲」的公然宣示，雖然面臨重大壓力，此策略從未鬆懈而特朗普政府更進一步，把軍事重心放於亞洲的趨勢日趨明顯。所以如此，正如向來對中國「不懷好意」的米爾斯海默（John Mearsheimer）指陳，目前歐洲和中東基本上都可保「太平」，起碼是美國在這些地區的利益不會被蠶食，因為沒有美國的對手有力「攪局」；但亞洲情況有異，因為中國崛興令她有與「美國控制西半球一樣當亞洲的大哥大的『夢想』。當中國的GDP增至台灣和香港水平時，美國在區內的利益便無法不被分薄」。（見J. M的《大國政治的悲劇》及去年底發表於《國家利益》的長文〈特朗普必須行現實主義的外交政策〉）。J. M是所謂「進取性新現實主義」（Offensive Neorealism）的健者，他向來鼓吹崛興的中國必會因利益問題與美國「發生衝突」，而這是一場「零和博弈（遊戲）」，即中國之得為美國之失或相反。在這種局限下，美國必須秣馬厲兵，大肆擴軍黷武，以求把中國壓下去！學者的

論點與政策很多時是兩碼子事，但特朗普團隊卻和這類學者同鼻孔出氣，其漸漸成形的外交政策，走的正是這條路！

美國國防經費世界最大，去年度達六千二百二十億，佔GDP 3.61%，不過，此一天文數字的軍事支出，不少用於維持「世界和平」及「海外戰爭」（內地成功的創業家馬雲對地產前景的看法，筆者非常認同，惟他月前在瑞士達沃斯世界經濟論壇談美國軍事開支及財赤，便非常「乃伊芙」naive 天真過份），僅「維修」六千八百多枚（當中二千多枚已「報廢」）核子彈頭便年耗四百億，令在研發武器及添購軍備上資金不足，再蹉跎下去，美軍可能成為「大落後」，以數十年下來（冷戰期間），不少國家尤其是俄羅斯、中國、巴基斯坦、印度、以色列、伊朗甚至北韓，已「迎頭趕上」，雖然這種說法被裁軍專家認為「過甚其詞」，與實際情況不符，是好戰分子和軍火商人的「陽謀」，但看來「陽謀」得逞。美軍「現代化」已有跡象可尋，剛於月初正式服役的「福特號」（成本千多億港元），取代了1975年的航母「尼米茲號」；美國潛艇主要是冷戰時期的「遺物」（至2029年，美海軍只能存四十艘攻擊潛艇，中國的數目在七十艘左右），至於陸軍人數則大減，2010年有陸軍五十六萬二千多名（後備軍二十萬零五千名，國民警衛軍三十五萬八千二百名。而已研發的先進戰機所以不能大量製造，經費不足為之因，而這

不僅指造價，飛行平均時間消耗比較，昂貴亦是成因（F-15E平均時耗三萬二千零九十四元，F-22A的數字為六萬八千三百六十三元），這亦是何以二戰「殘餘」B52轟炸機改良後仍在服役的原因，所有這一切都會在特朗普任內改觀！

為了領導世界，維持美式世界和平，美國擴軍黷武會全力向前！特朗普1月底要求甫上任的國防部長馬蒂斯於兩個月內提交「擴軍計劃」，以便編纂2019年度財政預算；雖然此「計劃」月底或下月初才定案，但會計總局（GAO）剛公佈的文件顯示在未來三十年，會預留五千六百六十億作為擴充艦隊經費——從目前戰鬥艦艇二百七十二艘增至三百零八艘（以2016年美元計），每年平均耗資一百八十九億！國會預算局（CBO）指出這比歷史性平均每年建造艦艇的一百三十九億，超逾百分之三十六！不過，特朗普認為必須增至三百五十甚至三百五十五艘才足以應付，果如是，則每年平均艦隻建造費為二百五十億而未來三十年這方面的總開支高達七千五百億（2016年的幣值），而且近年大事研發的「近岸戰鬥艦艇」的成本還不計算在內！

海軍擴張不過是特朗普擴軍黷武的一端，經費來源主要靠財赤，這正是何以特朗普說「平衡預算不實際」；歷屆政府留下近二十萬億國債，在未來十年，財赤因擴軍大增突破三十萬億的可能性極高。在通脹受控之下如何「處理」這筆比天文數字還大的債務，悲觀者

都指向戰爭!

（從中、美國情看世局・上）

2017年3月7日

賺中國錢聽中國話
聽美國話一起科錢

三、

全國人大第十二屆第五次會議的發言人傅瑩，端莊得體有親和力，不以空泛的八股而是以具體內容三言兩語便「打發」了記者的詰問，無論在軍費增長、南海航行安全（傅女士指有關海域航險未加價，證明該區安全性如昔，不因中國的「介入」而變壞。這是許多論者包括筆者此前未想及的事實），以至中國對特朗普「屢次批評」的反應，傅女士俱有理有節，輕鬆回應。

上述的答記者指出兩項事實。其一是中美兩國實力差距仍大；其一是「美國恐怕還是擔心中國從能力上趕上或趕過美國」。看看何以美國實力勝中國但仍要擴軍及為甚麼向來擺出與人「偽」善姿態的美國擔心被中國趕上來，也許可引發有關的討論及回答傅女士的疑慮。

特朗普和他戰意高昂的內閣，要在武器開發及增加軍備上大舉投資，有其理由。

據《美國國安佈局——基礎重建》（J. Dowdy &

K. Rieckhoff: *America's National Security Architecture: Rebuilding the Foundation.* 見《麥建時三月書摘》〔*Mckinsey.com*〕；這兩位作者為該公司「高層」），美國國安組織特別是國防部，值此後冷戰時期國際關係愈趨緊張複雜及在技術層面已全部科網化之際，從務實的管理角度，為配合新形勢，有大幅調整甚且重建之必要。經過約四十年的冷戰，五角大樓已很難應付動盪（Volatility）、無常（Uncertainty）、複雜（Complexity）和模糊（Ambiguity）；VUCA是新常態的世界，美國國防部的管理模式仍以1986年「國防部重組方案」注重採購效率及各兵種獨立運作為指針，不能與時並進，十分顯然。阿富汗戰爭及利比亞美使館遇襲事件，改變過時的管理模式遂有迫切性。一句話，國防部必須更靈活以應對多變的時局。

五角大樓是「地球上最龐大複雜的機構」，要讓這頭大笨象隨時「起舞」，無論從結構、運作及人事調配上，都要動「大手術」。國防部大而無當的問題，蓋茨（R. Gates）在防長任內（2006-2011）便曾提出，可惜「無人受理」，但有打破成規決心的特朗普政府，必會大事興革，而這將與擴軍同步進行。

四、

傅瑩女士說得好：「世界上發生了那麼多的衝突，甚至是戰爭，造成嚴重的大量人員傷亡、財產損失，那

麼多難民流離失所,哪個是中國造成?看看過去這十多年,中國從來沒有給任何國家帶來任何傷害。」

就此角度看,中國的確是「和平崛起」,但何以不論遠國近鄰,莫不對中國怕得要死!?

中國的「和平崛起」,本來不會令四鄰坐臥不安,但是由於南海「建島」的驚動,形勢大變。雖然中國師出有名,惟外人看來,正如法國英文《世界外交月報》(le monde diplomatique)3月號〈亞洲人走向衝突〉(Asian Collision Course)所說,中國這種做法,有若封建主向藩屬收回(suzerainty claims)土地,受影響的南海周邊小國雖然大為不滿,但是一來不想捲入大國之爭,以免「惹禍上身」;一來是在經貿上受惠於中國的「和平崛起」(中國貿易佔台灣外貿40%、南非21%、日本20%、東盟諸國14%),因此力圖保持「中立」,只要不丟盡「面子」,可繼續爭取經濟利益,一切得過且過;而特朗普政府決定退出TPP,最終的受惠者也許是中國,那意味這些在貿易政策上被特朗普政府「唾棄」的亞洲國家,在經貿上對中國的依賴日深……。問題便出在這裏,假如中國對在政治上與之不同調的個人、社團和國家採取杯葛行動的政策持續,豈不等於與中國經貿頻仍在政治上便只有追隨中國一途!?這可不是有自由意志的個人、法人和政府所願意承受的。

香港有個別演藝界人士發表一些不符京意的言論,馬上招來禁止赴內地「賣藝」的懲處;台灣民進黨政府

對「九二共識」有保留，內地赴台遊客在當局的限制下大幅萎縮。南韓以防範北韓飛彈為藉口引入美國的「薩德導彈防禦系統」，雖然明眼人知道這不是真正理由，但南韓政府有權在國防上「自作主張」，可是中國不僅因此而大發雷霆，還於去年推出「限韓令」，不容韓劇在內地播放、韓藝人的登台安排亦被取消；到了這兩三天，北京還把因為和當局換地以作「薩德基地」的樂天當為「出氣袋」，該集團在內地的二十多家超市已「被關閉」（理由與廉署成立前本港警察、衛生局及消防局等官府之於食肆酒吧），而且由兩國領導人（習近平及朴槿惠）協商敲定啟動促進雙邊旅遊互訪的熱潮亦突然冷卻，北京已對旅遊業發出等如「限韓令」的〈赴韓國旅遊提示〉，有關赴韓國旅遊的產品亦「定期（15日）下架……」

中國是一個近十四億人口而且在發展中國家來說已相當富裕的大國，其直接、變相的「經濟制裁」，對受害國帶來的沉重經濟打擊，不言而喻。可是，迄今為止，似乎沒有一個國家為維護本國業商的經濟利益而在政治上讓步、向北京「叩頭」。香港藝人寧願少賺「人仔」不肯收回有關言論；台灣依然故我，不承認有「九二共識」這回事，內地旅客人數急墜但去年總體旅客人數不跌反升（「非預期的結果」！）；南韓的經濟損失，如果北京堅定執行「限韓令」，肯定相當慘重，以去年內地赴韓遊客近八十三萬人次（佔總旅客百分之

四十八弱）、總消費當在二百二十億美元（2015年的官方數據）以上，約為該國GDP 1.6%。不過，雖然如此，南韓政府只會傾力開拓中國以外的市場，還考慮向「世貿」興訟，控告中國違反中韓自由貿易協定。可以肯定的是，南韓政府不會為這數百億美元的「營收」而向中國政府「折腰」！

北京這種以經濟手段「懲罰」政治取態不同國家（地區）的政策，以「傳統智慧」看，應該可收成效，君不見台灣旅遊業者因生意急挫一度上街示威抗議蔡英文政府嗎？正是由於「唯利是圖」者眾，才令更多的人（當中當然包括不少政客）對中國的經濟崛興且具不久後可能成為世界第一大經濟體潛質而憂心忡忡！中國經濟佔世界GDP比率提升，與各國商貿必定愈頻密，大部份國家可憑對中貿易而發達，當這一天降臨，豈不意味這些國家非認同中國的政治主張和政策立場不能「生存」!?顯而易見，經濟蓬勃、主張自由貿易的中國，佔這些國家的貿易比重日重一日，中國一旦叫停，她們哪有不完蛋之理！

美國及其亞洲眾「小弟」圍堵中國，昨天再加上「大國」印度（見社會主義者網站〔wsws.org；主辦者為托派第四國際〕3月7日的短論〈印度成為美國對華軍事計劃的急先鋒〉），中國在近鄰已少有朋友；美國全力圍堵中國，除了藉口阻遏中國領土擴張，還有壓縮中國經濟發展的不見得光卻令眾「小弟」內心欣然的圖

謀。中國一旦經濟上（軍事上且別說了）成為世界最強，世上還有哪個國家（地區）敢不聽指揮。中國以經濟手段懲罰政見不合者，令他國有此憂懼，豈不顯然！

五、

　　無論領導人的訓話或人大會議上有關官員的發言，中國是個全方位崛興且充滿自信的大國，一目了然。可是，若干發生在亞洲周邊國家的事，其與北京對着幹的國家（地區）此起彼落且各有所成。日相安倍晉三在國內和黨內民望日隆，且可能成為戰後在位最久的首相，支持力度來自處處而和北京針鋒相對；台灣蔡英文總統把北京最重視的「九二共識」拋諸腦後，雖然遭北京「痛斥」及引來島上不少罵聲，但幾個月下來，難關已渡，無論經濟社會軍事等方面都有長足進展且其個人聲望亦重回上升軌……。看菲律賓杜特爾特的表演，世人以為該國已成為北京的哈巴狗，哪知2月24日《地緣政治前景》（Geopolitical Futures）有副題為〈中菲蜜月期已過〉（The honeymoon phase of the Philippines' opening to China is over）的特稿，以詳細的論據指出菲律賓已起異心，在東盟外長會議上有與各國聯手阻遏中國在南海擴張之意圖，雖然此事由外長主導，杜特爾特似「置身度外」，卻令中國不滿而使商業訪問團「延期」（中國商務部長鍾山終於六日率團「帶百億美元投資」訪菲）……。所有種種，均顯示「銀彈」策略縱有

良效惟非久長、更非令人心歸附之計！

　　也許是時候北京向世人展示泱泱大國的地位不是由金錢買回來而是行「公平正直」政策的結果；而向世上展示的平台之一，便是香港──如何令香港在《基本法》指引下有公正公平及與民意平行的行政長官選舉，是一個最佳的途徑！在「學習中國」的系列文章，指出「天下有義則治、無義則亂」，今日之世界，需要中國這樣的有「義」之國引導，「仁義者，治之本也」；今日之人類，需要中國這樣的有「仁」之國引導新秩序。習主席以「仁者」自況，「仁者以天下為己責也」，中國如要負起引導世界之重任……。但願北京在香港行政長官的競選上，對港人展示她真的是在仁君治下「仁義」之邦！

　　　　　　　　　　　（從中、美國情看世局．下）

　　　　　　　　　　　　　　　　2017年3月8日

雞鳴春報刑剋重
一法兩案意難平

六、

　　如果現任行政長官的連任計劃，不是在選舉「跑馬仔」前驟變，統籌特區成立二十週年慶祝活動的政務司司長林鄭月娥，便用不着撤下重大的體面工程，趕忙辭職加入下屆行政長官的角逐。7月1日的誌慶典禮，距今只有三個多月，那天將有一個怎樣的場景，值得想像和思索。

　　包括本月底才選出的新任行政長官，到時香港共有四位健在的新舊「特首」，要是四人一起上台舉杯，共證特區成立後的一步一足印，帶出新官上場的任重道遠，一幅「共事香港」畫圖，由幾位未必都能順民心得京意、卻曾認真為香港傾注心力的行政長官，以人「齊」煥發港人久違了的社會和合的人與事，為這裏留下雖然難言盡善、起碼「完整」的香港一瞥，當屬美事。可惜，這樣的場景，看來是難以實現、不會出現了。

　　前行政長官曾蔭權上月成了階下囚，特區成立二十週年的大日子，他有可能被「特邀」上主禮台嗎？答案恐怕是否定的。對曾先生本人、家人、友人和不會以瑕掩瑜的市民，特區成立二十年而沒有曾蔭權的角色，自然感到有憾。

　　事實上，特區成立至今，要算有效落實「一國兩制」的行政長官，還是以曾氏為最；他不僅在位時間最長，任內接近八年，大家記憶所及、有記錄可查，經他推動而上馬的基建項目，交通方面有港鐵南港島線、沙田中環線、屯門西繞道及屯門至赤鱲角連接路、廣深港高速鐵路、港珠澳大橋以至港深空港合作；而新區開發上，則有河套港深共同開發區，西九文化區和啟德發展區等。上述種種，俱非「細眉細眼」的工程而是惠澤久遠的大型建設。説到「小工程」，從動工、落成到啟用只耗三年多時間（2008至2011年）的添馬新政府總部，曾氏的工作能力和效率，其辛勤與承擔，不難想見。

　　然而，這些具體的工作，卻非人人心中有數，更不是有目「共」睹，這可反映在過去幾年，社會上東一句曾蔭權「唔做嘢」、西一句「貪曾冇嘢做出來」，着實令人莫名其「吵」！曾氏退休前在幾個不適合他的身份出現的場合露面，飲宴遊樂，與廉潔奉公的印象，有點距離，不過，因此而有「貪曾」譚號，未免過甚其詞。以一般人對高高在上的大官行藏，能有多少近距離的觀察和認識？誰敢斬釘截鐵肯定他是貪或不貪？不過若是

平情而論，以曾先生纏訟五年，經廉署深入調查三年零八個月（何其巧合的年期），再由律政司司長「挑精剔細」，然後起訴的三項罪名，都是環繞其租住物業的事情而起，亦僅有一項漏向行會申報經被定罪判監二十個月，沒涉錢銀利益，「貪曾」貪的是甚麼？讓人摸不着頭腦。

七、

香港雖是「和平易幟」，平穩過渡，可到底是一次由英國人把治權轉到中國人手裏的歷史性權力大轉移，變化之大，不是一句繼續「實行資本主義制度」和保持「生活方式五十年不變」可以涵蓋。《基本法》規範特區香港管治的「理路」分明，然而，那是抽象的「理」而非具體、現成可行的「路」！解釋《基本法》的權力在於全國人大常委，才可以左右香港管治「理路」的取向。可是，香港人的價值觀到了人大又何足道!?所以，人大「釋法」和決定，即使用意是為了香港好，並無惡意，可是出來的效果，往往就是大出港人意外，令人惴惴難安。「兩制」只讓靠攏北京權勢、忘記港人立場的人有「話語權」，「兩制」能不徒託空言？

中央政府對三權分立之於香港，未予肯定，但是對香港已有的法治傳統，過去抱有意識上的尊重和珍視，可是，回歸後落實到行事應對的層面，人們便不難發現，華人社會的守法精神與英國人的法治觀念大不相

同。制約權力的法治，微妙處是有權不會盡用，這與中國人社會不但有「大丈夫不可一日無權」、「有風必須駛盡𢃇才能展示官威」的為官之道，大相逕庭。北京無意妨礙香港奉行法治，可是，法治要有法治社會的氛圍和氣度。以曾蔭權為官四十多年的地位和功績（即使只是把份內工作妥善做好），梁振英政府的律政司，經過長時間徹查搜證，掌握到足以構成罪名的，不過是其租務上的申報疏漏，政府內部給予小懲大誡，豈非更合「官箴」更合人情？內部的懲處，是過往英治時期官員犯錯，部門主管甚或港督會做的事。如果當年英文《虎報》東主胡仙女士能夠由董建華政府的律政司司長梁愛詩女士以公眾利益考慮中止起訴，何以今天梁振英政府的律政司司長對曾案沒有這麼一着？可知道曾蔭權的遭遇令多少人感覺法治社會寧縱毋枉的溫厚，已在剎那間變得非常苛刻，而且不近人情！

八、

在香港人的眼底，不少人感到香港的社會秩序，是在梁振英任內變得亂糟糟，可是，他的表現，卻受到中央政府的充份肯定，獲得領導人沒有間歇的高度評價，說他有擔當，說他是帶領特區政府維護法治⋯⋯。京港兩地，彼一是非，此一是非的各有主觀、各持一理，豈不就是「兩制」失正的表徵？本該持衡於「兩制」之間的行政長官如曾蔭權與梁振英，前者因小過陷獄、後

者卻因香港愈亂而愈顯得有擔當！唐詩云：「道向危時見，官因亂世休。」（韓偓：〈息慮〉）。此中意境，今天港人心領神會。

被讚賞是帶領港人維護法治的梁先生，是以地方首長之尊，一再發出律師信告傳媒、告立法會議員的先行者。曾蔭權沒向行會申報利益而身陷囹圄，UGL支付給梁氏的「合理或不合理」的四百萬英鎊，他有沒有申報？廉署有調查嗎？律政司會跟進嗎？香港的法治是否已經滲進人治的影子？如果先後兩位行政長官都有牢獄之災，香港法治的橘越淮而為枳？豈不明顯？如果過犯相同而一個被檢舉，一個被放過，那又是怎樣的法律面前人人平等？

為七警案「平反」的組織造勢，辱罵法官、意圖藉威嚇推翻原判等，已教人感到執法者及其相關人士尚且不顧法治的體面和傳統，這個向被重視的一環，還能撐持多久？捐助七警打官司甚或「安家」的款項中，有被「懇辭」的情況出現，江湖見聞的所謂黑氣皇氣，出現切口。三、四十年前，鄧小平曾有言在先，黑社會亦有愛國的。近年愛國「有價」，幾乎連黑氣皇氣也可以同一鼻孔出氣，這樣的烏煙瘴氣，連累人大香港代表間要為捐款而頭痛、而起爭拗，又是彼一是非、此一是非的別調。

打開《基本法》，經人大釋法的相關條文和後設如「八三一框架」的內容，誰還相信香港的民主進程會

如當初的設想？落實一人一票選舉的時間表一拖再拖，誰不明白本來有法可依、循序漸進的政改，已經奄奄一息？「港人治港」、「高度自治」的體現，亦在權力的重塑與「微調」間，把京官理所當然的指指點點列為無可厚非的新常態。看新一屆行政長官候選人提名期的好「氣」連場，誰不思過半矣！廣東人說「畫公仔不用畫出腸」，今年七一，很有可能便是一個被畫出腸的「公仔」，隆重登場！

　　法治是香港還未完全失守的領域，可是穩守也愈來愈不容易。

　　　　　　　　　　　（曾蔭權陷獄與七警案·三之三）

2017年3月9日

商人投票順京意
不二之選一政監

一、

　　英治下百餘年，香港沒有嚴格定義的「政治」（不同意〔政〕見團體集體決策的過程），回歸後的「港人治港」，「理論上」是由港人投票選出然後由北京批准的港人管治香港，這種根據《基本法》條文的安排，看似「政治」，但「睇真啲」和「政治」扯不上邊。自古至今，香港有的只是管「眾人之事」的市政。

　　香港既然沒有「政治」，行政長官的選舉，只好按北京根據當前國家的施政路線、配合國際形勢，為香港特區設下的實際行動的準則進行。港人罔顧現實、妄想爭取憑己意選出行政長官以達致議會集體決策即《基本法》賦予的「高度自治」，看此間北京代理人及各級京官近日就此問題的「表述」，肯定成功不可期！

　　事態的發展告訴港人，北京雖然為香港挑選了不稱職、失人心的三名行政長官，但京官絕不認為做錯了（「黨永遠正確」是鐵律），因此，行將產生的第四位

「特首」，京官亦不會鬆手；在世情愈趨複雜、時局愈來愈動盪的宏觀環境下，京官對這位特區第一把手不放手，就國家利益看，有其「道理」。去年6月，《南方周末》的「政商學習大平台」發表題為〈黨連一頓飯吃幾個菜都管，可為甚麼還有貪官？〉，記述北大政府管理學院院長俞可平的有關講話，當中這幾句港人視為老生常談的話，適足以說明何以北京不理會港人強烈訴求，一定要抓緊行政長官委任權的原因：「如果這個官職是老百姓給的，這個官員就必定（須）聽老百姓的話。如果這個官職是上級領導給的，那當然就只對上言聽計從了。」（俞教授在肯定中國的政治制度後作此溫馨「批評」，才不會「政治不正確」）。「那個官員」（行政長官）不敢對授權來源說不，在內地在特區並無分別，值此「亂世」，北京沒理由在此事上聽「香港老百姓的話」。

迄今為止，行政長官選情未定，有關消息滿天飛，入閘的三名候選人，正在施展渾身解數，目標當然在使民意與京意相符；可惜，如果各種民調足以反映現實的話，如此上下「齊心」、京港一條心的情況很難出現。客觀現實，令不少人心存最後出勝的，必然並非「董擁抱」的兩人之一，因為他們「憧憬」選委在不記名投票時，會依香港民意投下「神聖一票」。不過，筆者以為這種良好願望足以扭轉大勢成為事實的可能性不高。

根據選委公開提名情況及網上「瘋傳」，決定

「鹿」落誰手的選票來自工商界選委,以當前的情勢,期望他們俯就「大多數民意」,是不切實際的。眾所周知,去屆唐英年與梁振英對壘,工商界特別是所謂「地產黨」選委,於衝線的關鍵時刻仍公開表示、事實上亦極可能投票給北京「棄將」唐英年,結果梁氏低票當選,等於梁氏是在群眾認受性不足下出任行政長官,教「有關人等」臉上無光。當年「地產黨」這樣做,不過是等於對與地產行業有關的候選人的專業表現「存疑」而已,不投這位中央「心儀」(不是欽點?)人物一票,出於私利,在資本主義世界,情有可原、無可厚非。但是,如今的情況已大不同,三位候選人均出身建制(行政及司法系統),而且都為港英遺臣,惟看北京的「取態」,有人已拋掉舊日的政治包袱,那正是獲北京曲線祝福的底因;另一方面,那兩位表面看來未能撇清港英包袱的,他們的政綱有「貼地」有「離地」,反對贊成之聲都有,但這並不重要,因為當選後,事無巨細幾乎「一頓飯吃幾個(道)菜」都必須遵照京意辦事。換句話說,誰人上台對香港大局的影響都屬中性,北京的意向才是主軸。在這種形勢下,不投票給京官屬意的候選人,豈不是故意和北京作對?尤其那些上屆亦和京意唱反調的選委,你以為他們還會逆京意蒙上刻意反北京甚至與中國為敵的罪名嗎?答案當然是否定的。大勢如此,那位「出腸公仔」順利當選,應無懸念!當然,為「安全」計,筆者應加上「如無意外」一詞,因

為在未來十一、二天，甚麼事都可能發生。不過，評估坊間及網絡五花八門的相關資訊後，筆者還是以為「意外」不可能發生。

二、

去年底全國政協「增補」自動棄選而行將卸任的行政長官梁振英為政協委員、同時盛傳他「可能更上層樓」出任政協副主席後，此間有關他與UGL的「錢銀轇轕」消息復熾，但梁氏胸有成竹、泰然處之。一方面表示要控告「有關人士」，一方面表示北京對此事有通盤了解，意味他無虧職守。與此同時，二十多名泛民議員聯署，要求北京別委梁氏以「重任」……。至此，筆者認為梁氏成為國家領導人已事在必成，因為北京視泛民為「敵人」，敵人反對的，北京又怎有不支持之理？經過大約十天的紛紛擾擾，在昨天上午閉幕的全國政協會議上，梁氏獲表決通過出任政協副主席，成為膺此「重任」的兩位香港人之一。不過，與同為政協副主席的董建華於終任辭職後才獲委任不同，梁氏的行政長官任期尚有約三個月，他因此成為第一位同時兼任政協副主席的特區地方首長！

梁振英在香港令人怨聲載道，民望低至北京擔心無法獲得足夠選票令他連任，因此才有他以家庭理由而棄選這場好戲。不少港人現在當然會問，何以北京會委任這名缺乏港人支持的人當「國家領導人」？答案其實

　　早已寫在牆上，那是他處理2014年底的「佔領運動」得法、同時打壓於此運動中萌芽的「港獨」有功。事實上，「港獨」這個「幽影敵人」（phantom enemy），梁氏可說是催生者，因為那基本是子虛烏有的「兒戲」，他以「鑿鍋法」加大社會裂痕，推波助瀾，製造亂局的危機感，恰恰刺中中央憂懼「藏獨」、「台獨」坐大搞事的神經；適逢特朗普上台對中國的政經政策醞釀巨變，北京遂藉打擊「港獨」，以穩住對外完全開放因此亦最易受「外來勢力」影響的香港，「先安內後攘外」，牢牢掌握香港、排除後顧之憂，然後全力對外。看香港的「政情」，中央認為「港獨」仍蠢蠢欲動，那意味「狡兔」未死「良犬」不可「就烹」，為大部份港人唾棄的梁氏遂成為地位在行政長官之上的政協副主席（另一位為選民排斥的劉江華，敗選後升任大官。港人所棄被重用，已成新常態）。梁振英治港，有千般不足，但在加工製造「港獨」上，你不能不說他讀透《厚黑學》深通權術！

　　　香港有兩名政協副主席。董建華「主打」對外關係，身負聯絡、游說（政協是統戰機構，這是政協委員的份內工作）美國朝野之職。梁副主席有甚麼任務？筆者以為他極可能被委為特區政府的政治顧問（這是英殖官名，北京因此會度一個新名堂——「政〔治〕監〔督〕專員」也許不錯），理由有三。甲、梁氏政治上絕對正確，他能獲北京破例委以「重任」，且於獲任命

後習主席主動上前和他傾談近分鐘的場景，適足以說明一切。乙、三名行政長官候選人，不論何人勝出，要非中央不能完全信任，要非缺乏處理政治特別是國內政治問題的經驗，因此有梁氏這樣與北京打交道二十餘年，且獲中央充份信任的人，從旁協助，十分重要。丙、有一位中央充份信任的人當「政治軍師兼監督」，加上他具做行政長官的經驗，了解甚麼才能保障「國家安全」，有他這樣的「高人」輔助，香港大致便不會「走樣」，那意味誰出任行政長官都不重要！

2017年3月14日

長撐長握消災解難！
打「港獨」全港皆兵？

一、

第一屆香港特區政府組成期初，筆者「建議」北京應仿效倫敦，委派一名「政治顧問」輔助行政長官，令其施政不致乖離「宗主國」的國策或違背其經濟利益；此後遇上港事有「疑難」，筆者還三番兩次重複此議。也許是香港媒體「文人」的文字不受關注，此議亦像石沉大海。據說，英國人這個行之有效的策略，所以無法在特區落實，主要是熟讀香港這本書的京官不多，而熟書的亦早有更大差事，而令才難之嘆；加上治港港人信心滿滿，不以為有此需要，此事遂蹉跎至今二十年而未有着落。

行政長官梁振英突膺重任，攀上國家領導人高位，令筆者興起他也許（應該）是北京安插在特區政府當近似政治顧問（資政？）職位的最適人選，於是寫下昨天的〈不二之選一政監〉。

事實上，梁振英確是熟悉國情及與內地官員有多年

共事關係的香港官員，依他前天在政協閉幕後對記者的
「剖白」：「我自從學校畢業後就參加內地改革開放的
工作，尤其土地使用制度改革和住房制度改革。在中英
就香港前途問題談判末期，參加了《中英聯合聲明》附
件三的起草工作，之後參加香港回歸全過程的工作，後
來擔任全國政協常委⋯⋯。」和眾多長期在北京指揮下
「辦事」的「土共」最終因無法「跟貼上意」而成為北
京「棄卒（將？）」不同，梁氏在政協常委任內當選特
區行政長官，在多數港人看來，其治港是過大於功，而
令香港社會撕裂，可說是無法彌補的「大過」；然而，
他卻有辦法藉「補（鑿）鍋法」把一場零星的青年抗爭
運動打造成「港獨」，然後「成功」把之打壓，由是便
為聞獨心驚的北京器重。「成功」所以加上引號，指的
是把「港獨」壓下去只是表象，骨子裏的「港獨」——
不滿現狀青少年的人抗爭——仍在發酵。換句話說，梁
振英在處理「港獨」事件上未竟全功，本來無功可恃，
哪知京官的看法和許多港人（包括筆者）不同，令「佔
領運動」無所得着便算成功。把「兒戲」的「港獨」塑
成龐然的「幽影敵人」，令北京對香港有用力之處，立
下大功！梁氏因此在港大民調中民望創新低、表現屬
「拙劣」之下下等，而仍可在內地官場上更上層樓。

二、

　　昨天說過，香港現在有兩名政協副主席。董建華

「主打」對外關係，梁振英的任務，除了如他自己所説是「促使香港社會能更好把握國家持續發展帶來的種種機遇」，筆者相信更重要的是「主打」壓制「港獨」；然而，以國家領導人身份收拾香港「土生土長」的「港獨」，必會招來北京干預香港內政令「兩制」蕩然的批評，對於全方位崛起的中國，本來可視之為蒼蠅嗡嗡之聲，置若罔聞，可是，如今美國「狂人」上場，大約兩年前因「銅鑼灣書店有人失蹤事件」引發美國議員提出卻被國會否決的《香港人權與民主法案》，有死灰復燃且獲國會通過可能性大增。在這種情勢下，若北京被指做出有違香港人權及民主的決策，後果可大可小，北京犯不着為此招惹麻煩甚或招致損失。因此不論誰人當行政長官，此時此刻，委任北京可信任的梁振英當特區政府的「政治監督（輔導）專員」或其他名異實同的官職，專責把「港獨」捏死於萌芽的工作，是高明的一着。

「高明」之處有下列三項：

甲、這是香港特區政府內部的事，與北京固然扯不上邊，亦與中聯辦無涉；那意味這樣處理香港內部事務，完全符合北京領導人口口聲聲要守住《基本法》行「一國兩制」的承諾！

乙、梁振英的「親兵」如若干政府內外的「智囊」組織，幾年來無甚建樹，連熱門行政長官候選人林鄭月娥女士亦揚言一旦當選便要把之大事整頓……。可是，

這些組織在「扶持」梁振英「上位」以至於製造「港獨」上，功不可沒，沒理由梁氏一升官便把之遣散或作「其他用途」。梁氏若當「政監」，當然可以名正言順、隆而重之成立辦事處（或專員公署），這批「智囊」便可悉數納入其中，由納稅人豢養，繼續替梁氏獻謀出計，整治「有形無實的港獨」。

丙、倫敦有權派出政治顧問輔助倫敦派來的港督施政，北京當然可以名正言順派出職銜未定但有權「指示」北京授權的行政長官在「政治事務」特別是關係「國家主權及安全」事務上應怎樣做的大員；而此大員隸屬特區編制，名義上為特區政府僱員，與北京和中聯辦沒有「線性關係」。至此，對北京和中聯辦干預香港事務的指責，便完全是造謠中傷、無中生有了！

三、

梁振英的「敗部復活」，令多少港人大跌眼鏡、仰天長嘆，而此次他在北京所獲得的「禮遇」，令人「參悟」出不少關於香港處境的問題。

習近平主席主動上前與梁氏在「大庭廣眾」中長達四十多秒鐘的握手、交談（習「閃」握已不得了，習長握傳達的政治信號更了不得！），向港人展示了香港的「兩制」是北京設計、佈局的「兩制」，並不是可以讓香港民意說三道四的「兩制」；而「一國」的權力規範、「兩制」的用權範圍，到了這一刻現出輪廓。形勢

顯示，「兩制」並不是各行其是的陽關道與獨木橋，留有各走各路的空間，而是「一國」之下各有本位高低的「兩制」。面對這根本嬗變，特別是為香港民意（包括選票）唾棄的特區官員，如前年的劉江華與今之梁振英，只要「權力來源」稱意，均能獲委重任；這種公然公開與民意對立的決策，其視香港民情如無物的倨傲，彰彰明甚，毋須掩飾。

面對這種「坦然」相對，服氣與不服氣的，都改變不了現實。中共在大陸建立了一個有效管治的政府機器，有一個經濟生機暢旺蓬勃的半開放市場，人民的物質生活普遍提高；另加當今國際大氣候驟變、秩序大亂，半世紀前走避共產黨來港的難民後代，現在不但移民逃避風險的機會成本大增，而且受強國人海外橫行的影響，再不受歡迎禮待。在這種大環境下，留港的人只有抱持「鷦鷯」的態度──未來三十年是借來的時間，特區香港絕對不是一個香港人可以作主的地方！

2017年3月15日

朝鮮半島火藥味濃
中國外交頻討沒趣

一、

　　美國國務卿蒂勒森亞洲三國行已於去週日（19日）「圓滿結束」，本地讀者最關注的該是中美關係的進展，看央視網新聞聯播的信息，雖然習近平主席具有誠意地向訪客指出「中美兩國完全可以成為很好的合作夥伴。只要雙方堅持這個最大公約數，中美關係發展就有正確的方向」。同時希望雙方「加強……各領域合作，妥善處理和管控敏感問題，推動中美關係在新起點，健康穩定向前發展」。又指出「中美共同利益遠大於分歧，合作是雙方唯一的正確選擇」。從「中美利加」的視角，中國不想現在跟美國鬧「離婚」，十分顯然；不過，「中美利加」是否仍有樂觀的前景，有待習主席稍後（4月6日至7日）赴美和特朗普會談後才見端倪，因為這位新總統對中國的態度（說懷有敵意並不為過）異於其多名前任，那等於「和好如初」的條件有所不同，雙方能否繼續合作令「中美利加」之局不破，不是單方

的願望便能達致。

美國的外交政策與過去有異,其「取態」亦大有「新猷」,不少有違外交慣例的事,近日陸續發生;舉其犖犖大者,如習主席訪美的消息,是由捲入內地數宗經濟「醜聞」現居美國的「大款」郭文貴於3月8日在其「臉書」透露(郭氏的消息來自特朗普佛州別業的「管家」),中美傳媒數天後才證實。蒂勒森此次亞洲行更打破不少成規舊例,他不僅沒有邀請一眾傳媒隨機採訪,訪南韓首晚還差點「沒飯吃」……;按常理,雙方官員會談後「晚飯直落」,但那晚主人家竟然沒有安排(反證當前南韓政府亂成一團),美方人員只得自行覓食(餐館由東道主介紹),為了「遮羞」,南韓外交部推說蒂勒森有時差太疲勞因此未安排宴會,但馬上為美方公開否認而蒂勒森亦不以為忤。看來真的不可思議,但這種「隨意性」,也許是特朗普外交的特色。

上述「趣聞」,大部份是蒂勒森接受唯一一名獲邀隨機採訪的記者伊玲・麥派克(Erin McPike,《獨立紀事評論》〔Independent Journal Review〕駐白宮通訊員)訪問時透露的。這篇訪問長達十四、五頁(ijr.com),雖無具體內容(沒半點外交機密),卻有一些小事可了解蒂勒森的為人(比如他有兩個手機,一個「山姆大叔」〔公務〕專用,一個孫兒專用)和外交手法,為釋同業疑慮,伊玲纏問親邀她同行的國務卿,何以只請她一人,他的解釋有三。第一、為配合大幅裁

削國務卿經費，此次用了一架較小型和較省油的飛機，因此不能廣邀老記同行。第二、有太多記者同機，少不免有很多「社交活動」，令他們無法工作；這位前石油「大亨」以工作勤奮出名，他在飛機上只睡三四個小時，其餘時間都在看文件……。第三、傳媒在中國都有「記者站」，意味在地記者可如常採訪，不與記者同行不等於「限制新聞自由」更不是剝奪了人民的知情權。說的合理合情，令批評此舉是「懲罰與特朗普過不去的傳媒」，不攻自破。

特朗普政府特別重視與日本的關係，那從他上台後已和日相安倍晉三兩度會面可見；蒂勒森訪日後，接踵赴日的是國防部長馬蒂斯（這是他上任約三個月的第二次），4月則有副總統彭斯……。這樣多決策官員相繼訪日，蒂勒森明言那是因為日本為美國在亞洲的最重要夥伴，而亞洲的防衛（安保）、經濟以至安定問題，牽動兩國利益至深，因此有必要保持密切聯繫。南韓當然亦在此列，可惜她目前是群龍無首……。而美日近月的互動頻仍，看來兩國關係愈趨密切，而日本介入亞洲事務自然亦愈來愈有所恃！

二、

在調停北韓與美日韓關係上，中國可算完全失敗，美日韓固然如期進行大規模軍事演習，北韓則變本加厲進行四至五次「核導活動」；那等於説中國的倡議（美

日韓叫停軍演北韓不再「試射導彈」）無人理會。還
有，在中國再三強烈反對及頒佈經濟「限韓令」之下，
南韓政府迎難而上，「薩德導彈防禦系統」已如期在南
韓「生根」。

由於「薩德」的部署「嚴重威脅俄羅斯的國家安
全」，所以近日俄羅斯的導彈演習有傳是為對抗「薩德
入韓」，此說甚囂塵上，暗示俄羅斯會軍事介入「朝鮮
半島核子風雲」。此說聽之成理，但前天俄國財政部突
然宣佈本年度（2017年）的國防預算從去年度的三萬
八千多億盧布大減25.5%至二萬八千餘億。在亞洲局勢
高危可能禍延俄國而有人殷殷期待普京出手相助之際，
俄國大幅裁削軍費，雖無損其軍力，但是箇中真意，耐
人尋味！

蒂勒森亞洲行表面的主要目的，在於阻遏北韓「核
試」，由於「朝鮮半島無核化」是中日韓美的共同「願
望」，美國進一步「責成」中國必須「強力敦促」北
韓停止核導試射，徒顯中國無法控制該國。即使中國
停止進口其無煙煤，令其外匯收支受到重創，北韓仍
不予理會，再接再厲「試射」……。扛出區域安全的
大纛，蒂勒森去週末在南韓表示對北韓的「戰略耐性」
（strategic patience）已到盡頭，北韓若繼續「試導」，
美國不排除採取軍事行動。對此警告，北韓亦置若罔
聞。

擺在眼前的現實是，配合美國的「戰略」，中國若

進一步經濟制裁北韓，最壞的結果是在北韓導彈射程內的中國地區（包括北京）危險性大增，不知天高地厚的他，對中國與其「天敵」大做生意高唱友誼萬歲恨得牙癢癢的金正恩，一個失手，「撳錯掣」，情況便不堪設想……。美國加強力度對北韓施壓，朝鮮半島固然可能爆發核戰，中國亦很難置身度外！

　　中國雖然有多方令人羨慕不已的成就，卻於有意無意間陷入外交困局。在「朝鮮半島無核化」上應扮演甚麼角色，固然難作無害的選擇；在釣魚島爭紛上，特朗普上台後似歸沉寂，日本有美國公然撐腰，中國只有採取君子報仇之計；至於南海問題，雖然其填海擴島建軍事設備，是為了保障航運安全免令其經濟發展受挫，道理充份，且有歷史為據，因此理直氣壯，但亦靠此航線的日本又如何？萬一做出北京不高興的事，中國豈不是有能力封鎖航道，教本土資源匱乏的日本經濟崩潰；日本於是只好和美國「加強合作」。日本近日派出「最先進」的艦隻進入此海域「宣示主權」，參與美印海軍演習，北京似無法「反制」。不但如此，前天菲律賓總統亦指令其海軍以「友好的方法」（自認軍力上無法和強大的中國抗衡）阻止中國船隻在其海域班哈姆高地（Benham Rise）探勘……。美國政府在宣佈習主席訪美的同時，指出稍後會對台灣售武（中國軍力大進，特別是昨天台灣軍方透露解放軍「部署可對台灣進行精準打擊的東風十六型彈道飛彈」，售台防禦性武備不但要

升級且有迫切性）……。為阻止這類北京不願見的事繼續發生，北京調整外交策略大有必要，而習近平主席訪美，也許是最適時機！

2017年3月21日

共幹越位埋兩制
選舉扭曲見清流

一、

　　林鄭月娥女士當選為第五任香港特區行政長官，幾乎是所有稍通世故的市民都猜得着的意料中事。選舉種切，引來環球關注，報道週日「選情」的美聯社和英國廣播公司（BBC）同聲認為由北京屬意的候選人勝選，是「可以預期的結果」；路透社引述北京官場說林鄭聰明勤奮的同時，又借學民思潮黃之鋒的話，形容林鄭當選是香港「噩夢」的開始；法新社談及外界的憂慮，擔心林鄭上台後，北京會加強對香港的控制，香港將難以融和，持續分化，似不可免；美國有線新聞網絡（CNN）則指行政長官只由香港0.1%的「社會精英」選出，與大眾無關；彭博獨具「慧眼」，竟然看出「七七七」是新行政長官「不幸的暱稱」；還是《獨眼觀世》（Monocle）說得透徹，林鄭這位勤奮稱職的公僕當選行政官後，將面對兩位「對着幹」的主子——北京和香港大眾——令她的政府舉步維艱！

這次行政長官選舉，是在今上對港不問公道、不理民意和不合情理的取態下進行，北京不是在港人透過選舉作出取捨後確認或否定當選者，而是搶先放風、捧出屬意人選，然後動員一切可以動員的力量「擁立」新人。而選委所投的，本是明文規定的不記名暗票，可是，有頭有面的圈中人，莫不於事前找個機會、借個藉口，公開表明心跡，務必達到與京官「心水」珠聯璧合。

經濟崢嶸的歲月，香港曾被已故經濟學泰斗佛利民推許為世界最具「自由選擇」特色的城市，然而，在政治層面，香港人一向是沒甚麼選擇空間的「政治棄嬰」。經過梁振英政府治下五年，港人能作選擇的空間，更窄更難堪，連位「高」權不重的選委會，其成員的「自由選擇」意向，亦在這次選舉中，通通成為甕中鱉，難以「動彈」，愈有社會地位和有代表性的選委，愈要放下個人的意願和尊嚴，隨「京樂」起舞，按「京意」投票。想起「當家作主」的「老（夢）話」，這些選委豈無「在人屋簷下」的況味，「老愛港」的感觸，能不傷心掉淚！

二、

選舉背後的佈局，只差未出刀劍的天羅地網，令人沮喪，然而，三位角逐行政長官的香港人（所謂「候選人」），他們的台前演出，倒有令人不致全然失望的精

彩表現。得不到中央青睞的胡國興和曾俊華，早便知道拿不到選委的多數支持，可是，他們循規蹈矩，盡其在我，迎難而上。明知不可為而為之，貫徹始終，盡顯香港仍然有人懂得自愛、自重和尊重別人、沒有放棄個人意志的積極和堅持，得到廣大的、沒有選票的市民的喝彩和敬重！分別為前法官和前財政司司長的胡曾兩位，當初參選，大有可能是在梁振英將角逐連任的假設下作出，梁氏突如其來的倦勤，殺了他們一個措手不及，而且北京執意厚林鄭薄胡曾的「旨意」，亦可能是在他們計算之外；但即使北京力捧林鄭的跡象百分百露骨，他們仍「陪跑」如儀，把「體育精神」（Sportsmanship）在「政壇」上發揮得淋漓盡致！

　　胡國興以其法律專業的修養和資歷，用不含糊、不迴避和有話直說的作風，一一指出近年香港遭「河水氾濫」而浮現的各種意識混淆，讓更多人看到領導香港至為關鍵的因素，並不只是民生和資源分配的問題，而是「兩制」之下，中港之間的價值判斷不同，累及用權無度、用人棄才、時機失準、運計無方的施政。比起胡官刻畫形勢的簡而明，曾俊華神態自若地演繹和諧積極，把人與人之間的相互尊重和信任，放回社會文明的軌道上，讓人對這位被風（瘋）傳一年到晚都在「敷衍塞責、不專注工作」（hea）的三十多年工齡公務員佩服得五體投地，感受到他有掌權用事的大氣，有與港人同步向前的潛質。

　　前人說過：「寧有光明磊落的失敗，不要不榮譽的成功」，這份「體育精神」的價值觀成了民望低落（歷任行政長官當選時最低）而選票支持度最高的林鄭女士的最大尷尬和包袱！眾所周知，誰當行政長官，都需要北京的「信任」和祝福，可是，京官目空一切、目無餘子地捧她上位，她「敢」敬謝不敏？幸好林鄭女士沒有因為「紅袍加身」而放鬆競選工程，「反常」地落區和探訪，通過這類非政治任命高官不屑為、她也的確不大習慣如此溝通的「貼地」工作，兩個多月的歷練，使她表面看來確是有所改變，自負的氣燄不再那麼熾熱，較前謙和，和上京簽署西九故宮博物館展覽廳的明知故犯卻一臉得色與聲言追隨梁振英路線時的理直氣壯，已大不相同。林鄭的當選宣言與答傳媒問的言談亦算得體，起碼是港人聽得明白的香港人話，其「勝不驕」雖比不上胡曾二人「敗不餒」的動人，卻也中規中矩，可以「收貨」。今次三人爭位，比起五年前梁唐之鬥，孰優孰劣，哪一次讓香港丟臉，哪一回讓港人欣然，眾目了然。在這場選舉中，出賽和大多數觀賽的香港人，都保持了「體育精神」，以公平競技（Fair Play）的標準看，我們看到國內要員幹部越位，而三位角逐特首之位的香港人都打了漂亮的一仗。對中國使權，全世界都不得不「另眼相看」，而港人經此數月，對強權政治的認識，算是加深一層。

三、

　　北京對此次選舉任意擺佈，充份體現當今中國領導層根本不在乎港人的反應，更不當《基本法》是甚麼必須奉為圭臬的香港「小憲法」；最令人喪氣的是，讓港人清楚體會到北京對人的自由意志缺乏尊重。在京官眼中，甚麼民意、法治都得為京意讓路！事實告訴大家，香港人說香港話，是北京不會聽的廢話，而京官講的官話，則是港人非聽不可的「正」見。這是領略過富於「自由選擇」生活方式後香港人的悲哀！

　　此次「暗」票挫敗民意的選舉，對負責香港事務的京官來說，是大獲全勝、贏得「光彩」，這種因為反對之聲嘹亮而得來不易的勝利（京官數度南下駐港機構不惜散佈「非謠言」），港人雖然無奈、無力並且反感，那卻是北京當前最需要、最享受的精神糧食。縱目四顧，近月中國在外交上到處碰得一鼻子灰，北韓不聽勸告不怕「停買無煙煤」繼續試導、南韓不怕北京發出反對最強音不理經濟損失如期部署「薩德」（日本亦將「照辦」）、台灣對諸如斬首行動及武攻之類的恫嚇言論不但置若罔聞而且要再購買甚至自製軍火，菲律賓和澳洲已擺明不會因為「經濟靠中國」而政治亦會向中國攏靠；至於日本，修憲後更肆無忌憚擴軍黷武⋯⋯。在這種情形下，北京在香港行政長官選舉上打了一場雖然不算漂亮的勝仗，有人會覺得不再那麼憋氣甚且有振大

國威風的氣勢,然而,在此彈丸般的小地方洋洋得意掀起騰歡的風浪,港人怎避鋒頭?

2017年3月28日

中美首腦扭六壬
貿易進取靠武力

一、

　　習近平主席終於要和特朗普總統舉行「峰會」了，無論從時間、地點以至美方連日透露的主要「會談」議題，美國主導這次「會談」的痕跡斑斑可見，那意味雙方為這次「會談」所作的、多次中方主動的「摸底」，美方是寸步不讓。根據北京傳出的信息，習主席一行另租豪華度假別墅（水棕櫚海灘度假村）作此短暫勾留的居停、棄主家安排的馬阿拉歌（Mar-a-Lago，內地譯「海湖山莊」；此為特朗普的私產，為入會費二十萬美元、週末包場費十五萬美元的高爾夫度假村），是為免予外界以「習主席專程赴美拜會特朗普的印象」，但北京以外論者的看法，大都認為這是中方過多要求而美方不肯遷就後不得不爾。無論如何，習主席一行明後天在佛羅里達的「享受」，肯定比2015年10月下旬帶上數百億英鎊合同訪英時所獲的隆重招待，差了一大截。在可以完全作主的情事上，中方的能力和效率令人讚賞，

習主席一行赴美南取道歐洲的「逆時針飛行」，不僅可大大降低旅客受時差煎熬之苦，且在芬蘭這個小國有「大排場」的接待，大增此次「國事訪問」的光彩與重要性，令習主席（和中國）臉上有光，在心理上多少可以補償在美受「怠慢」的不快。

從去年的競選活動到如今已上台兩個多月（當選至今則已近百日），特朗普治下美國對中國的不友善，不但絲毫未改，且有變本加厲之勢。美國煞有介事地提出的貿易逆差以至要北京「管好」北韓等問題，明顯在為「會談」營造「難有進展」的氣氛。當然，作為一個「成功」商人，這種做法的目的可能是「開天殺價」，在為「會談」製造「豬欄效應」——事前厲色疾言，見面時「一切可以商量」。根據「傳統智慧」，自由貿易產生的順差和逆差，並非「零和遊戲」，即貿易雙方各有所得，且此現象可以通過市場機制調節；別說北京對上台後即以霹靂手段清洗「親華派」的金正恩不一定有影響力，就算北韓對北京言聽計從，公開要北京干預他國內政而北京照辦不誤，豈不是要中國改變建國以來的外交原則!?美國真的是強人所難！

二、

「習特會」雖然不易談出對彼此進而世界有益有建設性的結論，但亦不會不歡而散。事實上，看美國國務卿蒂勒森3月中旬（15日至19日）專訪日韓後順道訪

問北京時，公開表明美方設定的對華關係原則是「避免衝突、不對抗、互相尊重和雙贏與合作」，那與中國提出的「新型大國關係」的框架內容，簡直如出一轍！依照這些雙方「所見略同」的共識會商，氣氛一定不會太差，然而，能否談出具體成果，以特朗普開出的條件，筆者只能說不可樂觀。其實，維繫「新型大國」的條件，理性人沒有不同意，但是如何貫徹，便由於價值觀大異而極難達致，比方說，如何才能「避免衝突、不對抗……」便是說易做難的典型！這種「語境」，與大家都盼望「世界和平」卻由於達標手段迥然有異（有人裁軍以示和平願景、有人擴軍以示嚇退外敵保平安實現和平的決心），令此種人同此心的期盼，便永遠無法達致心歸一理的效果。因此，即使特朗普客氣有禮（和電視上所見判若兩人），和諧相處的「新型大國」亦只能見諸言文而無法落實。

三、

　　北京對自由貿易誤解甚深。從去年中國在二十國杭州峰會宣示的國策看，中國對19世紀後期才出現的自由貿易，視為可令相關國家繁榮富強的貿易政策，因此奉行不渝，且有意帶領世界繼續走這條路。作為全方位崛興的大國，有此主張，可說與世界潮流脫節！簡單來說，在阿當・史密斯於1776年提出放任自由後約百年，亦即在英國受惠於工業革命而真正壯大後，英國政府才

大力鼓吹自由貿易，其動機當然不是益世人，而是基於本身需要，只好動腦筋「搶掠」海外（尤其是殖民地）的天然資源和剝削供應無限比起國內非常低廉的勞動力。當滿清不與被時人稱為「紅毛」或「番鬼」的英國人交易時，炮艦便臨港口，武力大有不如的滿清只好開埠通商……。筆者近讀王宏志教授（中大翻譯系主任）的百頁長文〈說「夷」：18至19世紀中英交往中的政治話語〉，無意間發現眾多有關中英通商的史料——一句話，滿清不肯與英商交易，很快導致鴉片戰爭！英商無法說之以理，便以船堅炮利打開「自由貿易」的門戶。換句話說，自由貿易是用槍炮打出來的。

過去百餘年的自由貿易以至二戰後西方先進國基於同一理由而致力促成的環球貿易自由化，讓西方國家在經濟上佔盡便宜，繼而西方的政治制度和宗教思想亦隨「經濟滲透」傳遍全球。當中國於2001年2月11日正式成為世貿組織（WTO）成員後，中國本身經濟開放改革政策的成效如虎添翼，經濟迅速躍進、長期大幅增長，「入世」後不數年，中國再也不是西方先進國的加工廠，多種工業的「中國製造」商品在國際市場上有極大的競爭優勢，令工業先進國感知不足，動搖了她們對自由貿易是否對本身最為有利的信念，只因自由貿易早被經濟學界奉為經濟發展的不二法門，這種想法早便深入民心，沒有政客和經濟學家敢於挺身對之說不……。直至有破舊立新之志的特朗普和他那班奉「美國優先」

為圭臬的政策團隊掌握國家實權，針對對美錄得巨額貿盈的中國貿易保護主義便堂而皇之登場。此時此刻，由於中國所獲以千億美元計的貿盈，可以在國家主導下收購（投資）美國（及其他西方國家）的戰略性行業，這趨勢對西方國家頗為不利甚且可說有危險性，因為國家資本可以不問經濟利益而以政治掛帥……。要扭轉這種因自由貿易引致的政治隱患，保護主義是釜底抽薪之法，然而，這種轉向與百餘年來行之有效的經濟學背道而馳，除了無法自圓其說的學者，政界、商界特別是民間認同此主張的大不乏人。經濟學界主張自由貿易的學說，理論上沒有人會（可以）反對，他們也許和大師佛利民一樣，認為貿赤不過是「印鈔票購進口貨」，開動印鈔機便有物質享受，何樂不為；但想深一層，當中國的國家資本因貿盈而累積巨額硬貨幣時，貿赤國便潛存可大可小的負面影響。在這些貿盈未全面發揮作用時，特朗普設法──比如指責中國以不合理甚至不合法手段「製造」貿盈──扭轉此趨勢，站在美國的立場，豈不是正確的做法嗎？槍炮打出自由貿易，同理，今後的貿易大方向亦由槍炮主導！

中國的經濟改革非常成功，不然不可能成為自由貿易的最大受惠國，北京反對走19世紀之前的貿易回頭路，是理當如此。不過，北京提出「歌頌」自由貿易的理由如互補不足如你中有我我中有你等等，都是經濟學初階的陳腔，有如「睡覺必須合上眼睛」，毫無新意，

絕對無法打動人心。除非北京的經濟學家提出更動人和令人信服的說詞，不然，這些「套話」還是不說為妙。

2017年4月5日

大搞基建各有所求
習特峰會許有突破

一、

　　本文見報後不久，「習特峰會」便在佛羅里達的「海湖山莊」舉行。除了昨天論及的外貿衝突，此次「峰會」的另一重大議程是北韓問題。非常明顯，和美國主流傳媒視特朗普如無足輕重的「騙子」（《洛杉磯時報》昨天起一連四天刊出〈我們的邪門〔dishonest〕總統〉系列）、因此不視他的言論是一回事一樣，北韓獨少金正恩亦當美國的警告如耳邊風──特朗普不是剛剛對《金融時報》說「若中國不解決北韓問題，美國將獨力採取行動」嗎？那意味北韓若繼續不理會「外來勢力」的警告繼續「試導」，美國便會動武干預。然而金正恩對此置若罔聞，在「峰會」前夕再試射彈道導彈，雖然無甚威嚇作用，卻是正面挑釁中美「限韓」的決心。無論如何，北韓的不聽勸告，令「習特峰會」更有「看頭」。

　　不理會中美兩國的勸阻，北韓繼續試導和可能核

試，必有所恃，那肯定是金正恩以為擁有的導彈（和核彈）已足以和南韓「同歸於盡」！北韓這種做法，迫使南韓不得不冒被中國經濟杯葛的風險，仿效日本，引進「薩德」反導彈系統。這樣在理論上，可以大減被襲的可能性，令民心稍安。如今日韓已有「防導安全網」，現在仍暴露在北韓大殺傷力武器之下的，似乎只有中國了。

中韓當代的恩怨情仇，有待專家細說，筆者只就當前局勢，略抒己見。看金正恩的作為，筆者以為中國若按照美國的要求辦事，為達「管好」北韓而強力干預其內政，以致產生「逼狗跳牆」效應，不足為奇，那等如設於中韓邊界的北韓導彈基地，是北京不容掉以輕心的威脅。筆者忽發奇想，如果「習特峰會」洽談甚歡，各有所得，則中國應向美國購買「薩德」（每座十六億美元，小菜一碟），在中韓邊界佈防，基本上排除後顧之憂，如此中國才可絕不手軟地「管好」北韓。朝鮮半島非核化對周邊國家（包括韓日這兩個美國在遠東地區最密切的盟友）有利，中美在這方面聯手的可能性，不應是天方夜譚。不過，這肯定是筆者一廂情願的揣想，因為美國不可能向中國出售「先進武器」，這才是北韓「試導」的危險所在，因為中國若強力施壓，北韓最終也許會懷「與汝偕亡」之心，導彈亂射，結果北韓和其近鄰同陷火海；但如北京不出重手，美國「獨力採取行動」，後果可能更具摧毀性！

二、

　　南海主權的紛爭，和北韓問題一樣，不易解決。「習特峰會」的另一矚目議題正是美國民主黨和共和黨政府均反對中國在區內島礁擴島建軍事基地。奧巴馬政府的不滿止於言文和聯合周邊國家，共同對付中國；特朗普政府的做法較為進取，看國務卿蒂勒森及白宮首席戰略顧問班農（S. Bannon）的言論（班農公開指出若中國不撤出南海，在五至十年內，美國會因此和中國大打一場），採取行動以遏制中國「擴張」的可能性，不容抹殺。

　　一如筆者早前所說，就南海「航行自由」的問題，中、美做法各有所本。戰後七十餘年，南海航行安全的守護者是美國，她以「世界警察」自居，負起世界海域當然包括南海的航運安全；美國從中獲得大量無形利益，不在話下。不過，中國欲自力守住這條航線，以免萬一「出事」，斷了其經濟命脈，因此在區內關鍵性島礁「佈防」，天公地道。但一海不能容二鱷，美國若不願退出，中國的介入肯定會出「意外」……。美國本來可趁機把維護南海安全的重任交給中國，但日本豈肯罷休，因為中國雖然口口聲聲說不稱霸，卻動輒以經濟手段制裁懲處「不聽話」的國家（此次國人被殺、法華人上街反對，但內地不以抵制法國貨聲援法國同胞，是否意味法警開槍有理？奇事也），那等於說如果日本和中

國交惡，後者便可能對通過南海進出日本的商船諸多留難……。美國為此不惜開罪中國，挺身維護其亞洲主要盟友，亦不是沒有道理。

正是方方面面都有他們各自的道理，令南海紛爭更難解決。此次「習特峰會」能談出各方滿意的結果嗎？筆者以為可能性不大。至於台灣問題，習主席也許要聽特朗普親口確認「一個中國」才放心、才願展開有意義的談判。所謂「一個中國」，是指在《台灣問題與中國的統一》（1993年白皮書）及《一個中國的原則與台灣問題》（2000年白皮書）提出的「三段論」——①世界上只有一個中國；②台灣是中國的一部份；③中華人民共和國政府是代表全中國人民的唯一合法政府。那意味特朗普必須重新確認中美就台灣問題的三份聯合公報（1972年的《上海公報》、1979年的《建交公報》及1982年的《八一七公報》）。然而，由於對這些公報中的「一個中國」，中、美的解讀有點不同，因此，在雙方願意坐下商談的條件下，特朗普一面稱蔡英文為總統、繼續向台灣售武（甚至可能「薩德」），一面當習主席之面承認「一中政策」，後者亦只好無奈接受！這有助「習特峰會」的氣氛，卻對解決台灣問題毫無幫助。台灣疏離中國但不敢公然尋求獨立（因為美國不許可）的現狀，相信會持續下去。

三、

　　有點巧合的是，在「習特峰會」前夕，中國國務院宣佈繼長江三角及珠江三角後，將設立河北雄安新區，預期二十年後該區國民毛產值（GDP）將為二萬億元人民幣、固定投資達四萬億元人民幣。新區建設規模龐大，對鋼材、水泥、供水系統、天然氣以至鐵道和其他交通及民生項目等基本設施，帶來大量需求，令這些行業的前景被投資銀行大大看好，列為主要投資對象。與此同時，特朗普則宣佈將啟動萬億美元的基建計劃。

　　如果中美能夠暫時放下「政治鬥爭」，攜手合作，互補不足、取長補短地為彼此的鴻圖大計盡力，則在各得其利之下，其他諸事便可以從長計議。中國是許多基建工程的「熟手技工」，近年累積了豐富經驗，在眾多項目上有創新突破，加以國家資本，在「增進邦誼」的前提下，大可以「經濟實惠」克己的價錢接下美國的工程；這對「窮透根」的美國大有好處，不在話下。至於美國的新科技，在雄安新區的創建上當然亦可大派用場……。「習特峰會」若能在這方面談出合作的契機，中美進而亞洲以至全球的政經前景便可看高一線。自由貿易本為「經濟繁榮」之所本，如今特朗普政府因見其害（見昨天作者專欄）而有改弦更張之策，但這並不妨礙國與國之間的雙邊交易，只要談妥條件，不必高舉自由貿易之名亦能各受其惠。如今中美都要在基建上投下

巨資，兩國各有短長，而這正是她們發揮互補性的最適
機遇——但願「習特峰會」在中美雙邊經貿上有重大突
破！

2017年4月6日

當年
2
0
1
7

特習會不因突襲失色
忍讓為避戰不二法門

一、

　　果如事前眾多論者所料，4月6日至7日的「特習會」和氣收場，兩國領袖各有收穫。由於時間匆促，會議沒有達成具體協議亦沒有聯合公報，不過，雙方就軍事安全互信（中美戰略互信的基礎）、人文交流（中美關係的地基）、美國配合中國「追贓」（追捕逃美貪官及贓款），以至解決「貿易不平衡」等重要課題，達成了從長計議的共識；其中對特朗普最急於整頓的貿易失衡，定下了「百日計劃」，意味雙方會快速地尋找紓困之法。有關談判當然十分艱巨──未有提及的北韓、南海和對台售武問題更棘手──但雙方既然都具誠意，何事不能解決!?無論如何，這次「短敍」，會內會外，賓主之間呈現一片祥和，令不少擔心談不攏、尤其是擔心特朗普會口出狂言得罪客人，或於南海、北韓及台灣問題上令客人不快或下不了台的人，大大鬆一口氣！

　　中美兩國領袖各有得着。比起澳洲總理（話不投

機特朗普匆匆「收線」）和德國總理（話不投機特朗普
拒絕伸出友誼之手），習近平主席總算受到合理友善的
待遇（內地傳媒説「國務卿蒂勒森親自去機場迎接習主
席，實為高規格接待」，相信海外同意這種詮釋的人只
有極少數），等於美國新政府確認他作為國家領袖的地
位，有利習主席在無「外憂」之下，放手為「十九大」
作人事部署。至於特朗普，穩住了和假想敵中國的關
係，是他在內政處處碰壁中最足稱道的成就。

　　特別引人關注的是，特朗普總統在會議期間「突
然」下令「空襲」敍利亞，令「特習會」變成「突襲
會」。特朗普的斷然行動，除突顯其施政手法與前任
的思前想後下不了決斷的作風完全不同外，還有對北
韓（和伊朗）示警的作用，當然亦少不了「敦促」中國
必須「認真管好」金正恩之意；不過更重要的，也許是
以製造「實戰」危局，迫使國會反對派不能再在他要追
加五百多億美元的國防預算上諸多留難，如此一來，他
的擴軍黷武大計便能順利推出。不僅如此，特朗普此一
悍然舉措，還獲得絕大多數參議員的支持（不同程度支
持者達九十四人，反對的只有六人〔共和黨一民主黨
五〕），説明以美國當前的「民情」，對外用兵只要用
得其所，便得民心，為共和黨明年參院中期選舉打了一
支強心針。

二、

中美關係暫吹和風，但世界局勢因美軍以戰斧巡航導彈「有目標有秩序」地突襲敍利亞al-shayrat空軍基地、懲戒以沙林毒氣濫殺無辜的巴沙爾政權而吹響警報、陷入危境。剛巧在一百年前的4月6日，美國W・威爾遜總統對德國宣戰，令第一次世界大戰「白熱化」（加速德國的亡敗），百年後此日美國大炸有俄羅斯作後盾的敍利亞政府空軍基地，遂予人以世局可能亂得難以收拾的不祥之兆！俄羅斯為此調動艦隊開進美海軍「長駐」的地中海，「尚幸」美國很快與俄國站在同一陣線，把矛頭指向反敍利亞政府的「叛軍」（恐怖組織），區內的緊張情勢也許因為排除了美、俄海軍熱戰一觸即發之局而稍為降溫。不過，從「文明衝突」的宏觀角度看，世界前景甚難樂觀。

特朗普的「國師」班農數日前被免除國安會顧問之職，傳出這是他與「特婿」庫什納（J. Kushner）在不少政治問題上「想法不同」及「私事不和」失歡於主子而終致失勢，這種揣測，看似有根有據，但用昨天《香港01》的話：「內鬥暫告一段落。」（白宮幕僚長普里百斯〔R. Priebus〕作調停人淡化這場「宮廷內鬥」），筆者同意這種看法，原因是向來不相信班農之離開國安會是「在內鬥中失敗」（是國家安全非政治化必要之舉）。姑勿論班農的「仕途」，他令特朗普勝

選的「世界觀」，肯定會繼續主導特朗普政府的內政外交。班農被標籤為極右民粹主義者，受左右以至中間派三面攻擊，然而，班農的主張（原創者為史特蒂斯和侯爾合著、1992年出版的《世代：1584至2069年美國的未來歷史》）（W. Strauss / N. Howe-Generation：*The History of America's Future, 1584 to 2069*），主要通過他因2008年金融危機而於2010年拍攝的紀錄片《零世代》（Generation Zero）表達，除了猛火抨擊「達禾斯精英」（Elites of Davos）盜竊「國家財富」、因此對金融市場必須嚴加規管外，主要在鼓吹恢復「猶太教及基督教價值觀」（Judeo-Christian Values），排外（種族歧視）之意非常顯然，這正是特朗普禁止回教徒入境以至構築美墨邊界圍牆之所本。處此極端穆斯林全面對「非我族類」（不限西方國家）發動「恐襲」（穆斯林用語是「聖戰」）之際，班農認為通過暴力手段把這股敵對勢力摧毀的時機已至！他在不同場合公開表示「在戰爭看到道德重生」，換句話說，大打一場才能「防止文明衰落」。他因此期待看見一場「末日式的戰爭」以「消除美國的腐化和墮落」，而其源頭是金融騙子和「異教徒」……。惟有如此，信奉猶太教及基督教的人民和國家，「才獲重生」。這種想法當然非常危險。

三、

　　「突襲」敍利亞之後，雖然「鼓勵」美國「加辣」

的人不少（據昨天倫敦《獨立報》及《每日電訊》，英外相約翰遜宣佈取消莫斯科行的同時，在七國集團外長羅馬峰會前夕，大力主張美國應繼續以「先進武器」打擊敘利亞政府軍），但看蒂勒森（真難為這位商界翹楚，甫棄商從政便要處理可能爆發大戰的「國際危機」）和「俄酋」普京的言行，敘國相信會亂上加亂，但大戰不致因此爆發──普京不於此刻和美國正面衝突，並非「熱愛和平」，而是他也許看到朝鮮半島隨時引爆戰爭，因而有保存實力隔山觀火從中討點便宜的計算。

4月上旬，便在習主席飛抵佛羅里達前一兩日，美國著名政治學者葛拉罕‧艾里遜的新書預告，覆蓋美國主流媒體，艾里遜是「修昔底德陷阱」一詞的鑄造者，其新書名為《極終一戰──中美能避過「修昔底德陷阱」？》（G. Allison : *Destined for War : Can America and China Escape Thucydides's Trap?*）。「修昔底德陷阱」本為冷門政治術語，因習主席2015年9月下旬訪美時於西雅圖答記者問時強調「中美不會陷入『修昔底德陷阱』」而廣為人知。

據維基百科，修昔底德（公元前四百年左右）為古希臘歷史學家，治學嚴謹，有「科學史學之父」之稱，是政治學中現實主義派的奠基者；他認為「戰爭不可避免的真正原因是雅典勢力（按：泛指新崛興國家）的增長引起斯巴達（存在已久的強國）的恐懼」而引發──

艾里遜把這種「新興大國必然要挑戰現有大國而後者不
會坐以待斃一定回應威脅」的現象,稱為「修昔底德陷
阱」。

　艾里遜爬梳史實,據他4月8日接受《印度教徒報》
(The Hindu)訪問的說法,他在新作裏強調21世紀的
最大危險是中國對美國及美國主導的國際秩序的挑戰。
這種新型大國大戰古老大國的例子,在歷史上屢見不
鮮。艾里遜指出,在過去五百年,有十六個新國崛起挑
戰「老大帝國」的例子,而引致戰爭的有十二起;四次
無戰事的主因,是新舊大國的領袖有過人的「忍讓力」
(各自調整「世界觀」);艾里遜認為,中美避免墮入
「修昔底德陷阱」的唯一途徑是學習百年前英美如何不
致開戰且能和平共處(美國終於取代英國但英國只是衰
落而不致沒落)及四十年冷戰期美蘇何以能夠各自按核
不動的原因。這些分析,要讀他的新書才見真章。但
願中美能秉承「特習會」好開端的餘緒,繼續談而不
打──以現在武器之犀利,「談談打打」絕對沒有好下
場的!

2017年4月11日

一念無明獨淺種
兩制輪迴靠深耕

　　揣測下任行政長官林鄭月娥上京「面聖」的情況，意義不大，那不是説此行不重要，而是表面所見，一切均「依法」辦事、完全符合「一國兩制」的規格和地方官見京官的「禮儀」；不過，她在「密室」接受何等「訓示」，屬高度機密，誰都不會説，因此不必費勁亂猜。

　　然而，不知林鄭女士見「老細」的真相，不等於無法雖不中亦不遠地「預測」下屆特區政府將如何「運作」。綜觀近月京港「政情」，筆者以為下述兩大「主線」，應該不會錯到哪裏。今天先談政治佈局。

一、

　　非常明顯，行政長官梁振英治下五年，香港政經發展一無是處，梁氏的民望因此在「低處未算低」的極低處徘徊。可是，在京官眼裏，梁氏之不得民心，皆因他人和不暢且處事手法遠欠圓融，鐵板一塊地執行上級

交下來那些完全不恤民情不合港情且不符《基本法》的任務，結果四處碰壁，民望「插水」。換句話說，他把香港弄得一團糟，撕裂了香港社會，不少人遂把一股怨氣宣洩到其授權來源北京的頭上。顯而易見，以京官的識見，香港社會如此不和諧，完全是梁氏管治手段太僵硬而非政策有問題。這種思維，最終讓他的「扯線人」安排他「另有高就」，京官對他排除萬難不理會香港民意勇往直前一成不變堅定執行中央交下的任務，極度欣賞，那從他被安置在政協副主席高位並獲習主席以次一眾政治局常委「熱烈握手」、殷殷勉勵他繼續服務國家和香港可見！

梁振英突然臨陣棄選，此間主流輿論認為是「扯線人」無法說服多數選委投他一票的結果。那不是沒此可能，但是「錢繫內地、情牽黨國」的工商界選委，循香港民意的指向而不聽「京意」的指示投票，你以為有此可能嗎？看多數工商界選委的言行，筆者認為答案絕對是否定的。換言之，京官知道要讓梁氏當選有困難，惟困難並非不能解決；不過，由選委不會太反感因而較易有勝算的林鄭月娥出賽，安排極為政治正確、行事絕不手軟且北京非常信任的梁氏出任新職，是更高明即更能牢牢掌控香港政治的部署！梁氏的新職，一如筆者3月中旬時指出，職稱未定，也許掛個與「一帶一路」有關的招牌，但核心職能該是作為港澳辦/中聯辦和特區政府之間的「超級聯繫人」，這個職位屬特區政府編制，

表面上與北京無涉，那意味中國領導人信守承諾，堅決落實「一國兩制」！如此這般，再沒有人——包括外來勢力如對香港虎視眈眈的美國——可以指斥北京干預香港內政。

二、

　　林鄭月娥女士勝選後，在政治層面的表現，筆者只能說她有點「賴依芙」（訪京後應成熟起來），她有意「團結」被有關當局認為必須「往死裏打」的民主派，便是一錯（難道少數民主人士入局〔入閘？〕後泛民便會做順民修補社會的裂痕!?）；她遇疑難便問「上帝」，看在唯物掛帥的老共眼裏，必會說她不識好歹太單純……。由她的老上司當她的有實無名的「政治顧問」——他是無名有實的「政委」、她為名實相副的市長——正是令她不會在錯誤道路上愈走愈遠的保證。從更深層次看，梁氏的角色是維護「君權」不受侵害，即「一國」的定位不會歪曲；而林鄭的管治範圍在落實北京詮釋的《基本法》，換句話說，「兩制」一旦被北京認為出岔，很快便會被「一國」得悉導回正軌。

　　梁振英近月的作為，完全看不出他是北京的「棄將」，他有「膽」斷然拒絕於任內取消TSA、高調往訪中聯辦、在禮賓府與中學生談未來、下週會率領龐大代表團（包括行會非官守議員、策略發展委員會及經濟發展委員會委員，而「陪同」出訪的有九個部會負責人）

訪問粵港澳大灣區，以至下月中旬帶領一個三十多人（每省代表名額只有六七人！）代表團赴京開「一帶一路高峰論壇」（據說梁氏還會在會上發言）；還有，若已收拾書包等鐘聲放學，昨天梁氏會突然宣佈收緊印花稅條例，杜絕「一約多伙」迴避印花稅的賣樓行為嗎？所有種種，難道不代表他的權勢還是處於「上升軌」嗎？

雖然林鄭曾說有意改組中央政策組，但筆者相信這個等同「港獨建築師樓」的班子，即使改頭換面，人事上有所調動，仍將是來屆特區政府的「中流砥柱」，以「香港學生喊出獨立口號」（3月18日《紐約時報》大標題）在國際間傳揚，而這正是北京大忌，來屆政府有一個專門對付「港獨」的諸如「打壓港獨司令部」之類的新設部門（當然可在「一帶一路」掩護下行事），一點亦不出奇；「出奇」的是這個部門將由「首席港獨設計師」搖身一變而為「首席港獨狙擊手」的人出掌——同是一個人，新任務是摧毀由他一手用放大鏡變幻出來的「影子港獨」，政治權術之鄙劣、政治人物之狡詐，香港人固然上了寶貴的一課，香港回歸史書亦必有一章專記其事！

（「一國兩制」怎分工・二之一）

2017年4月12日

貧富懸殊添民怨
解囊紓困減怨聲

三、

絕不手軟打壓「港獨」，能否收效以至會否令國際間有香港成為另一個中國城市的共識，進而令美國國會重提《香港人權與民主法案》，均為心狠手辣的「港獨狙擊手」應考慮的反應；不過，即使以不流血的手段打壓「港獨」，亦會令社會進一步撕裂，因為「港獨」代表相當部份對梁振英管治徹底失望的香港人、尤其是不少年輕一代的「願景」，對抗力隨壓制力加大而相應增強，那是直覺反應。這種情形，意味社會在與中央樂見的和諧康樂之途上，愈走愈遠。

怎樣才能紓解窘局？除了問責政客要如民選政客般露笑臉扮親民之外，把「埃及妖后的嫁奩」有計劃最好是有建設性地施惠於中下階層，是應該可產生宏效的釜底抽薪之策。這是紓解「民困」的最佳辦法，說白了，是誘之以利令噪音音頻下降，以期達致社會比較和諧（社會表象絕對和諧在高壓獨裁國家才會出現）亦即中

央願見的境界，那與李克強總理把香港特區行政長官委任狀授予林鄭月娥時、叮囑她應「着眼改善民生」為施政大方向的指示，非常合拍。事實上，筆者認為當局在財政條件許可下應對中下階層更「仁慈」的想法，非自今日始，而且曾經批評當年財政司司長曾俊華太保守，令行政長官無法通過加強版的「派糖」以達「收買民心」營造和諧社會的目的……。筆者多次談及《財政預算案》時，均稱當年的財政司司長的守成預算為「富太持家」，而這種保守預算，新任財政司司長陳茂波竟然「照辦煮碗」，被泛民議員指為「水浸腳目」卻無渠道令Ｎ無人士分享經濟果實，因此有的「不支持」有的甚至要「拉布」阻其立法！

香港大有在經濟上對中低階層慷慨一點的財政基礎，除「嫁盒」豐厚（嫁盒加上回歸以來的盈餘累積，本港財政儲備至去年3月已達八千六百億元，金管局可動用以捍衛聯繫匯率的基金高達三萬五千七百多億元）外，還有歷來對富裕階級太寬容，令貧富兩極深化因此應急謀修補。香港低稅率少稅項，沒有遺產稅、利息稅、資產增值稅，甚且連紅酒稅亦豁免（此舉令香港馬上躋身世界有數紅酒銷售中心之一，對經濟以至「商譽」大為有裨益，惟利益全歸富裕階層！），而利得稅偏低得連商賈亦一再表示應該提升！在這種向富裕階層傾斜的稅制下，多給中低階層一點經濟實惠，有甚麼不妥當!?

反對這樣做的人，向來指出「免費午餐」代價太昂貴，而且無論在「道德」上和負擔能力上，都有強力説詞。前者當然是説「免費午餐」太豐富會「養懶人」，後者則是盈餘有用盡的一天，當此日日近時，經濟陷入「恐慌」、港元與美元會脱鈎……。到了最近，新的反對理由是再添福利，香港豈不是成為社會主義地區，那可有違「一國兩制」保障香港資本主義制度不變的初衷！上述的「憂思」都可能發生，卻是香港必須面對的風險；而這種風險不一定會發生且即使發生當局亦不會束手無策；至於資本主義社會福利遠勝香港的地方多的是，而且福利多寡並非衡量社會政治屬性的標準，福利制度完善不會令香港被視為社會主義地區！

四、

筆者主張強化「福利事業」以淡化社會不滿情緒的理由，可歸納為下述兩點：

甲、眾所周知，中低階層依賴社會福利之心日重，最終可能會讓社會缺乏在社會階梯上掙扎向上的動力，但是與此同時，社會會走向和諧，且仇富民怨必趨低沉，其衍生的正能量，肯定有利推動社會進步。值得大家注意的是，隨着時日推移，香港與母體合併之期日近，在港人眼中有百般不是的內地政府，非常關心、照顧受薪階級的生活（當然，目的是在維穩，但利誘遠勝強力打壓！），向資方徵收近百分之五十的社福金

（稅）以保障員工的退休生活，便是一例。受薪者生活無憂，是社會安定和諧之本，香港應慢慢走上這條路。

乙、擔憂盈餘用罄的心態保守王道，在一段不短期間，筆者亦有這種顧慮；但是大家「愁」了這麼多年，不論世情多麼艱難、市場多麼波動，即使福利開支年年增加，盈餘大體上（平均而言）還是年年上升；近來不少人以為物業（樓、地）價格已高至「百萬富翁」無法負擔的高水平，只有下滑一途，遂預期賣地收入及有關稅收萎縮，這種預測雖符地心吸力物價升得高跌得重之常理，然而，內地大款殺到，物業市道又呈新景象（豈止香港一地，目前多倫多物業亦因此升上九重天），政府的有關收益（尤其是在「加辣」之後）又跳級彈升，加上股市興旺相關稅收不少，遂大破財政司司長的預算上限……。這種情況，説明只要香港的法治仍勉強得以保持、保障保護私有產權的法例被嚴格遵守，「財來自有方」，地價樓價跌完必然可以回升，而股市暢旺只有日甚日……。當然，保守者的憂慮不是沒道理，但你不由不想起凱恩斯那句「長期而言我們都一命嗚呼」的老話——對於任期只有五年的政客而言，「長期」更不在他（她）的詞彙之中。那等於説在盈餘滿溢的情形下，多派點「免費午餐」，對一心一意要完成北京交落的任務促成社會和諧的當權者，有極大誘因。

在港英治下，當時香港的「靠山」英國在經濟上不暇自顧，香港形成結構性保守財政哲學、編纂盈餘預

算，是應有之義，因為一旦入不敷支，「宗主國」力有未逮，無法「打救」，香港便有財政破產的危機，而由於香港沒有足以稱道的天然資源，經濟不景氣期的土地當然乏人問津，這種經濟環境，令香港欲發債救急渡難關亦不可行，因此財政上只有一條量入為出之路可走，積穀防饑遂成以防萬一的必備之策……。如今情況大為不同，祖國全方位崛起，經濟欣欣向榮，外儲以萬億美元為單位，加以以國民毛產值計，香港經濟體積只及內地的2%，香港財政若有甚麼差池，北京不費吹灰之力便能解決……。

　　積極運用財政盈餘，把香港民生搞好，港人固然快樂，民怨聲沉、撕裂不再、社會和諧，北京臉上有光。對中國來説，如此這般，肯定更為重要。

　　　　　　　　　（「一國兩制」怎分工‧二之二）

　　　　　　　　　　　　　　　　2017年4月13日

夜燈璀璨經濟暢旺
中國經濟穩定前行

一、

　　由於沒有新聞自由和國家機器保守以及一切唯國家領導馬首是瞻，過去這數十年來，內地公佈的經濟數據，除了急於爭取內企（國營與民企）生意的投資銀行不得不投內地政府所好而照單全收之外，海外象牙塔學者以至在意公信力的評論員，大都對這類數據的真確性存疑，而這種疑慮還因有時看到為了討好上司而在數據上弄虛作假的官員被告上法庭的新聞，益增「懷疑論者」的說服力。

　　在改革開放後不久，記得有學者從耗電量公開質疑內地經濟數據的可信性，當時的朱鎔基總理輕描淡寫地指出，從耗電量推測經濟增長的論斷，有不周延處，因為很多工廠有本身的發電設備，其耗電量不入政府統計。這種說法頗有道理，證諸本港的其士企業當年大量生產小型發電機，可見需求之大。事實上，在電力供應不穩定及位於輸電系統邊緣的工廠自己發電，完全可以

理解。饒是如此,「迷信」自由經濟的人,對政府如何能夠準確「計劃」一年(甚至五年)的經濟增幅並準確甚且超額完成任務,仍然百思不得其解,筆者是其中之一。筆者的「觀察」非常「貼地」,報攤每天擺賣的報章,很少如數賣罄,這是到了傍晚必有不少「拍拖報」(兩份)當一份價格大平賣的原因。有切身利益關係的報販據昨天的銷量進報還賣不完,可知一天的「計劃」都不易準確制訂,何況國家這麼大經濟這麼複雜消費意向這麼難捉摸⋯⋯。

在這種情形下,與中共沒有政經利益關係的海外人士,認為為了奉迎上級,統計部門負責人在數據中「摻水」或「抽水」的可能性,不容抹殺。那即是説,當數據未及「計劃」的指標時,有關官員便「這裏加一厘那裏添半分」,令數據達標;反之則行延後入數之法,令數據不致突標。對於長期持續高增長之後,如今的經濟數據如國民毛產值增長仍訂得那麼高,外人不免疑心這又是好大喜功的結果。哪知事實可能並不如此。

大約一週前,三位美國經濟學家(兩名在聯儲局紐約分局工作,一位為哥倫比亞大學教授)在美國「國家經濟研究局」發表題為〈中國的國民毛產值可能較高〉(China's GDP Growth May be Understated, NBER Working Paper No.23323),他們根據衛星拍攝所得的「夜間燈光」(Satellite-recorded nighttime lights),和各類已公佈的數據比較,結果發現實際經濟增長更高,

這與多數海外經濟學者認為自2015年年底中國經濟開始下行的看法南轅北轍。換句話說，中國政府公佈的數據，並非「高估」而是「少報」！

「夜光」璀璨意味經濟活力旺盛（從衛星圖片所見，北韓真是一片漆黑，了無生氣），論文作者用他們的電腦程式計算出實際GDP增幅比李克強總理所訂的略高——雖然只是高出一點點，已足推翻2014至2016年中國經濟盛極而衰的説法！不過，這三位作者所用的方法是否可靠和會否為其同行認同，大家拭目以待吧。

二、

認為中國經濟前景陰霾密佈者，數不在少，看白宮新設國家貿易委員會主席納瓦羅（P. Navarro）的著作如《臥虎》（台譯《臥虎強國》；沈旭暉教授週前在《信報》長文評介）、《死於中國之手》（*Death By China*）及《將和中國大打一場》（*The Coming China Wars*），行保護貿易之策以防範美國死於中國之手的論述，驚心動魄，中美貿易前景絕不樂觀（這幾本書均流暢可讀）。另一方面，中國全力推動的「一帶一路」（「一帶一路」國際合作高峰論壇下月中旬在北京召開，有二十八國領袖與會；本港將派出龐大代表團），雖然北京信心十足，但外界評論極有保留，24日的《華爾街日報》有〈一帶一路商機處處？中國已周轉不靈，投資者勿上當〉。據《立場新聞》的特稿，認為此大計

「已陷入困境」，作者引述美國智庫「戰略與國際研究中心」的報告，指出「中國官員私下估計」，中國對中亞的投資，三成血本無歸；在緬甸和巴基斯坦更達五至八成⋯⋯。中國的基建最強項是高鐵，筆者聽南亞友人說，並不合當地「水土」。高鐵投資由於中國給予優惠條件，不去說它，但光是維修費，不少國家已付不起（車資收回成本，一窮二白的當地人買不起，若割價「平賣」，不但無法收回成本當然沒有盈餘支付維修；失修的高鐵險象環生），因此必會淪為「大白象」。此外，當然還有國企負債過高的老大難⋯⋯。非常明顯，中國總有不少經濟困難。

自「習特會」以還，中美的表面關係親善不少，中國固然不再是「干預匯價冠軍」，貿易戰亦似乎不打了；有關向中國及墨西哥進口貨抽重稅的「競選諾言」，由於「條數計唔掂」（得不償失），據投行高盛的經濟學家N. Fawcett估計，一旦實行，中、墨必然報復，結果美國肯定無所得益，因此，趁「合作制裁」北韓之機，貿易糾紛遂「按下不表」。「制裁北韓」也許只有短期作用，但由於中國已成為「美式服務」（如旅遊、教育、及各種專業服務）的重要進口國，這方面的利益，美國更不能因為商品貿易限制而失掉。2006年，中國購進美式服務為一百零四億（美元・下同），2014年已達四百一十九億，複式年增幅15%，業界十分滿意；隨着中國經濟增長勝預期（如「夜光」所示），

「高端消費者」（Super Consumer）日多，對美式服務需求相應上升。行銷專家柴可亞在3月30日《福伯氏》的〈中國奇蹟接踵出現〉（The China Miracle Isn't over-It has entered Its Second Phase），指出持續二十年10%的平均年增幅後，2010年開始的年增幅降至7%水平，亦相當可觀。今後的增長主要來自內部消費、科技創新、先進工業和服務業，在在有用得着美國之處。言下之意當然奉勸特朗普政府不要在此時刻和中國打「貿易戰」……。

計劃經濟必然造成無可估量的經濟浪費，經濟發展更可能走錯方向，不過，千萬別輕視「國企」的力量，以中國目前的國力，消化這些損耗雖有困難卻不是不可能。正因如此，筆者雖對內地經濟前景抱有懷疑，但相信在現階級，當局在現階段是有綽綽餘力把之紓解。筆者是無可救藥的自由市場信徒（說服力最強是報攤的銷售情況），絕對相信市場力量。然而，筆者亦相信北京把這類經濟虛耗情況浪費程度好好遮蓋，也是游刃有餘的！

2017年4月26日

法國總統少年郎
無黨有派貴人扶

一、

　　法國總統大選結果揭盅，一如民調所示，走中間路線的馬克龍以約66.1%選票當選，落選的極右勒龐得餘下的33.9%選票；從電視所見，法國選民似乎非常投入，可是整體而言，說選民對選舉興趣缺缺，亦不為過。統計顯示，棄權（不投票）的選民達百分之二十六強，為1969年以來的最高紀錄；而投白票的選票達四百二十多萬張，佔總投票率的12%。所有種種，充份反映選民不認為這兩位候選人是他們所「心儀」的領袖！

　　1977年出生的馬克龍，成為最年輕的國家領袖（希臘總理齊普拉斯生於1974年，意大利上任總理倫齊生於1975年），看他的「奮鬥史」，說他「年輕有為」，誰曰不宜？然而，他如何有效落實揭示於競選政綱的管治理念，是甫當選便成為傳媒熱話，而一般看法並不樂觀。

1958年，法國國會通過了戴高樂總統提出的第五共和憲法，賦予總統不少前所未有的權力，比如委任總理、解散國會（參議院）、進行公投及在「國家危難時刻」成為「暫時獨裁者」，還有權委出三名憲法庭法官。表面看來，法國總統擁有權力很大，但這絕不等於有全權處理國家事務，首先是，總統沒有「建議立法」的權力，而國會通過的法例，只有總理才能執行。

這樣的總統，功能有如「仲裁者」（球證），當國會與總理之間爭持不下時，總統的權力才能彰顯──他既有權下令就此不易解決的問題進行公投，亦有權解散國會。如此獨特的政治結構，令執政黨的議席在國會佔大多數時，總統的角色才能從「仲裁者」變為決策者；這情況出現時，總理只有聽從總統的指示行事，其政策才可免去被國會大多數票否決的厄運。如果執政黨是國會的少數黨，總理便不必（不會）對總統言聽計從，總統因而是「跛腳鴨」（truly lack power），那等於說總統的地位合憲合法但不能履行有效管治。新任總統馬克龍便有可能面對這種窘局，因為無論從哪一角度看，他領導的「社團」（不是政黨）均不易（根本不可能）在下月國會議員選舉中獲得過半數席位。

說來有點不可思議，馬克龍去年創立的「前進！」，只是一個「組織」而非正式政黨，「前進！」代表的是社會運動，它既乏「黨工」支援，亦無地區支部，在國會連一個席位都闕如，完全缺乏政治動員的力

量，因此，絀於經費的「前進！」，如何派遣「大包圍」式的成員參加下月國會議員選舉？而在未來大約四週時間，假設馬克龍獲財團支持，籌足經費，亦不易搶走其他政黨、特別是在國會勢力根深柢固的社會黨及共和黨的議席！

從當前的情勢看，馬克龍的「前進！」，即使「合縱連橫」，亦很難在國會佔上顯要席位，這位當過投資銀行家及任政府高職的青年才俊所以能一躍登龍，背後「發功」之人，呼之欲出，此人是法國經濟學及社會學理論家、著作等身的資深政客（曾任密特朗總統的政治顧問及在薩爾科齊總統任內擔任經濟復興委員會主席）阿塔利（J. Attali），據巴黎《世界外交月報》（Mondediplo.com）的「賽前評述」，馬克龍一早投入阿塔利門下，兩人亦師亦友，關係密切；阿塔利認為他是可造之材，把他推薦給法國巨賈、社會黨金主許民德（H. Hermand, 1924-2016）。通過阿塔利和許民德，馬克龍建立了堅實的人脈關係，成為他背後一股不可輕侮的力量。因此，下月國會議員選舉，「前進！」也許能取得不錯的成績，但要獲多數「黨」地位便絕不可能，預示他的政府不易「施展拳腳」……。

二、

受挫的馬琳・勒龐，在鏡頭前表現得那麼寬懷、從容，當然有「表演」成份，但她獲一千一百多萬選

票，比乃父2002年的得票多出一倍多，較她2012年得票多出約四百萬張。那意味支持「國民陣線」仇外、種族歧視、反猶太、反回教、排斥移民、脫歐及棄歐羅政綱的人，愈來愈多。衡量當前形勢，馬克龍若無法闖出新天，2022年五十出頭的勒龐若捲土重來——看來她確有此意圖——勝算可看高一線！

歐洲目前的政治亂局，根本原因是年輕一代對「建制」的厭惡、鄙視甚至憎恨，因為從政者各為私利而忙，已是眾所周知的事實，而令一般人尤其是年輕一代，不惜挺身而出，參與「大規模暴亂」，這是民調機構「甚麼世代」（Generation What）3月底對數以萬計18至34歲的法國青年進行民調得出的結論（61%受訪者表示願意這樣做），在英國、瑞典、挪威、芬蘭、意大利、西班牙、希臘、葡萄牙、匈牙利、保加利亞及羅馬尼亞的同類民調，亦得出類似結果。傳統政黨濫用國家資源及對貧富不均熟視無睹，加上歐盟尾隨美國之後，假手北約集團，武力介入敍利亞內戰以至擺出一副不惜與北韓和俄羅斯進行核戰的架勢，令年輕一代對前途無所憧憬，他們決心尋求突破以改變命運，是為社會動盪之源，亦是反傳統「國民陣線」的支持者日多的底因⋯⋯。事實上，香港年輕一代所以「愈來愈激」，根本原因亦是因為在北京以其有別於港人認知的理由解釋《基本法》導生的窒息感！

馬克龍雖然有意搞好法國經濟，但受歐盟諸種規限

（見4月25日作者專欄），不易有作為……。以為新人上場便能一切改觀，那是當古人的勵志的話如「世上無難事」為真理的誤會而已。

昨天不少股市以及若干「當炒」的貨幣升勢可人，而「好消息」是法國不會脫歐不會棄歐羅。那當然不成理由，不過，歐盟主要股市市盈率低於美股（標準普爾）及歐洲利率較高，令部份「熱錢」湧入歐盟；當然，還有世人持有美股美元比例太高（見4月20日作者專欄），加上它們強勢已久，隨時會因獲利回吐而回落……。上述種種，均為「老生常談」，雖然都有道理，然而，當前世界大勢趨於緊張，亞洲局勢高危，戰火一觸即發，在這種情形下，減輕投資組合中美元美股份量，似乎又不是明智的做法！

2017年5月9日

誰當總統政情無改
難民之子青瓦清流

一、

　　這篇評論本該週四見報，以今天南韓總統大選才有結果。不過，一來因為熱門候選人、共同民主黨的文在寅，在各項民調中均大幅拋離對手（約二十個百分點、幅度達百分之五十強），當選「應無懸念」；二來是不管誰人當選，南韓的政治特別是與美國及北韓的關係，均不可能大變。因此，現在假設文在寅勝出，即使爆大冷，本文的立論亦毋須作原則性修改。

　　據南韓最大規模的民調機構Realmeter去週日公佈的民調結果，顯示南韓選民最關注的政綱是「鏟除貪污的決心」，認為此舉最重要的受訪者達27.5%；支持「改善民生及振興經濟」此一與選民更有切身關係的，為24.5%；而只有18.5%受訪者，聲言會投票給以「國家安全」為首務的候選人。於2007年10月以青瓦台幕僚長身份隨盧武鉉總統歷史性訪問北韓的文在寅，向以廉潔自持，這正是他為選民垂青不可忽視的理由。

　　以朝鮮半島當前的局勢，南韓選民最關注的竟然
不是「國家安全」或「民生」等重大課題，而是「打貪
的決心」，可見南韓官場貪腐的猖獗。於3月10日被彈
劾落台的朴槿惠總統，便因涉嫌以權謀私包庇親友官商
勾結中飽私囊而被扣留候審——已定月底開庭的這宗激
發全民凝成反貪運動大案的審訊，將搶盡新政府的「鏡
頭」！

　　說來不可思議，打貪如今竟然成為全球性的社會
運動，據「國際透明」（TI）去年底公佈「貪污感知
指數」（Corruption Perceptions Index, 2016）時的說
明，貪污的嚴重程度與收入不均成正比，因為貪污令
權力分佈不均（貪官濫權、行賄者獲掠奪人民財富的
「方便」），而這等同不公平地分配財富和機會……。
事實上，有官場便有貪污，自古已然，所以現在才成為
國際性新聞，皆因在新聞自由言論自由仍是核心價值的
地方，科網資訊流通於瞬間傳遍世界所致（沒有新聞和
言論自由的中國，若非習核心厲行打貪，內地官員人人
是無償為人民服務的雷鋒，哪有貪污何來貪官）。順便
一提，德國經濟學家魯斯克（R. Ruske）發表於2015年
5月Kyklos（希臘文，周而復始之意）的論文〈經濟學
家出身的政客（更傾向）貪污嗎——美國國會的實證研
究〉（Does Economics Make Politicians Corrupt?），得
出肯定性結論……。學經濟學的政客所以會「較貪」，
「經濟人天性自利」是致命傷（稍後當為文說之）！

二、

　　長期傳出貪腐醜聞的南韓，選民視打貪為第一要務，不難理解；至於南韓以外的人更關注的，相信是新政府如何處理北韓問題，因為南北韓關係一旦正式破裂，上演「全武行」，不僅區內各地大受影響，而且極可能引爆核戰，世人有的危機感，不加倍關注才是奇事。由於南韓是美國的附庸（美在該國派駐重兵，這種關係不是南韓不承認便能洗脱），不論誰來執政，都無法擺脱美國的羈絆。2003至2008年在位的盧武鉉總統，一度曾有走獨立外交路線的雄圖，結果身敗名裂，於2009年5月23日跳崖自盡；受知於盧武鉉的文在寅，其競選政綱雖有「不對美國唯唯諾諾」之句，但説既不易，做來更困難，要美國保護才可免遭北韓侵犯，南韓在外交政策上能不與美國同調？

　　長期以來，文在寅被「政敵」指斥在陪同盧武鉉訪問北韓參與盧與金正日的會談後，在涉及北韓事務上「不夠強硬（Spineless）」，比如2007年北韓潛艇擊沉南韓護衞艦天安號釀成數十海軍死亡，文在寅贊同該艇觸及美國魚雷説，事後證實不是事實，令他蒙上親北韓的惡名；近例是被批評反對引進「薩德」未有盡力，由於他深知部署這種先進反導彈系統，是美國的主意（美國的真正目的也許在監控中國的導彈活動），當他的民望天天上升即逐步接近權力中心時，便不再提此事。月

前有小道消息指他一旦當選便會要求美國「回收薩德」未有見諸他的政綱，可見他了解南韓的局限，不敢逆美國之意行事；不過，傳他當選會北訪金正恩，則為他斷然否認。《信報》網站昨午的消息指出文在寅表示「南韓在朝鮮核問題中應承擔積極角色」，是領導人應有的意氣，然而，這等大事，美國豈容他人置喙！昨天不是傳出美國和北韓的「有關人士」在挪威奧斯陸某酒店秘密開會嗎？美國越俎代庖，南韓只會「被通知」。

環繞北韓會否繼續試導甚至進行第六次核試的小道消息滿天飛，前天更傳美國要求北京代為向金正恩傳話，別說傳話的內容（美國開出的條件）不切實際，美朝既有直接接觸（奧斯陸秘會由北京安排？），何需第三者傳話？筆者的看法是，除非金正恩權衡利害後自動「棄核」，不然，美國在作出充份部署後，如「特襲」敘利亞般重擊北韓「軍事重鎮」的可能性不容抹殺；而美國悍然動武，還是特朗普為了替他的「好朋友」習近平主席出口氣——金正恩不聽他的勸說「棄核」，中國「念舊」，對這位「小兄弟」出不了手，特朗普便自動請纓代勞！

大家不可忘記特朗普內閣有多位「賽月娥」的悍將。

2017年5月10日

推己及人顯大度
一帶一路一心思

一、

　　習近平主席去年9月下旬在「二十國集團杭州峰會」，展示將致力推動環球自由貿易的雄圖，以至今年1月在瑞士達沃斯世界經濟論壇宣佈中國將啟動「一帶一路」的「工程」，在在顯示已在崛興持續茁壯的中國，為己為人，有帶引世界通過經濟手段達致「互利共贏」境界的決心；這種雄圖決心，在去週日於北京召開的「『一帶一路』國際合作高峰論壇」上，表現無遺。

　　會上，習主席發表近一小時的主題演說，揭示的大道理完美無瑕、放諸四海而皆準，理性人不可能不同意：「人類生活在共同的家園，擁有共同的命運；人類歷史始終在不同民族、不同文化的相遇相知中向前發展。」不過，以當前的國際情勢，「向前發展」的阻力重重。經過百餘年的自由貿易，提倡這種經濟哲學、主催放任自由經貿形式的西方國家，已因新經濟體如中國的迅速崛興而處下風，她們的思維因而有變，不

足為奇。百數十年來,西方強國憑先進科技打造的堅船利炮,「自由」掠奪、剝削後進國的經濟資源和廉價勞工,令她們神速快高長大;新世紀以來,形勢逆變,受惠獲益良多於自由貿易的,反是已成世界第二大經濟體的「後起之秀」中國!習主席強調中國要繼續走這條路,不難理解⋯⋯。如今的問題是,開始公開鼓吹走回頭路行保護主義(國際上已有回響,國際組織不再提自由貿易「有益世人」)的美國,仍然是世上軍事最強國,中國若不能說服她在此問題上改弦易轍,重回自由貿易軌跡,中國希望仿效先賢「懷着友好交往的樸素願望」,開闢「一帶一路」,相關努力恐怕事倍功半甚至難竟全功!

昨午《八五二郵報》引述美國有線電視新聞網絡訪問北大經濟系任教的美國教授保爾定(C. Balding),指出「一帶一路」的基建工程可能成為大而無當的「大白象」,並非無的放矢!二千多年前的公元前138年(漢建元三年),張騫出使西域,肯定是懷着與人為善的情懷上路,但此「鑿空」之旅,若沒有強盛的西漢及以後的王朝強大實力為後盾,絲綢之路必成畫餅。

看近代世界貿易史,互通有無的自由貿易絕非「我們相向而行,心連心,不後退,不停步」這類豪情壯語,及「路路相連、美美與共」這種願景便能達致,槍桿子在後面支持,才起決定作用⋯⋯。習主席2013年便提出「一帶一路」的理念,能否切實貫徹,並不是數十

國家領導人及數千名嘉賓雲集古都的盛景便能成事,更非由藝員以京劇腔調、饒舌（Rap）、流行歌唱法並以中英文混和方式唱出「一帶一路,這不是中國的獨奏;一帶一路,這是世界的合奏」,便會令人感動（內地人民當屬例外）……。不過,此一理論上足以「澤被後代」的偉大構想,即使不易落實,習主席之名和張騫般「流傳久遠」,在很久很久之後仍有人記得,則幾可肯定!

二、

看「一帶一路」從南到北闖大海攀高山的規模（投入以千億計資金且不去說）,主催此事的中國申明會「協助促成多個大型項目及合作協議的訂立」,但「中國無意壟斷所有利益」當然亦不會「獨享最大利潤」,中國與人為善的豪邁慷慨,一露無遺。中國為甚麼要這樣做,表面理由當然是「與夥伴國合作將『餅』做大」,然後「公平分享合作成果」;然而,不必諱言,中國這種有點「雷鋒上身」的取向,最大目的無非在擴大增強其國際「話語權」,在她的軍力仍不能讓敵人卻步的現在,這樣做潛存極大的「戰略風險」!簡單來說,美國圍堵中國有雙重標的,其一當然是阻遏其軍事擴張,以免美國在亞洲的「保護國」的政經利益受侵蝕;其一在拖其經濟後腿（自由貿易令中國繁榮昌盛,經濟進度呆滯雙眼通紅的美國欲行保護主義之策,動機

明顯），以保障美國「世界一哥」的經濟地位，令美元作為世界第一通貨的地位不變。

　　雖然習主席在主旨演說中強調中國啟動「一帶一路」的鴻圖大計並非有意另起爐灶，而是要與所經六十餘國作「戰略對接」；所謂「戰略對接」，指的是各國都有「據自身國情制定的發展戰略，各有特色但目標一致，有很多聯繫點和相通之處，可以做到相輔相成，相互促進……」和習近平所有公開談話一樣，這幾句話亦大有普世價值，然而，聽得進耳並相信中國是切實而行的又有多少國家？答案恐怕無多。習氏如此決泱大度、衷心誠懇，既為「絲路基金」增資千億人民幣，國營四大銀行還撥出專款近四千億以支援「一帶一路」的「基礎建設、產能與金融合作」，還在沿線國家興建一百個「幸福家園」、一百個「愛心助困」及一百個「康復助醫」等「專案」（似乎未見「孔子學院」之設），相信花了不少銀兩。美國傳媒指出，「一帶一路」的沿途國家配合「一帶一路」計劃而進行基建，雖然獲得中國國營銀行融資卻因此負上巨債，以巴基斯坦為例，她可能因此欠下中國九百多億美元債務，假如她本身確有市場需求而投資，償還負債困難不大，問題在於其本身需求不足，因而可能無力還債（因中國—巴基斯坦走廊的興建而缺席北京論壇的印度便公開提醒相關國家要注意債務問題）；加上沿途若干國家行民主民選政制，政府隨時更換，新人上台可能推翻前任決策（美國特朗普為世

人上了一課），令有關項目進展不符預期、效益不彰，結果帶來政治問題⋯⋯。事實上，有關國家為配合「一帶一路」而大搞基建的唯一受惠國是中國，因為貸出款項的條件之一是必須購進中國的基建材料，受惠者肯定是內地的船舶、建材及鋼鐵公司⋯⋯。這情況與美國四處製造政治緊張局勢有利其軍火出口，如出一轍！

《信報》昨天於大幅報道「高峰論壇」活動之餘，不忘請投資專家、惠理基金的謝清海介紹「一帶一路的潛在受惠股」，為自己荷包着想的讀者不妨參考；筆者可以補充的是，若干華爾街「大鱷」推薦的，除了中集集團，其餘為上海振華重工、中國遠洋運輸、天津港、招商局蛇口工業區及招商局⋯⋯。為甚麼如此看好招商局，明天再說。

（「一帶一路」與香港・二之一）

2017年5月16日

成竹在胸招商局
剩餘價值梁振英

三、

除了為中國工業產品、特別是產量過剩的（這是計劃經濟符合預期的必然惡果）開拓海外市場，「一帶一路」當然還有保障國內有需求的商品可以得到源源供應的作用；這種貿易關係，大概便是「互補不足」那口頭禪的源頭。傳媒似乎少見報道的是，中國還有通過「一帶一路」外銷中國經濟發展經驗的目的，亦即所謂軟實力外銷，而這主要是蛇口模式。

據內地《財新網》去月下旬的報道，4月中北京召開的「第七屆亞洲研究論壇」上，招商局集團海外業務部海外業務總監李國鋒，就「蛇口4.0」模式，作了詳盡的介紹；該局計劃在海上絲綢之路沿線各地，打造符合該模式的連串的港口。

港人對蛇口，耳熟能詳，但知其已發展出一套「前港—市區—後城」（港口—工業園—商住區）模式的，相信不是太多。李氏解釋，「蛇口4.0」即1.0是港口、

2.0是工業區、3.0是城市，4.0則指這一模式的海外複製版。換句話説，這種發展海濱城鎮的方式，是先開拓適宜現代航運的港口，當其有效運作可期時，便發展工業區，利用土地價廉及勞動力充沛的優勢，吸引內地企業及引進外資設廠，隨配套服務而來的商業活動，商廈及住宅相繼落成，一個現代化「商港」城市便成型。「一帶一路」確有不少地方具備這種自然條件。不過，和內地經建由中央拍板便可上馬不同，「一帶一路」沿途多為經濟困頓且前景不明朗（若有令人憧憬的前景，賺錢嗅覺最靈敏的商人還有不一早往那裏鑽之理?!），窮於資財和人才，當地政府固然興趣缺乏，「外資」亦敬而遠之；如今這些「一帶一路」沿線的港口，為配合習近平主席登高望遠的國策，國營的招商局便大有理由大展拳腳……。

　　據外媒報道，招商局已在沿線十八國的四十八個港口投資，目的均在打造成為新蛇口……。此中已「略具規模」的有非洲吉布提（共和國）港（Djibouti）、斯里蘭卡的漢班托塔（Hambantota）及澳洲的達爾文港……。自從2010年以來，國家通過中國遠洋運輸和招商局集團，在這些未來新蛇口上投下了四十多億美元，而比利時根特大學（Ghent U）研究中國經濟的T. Notteboom教授估計，中國在這類項目的投入已達四百億美元，其成果從世界十大貨櫃港有六個由中國控制（外加香港共七個）可見；更甚的是，2015年，世

界67%貨櫃由中國控制的港口處理。中國控制這麼多港口，難怪要力主自由貿易以保障貨如輪轉，貨櫃碼頭不致開工不足。不過，「新蛇口」海港開發是否符合經濟效益，各方（包括中方）仍在觀察。

投資專家所以介紹若干中國工業、原材及航業公司的股票（見昨文），主因不是這些海港投資已有收成，而是沉寂已久的海運近來有復甦之勢，而「一帶一路」的投資，會提升這類企業的利潤；事實顯示，中國與「一帶一路」各國的貿易額，去年增26.2%，比總貿易增長高出四點四個百分點；同期中國與歐盟的貿易增長16.9%、和東盟的增長25%，增幅不俗卻不及「一帶一路」的興旺，可見不少沿線國家的經濟活力暢旺。今年第一季，中國和「一帶一路」諸國簽訂的工程合約佔總海外合約近半。上述這些數據，在在顯示「一帶一路」對中國經濟重要性日趨明顯！

四、

剛在北京落幕的「『一帶一路』國際合作高峰論壇」（「高峰論壇」）達成成果的有二百七十項，其中十項與香港有直接關係；新聞稿沒有說出的是，「高峰論壇」的最大得益者是香港特區行政長官梁振英！香港是中國與「一帶一路」沿線諸國的「重要接點」，而擔當所謂「超級聯繫人」角色的，雖然泛指香港，從形勢的發展看，實非行將卸任的行政長官梁振英莫屬。作為

一個快將「無官一身輕」的地方官，梁氏在「高峰論壇」的表現耀眼，顯示他為國家所器重，因此，涉嫌與澳洲聯合集團（UGL）的離職協議與其官方身份「有利益衝突」、昨天更因主動修改立法會調查範疇文件而鬧出滿城風雨的梁振英，相信仍能穩坐釣魚船，在「超級聯繫人」的位置上貫徹國家政策，發光發熱。指引港人參與「一帶一路」的建設！

北京重視梁氏在推動「一帶一路」發展上的重要作用，從他自言「中央幾（非常）破格」安排他在大會上發言可見。以京官尤其是包括習主席在內的政治局常委熱烈祝賀他當選政協副主席的「特別安排」，證實梁氏之不競逐連任，只因「另有高就」而非失歡於授權來源。觀諸此次高調參加「高峰論壇」，料七一之後，梁氏將統籌香港在「一帶一路」上應做的工作、應盡的責任，筆者稱他為「超級聯繫人」，原因在此。

香港有甚麼可為北京「借重」（効勞）的地方？眾所周知的是各類專業服務、融資及對外宣傳；然而，這一切要發揮積極功能，根本條件是社會必須「安定繁榮」！能否「繁榮」，港人無法控制，但欲達「安定」，社會和諧是根本。換句話說，下屆特區政府的首務是「維穩」，在這樣的環境下，推動「一帶一路」的工作才能順利開展！

香港應如何配合推廣「一帶一路」的工作，如下三項「建議」可供參詳——

當
2
0
1
7
年

①剛剛公佈2018年本港的公眾假期，當中不少可以變成「悠長週末」，教育局應好好利用此一特點，組織學生參加「一帶一路」旅遊活動；藉口當然是可寓旅遊於學習，有利促進中國的香港與相關國家的了解和友誼；當局可考慮撥款資助——立法會應該不會阻撓吧?!其實，立法會議員亦應組團前往這些極具「異國情調」的國家「考察」，連開關美食車市場立法會議員亦可組團赴外地考察，何況這一趟旅遊與落實國家政策有關，關乎這種重大國策的事，這樣做絕不是浪費公帑，市民更加不應反對。當然，各社團亦要這樣做；而旅行社更可開關「一帶一路」觀光團。

②各級學校應在課文上介紹「一帶一路」沿線諸國的歷史、文物和風俗，當然還要大書特書，述説構思此一歷史性開創性和前瞻性工程的習主席……；此外，學校應該教導學生唱歌頌「一帶一路」的歌舞，既可借用內地有關「流行曲」，亦可起用本地創作——而且不妨來一次有關歌（舞）創作大賽。總之熱熱鬧鬧，令港人對「一帶一路」加深認識。

③不論哪位國家領導人來港出席慶祝回歸二十年盛典兼為新一屆特區政府領導班子就職監誓，其演説必會強調香港在推廣「一帶一路」上的重要性，藉之鼓勵勉勵特區政府和港人全力支持國家政策。領導人如此看重香港，作為經濟中流砥柱的港商、特別是上市公司負責人，能不「意思意思」嗎？筆者認為，在計劃經濟安排

下，為了引起海外投資者興趣，中央必然會對投資者誘
之以利，讓有關投資，只要按照中央的指示辦事，有盈
無虧，當今國庫豐盈，滿足商人貪婪之念，是國有餘力
的。港商尤其是那些在行動上和北京政策背馳的，更應
該看中這次機會，聞京樂起舞，用點OPM，修補與北
京的關係，既然可令領導人開懷，復能增加香港的利用
價值……。港人何樂而不為!?

（「一帶一路」與香港‧二之二）

2017年5月17日

當
2
0
1
7
年

苦無出路反建制
何去何從怨命長？

一、

　　這一兩年，民主國家的選民，作出不少令主流社會錯愕的決定。去年底特朗普當選美國總統是顯例；在短短一年之間，英國選民兩度作出「離經叛道」的選擇，先是對留歐信心滿滿的保守黨政府就英國應否脫歐進行公投，結果多數人贊成脫歐，留歐大旗手首相卡梅倫不得不辭職；接任的文翠珊以為民意傾向脫歐，為爭取國會的較大優勢，提早大選，結果保守黨議席不加反減，過不了半數，只好尋求與小黨合作才能執政，文翠珊在黨內地位跌至谷底。法國大選，政治新丁馬克龍領導的「共和前進！」大勝（他當選後才組成政黨）……。這幾個「老牌」西方民主國家選情出乎意外的原因，為政治學者研究的新題課；不過，從旁觀者的角度，根據傳媒的報道，筆者認為這些國家的國情雖各有不同，惟共通點為選民、尤其是年青一代的，對政治現實與社會現狀不滿，因此對當權者投下不信任票。

　　經過百餘年特別是二戰後迄今數十年的發展，資本主義早已進入豐收期，物質文明氾濫是明證；然而，嬌生慣養且大體上受過高等教育的年青一代，新世紀以來遭逢的困境卻日趨明顯，學生（特別在英美）大都負上沉重的教育債務（政府貸款給有需要的學生），而畢業雖然不等如失業，但因失業率高企要面對無法就業的窘局，「充份就業」市場不景氣衍生的所謂「散工式經濟」（gig economy），當「散工」贏得屬「自由職業」的美名，卻是哪裏有工作便做、等於沒有固定職業的臨時工，表面看起來有無拘無束的「自由」，然而，當不了「長工」，便得不到種種勞工的福利，沒有勞保、沒有醫療保險、沒有帶薪假期更沒有公積金退休金，遑論生兒育女的產前產後假期……；加上通脹順應後的實質工資不及二十年前，樓價租金漲升至一般人無法負擔的水平（全球如此，這是青年人與父母同住比率全面上升的底因），年輕人怨氣沖天，導致社會不和諧，不難理解。年青一代不易從經濟盛世中受惠（也許可以這麼說，接受高等教育是僅有的得益），説明主流經濟學的主張不少在實踐上行不通（見去年7月12日作者專欄〈學理無懈可擊　實踐弊端顯現〉），比如理論上「滴漏理論」（Trickle down Theory）的積極功能並未出現。此種理論認為企業家的資本性投入、富裕階層的盡情揮霍，令商機蓬勃、增加投資、創造就業，受薪者因而受益。那是財富向下「滴漏」（滲透）的完美設想。

可惜，這種主流經濟學家的「假設」，並未在現實中反映（對這命題有興趣的讀者，可參考今年5月12日盧安迪的〈「滴漏經濟學」是個稻草人〉一文）。年輕一代不滿現行制度，是理所當然的；而他們表達不滿現實情緒的方式，不外上街集會遊行抗議（佔領華爾街啟其端），而最有效手段亦是他們的「撒手鐧」，為利用手上的選票。上面的粗略陳述，也許解釋了何以這麼多政治固有勢力突然被選民踢了出局。

值得注意的是，隨着「時代進步」，人壽日長，人生階段的劃分有變。傳統上界定青年與成年分水嶺的18歲，現今已大有「提升」之必要，所以如此，除了壽命因素，還有工作機會萎縮、「進入社會」的年齡不斷提高，不少社會學家遂把「成年」定在「三十歲左右」。換句話說，愈來愈多的「年青一代」對前景無所憧憬，憤世嫉俗，由於人多勢眾，聲勢日大，令社會愈趨不穩。非常明顯，惟有提供充份穩定職業和合理（物質生活〔包括住房〕無憂）薪酬的社會，才能平息年青一代的怨氣。可惜，這樣做真正是知易行難，任何稍涉經濟學的人都知道，若當局以行政手段達成這些足以討年輕一代「歡心」的經濟標的，既得利益者必會群起而攻，那意味社會動盪無可避免⋯⋯！

二、

和資本主義國家一樣，香港年青一代（15歲至28

歲？）亦因此很難從經濟盛世中受益，他們因而流露
出對現行制度的反感。據大學教育資助委員會的統計，
大學畢業生的名義薪金，1997年至2015上升百分之
三十強，但「指數順應」（撇除通脹率）後實質增幅為
7.51%，增幅雖低仍有增長，而這是世界趨勢，港人似
乎不應抱怨；然而，若考慮期內樓價升幅，大學畢業生
的收入是負百分之二十強。僅此一端，便可窺見年青一
代生活條件之窘迫。不過，也許是經過數十年的經濟旺
景，一般人的家境比較寬裕，還有「地下經濟」普遍，
經濟困頓應該不是本地青年人最關心的問題，他們傾力
爭取的是政治權利！

　　「公民實踐培育基金」去週六舉行題為《2047：
香港何去何從？》論壇，據《眾新聞》的報道，講者之
一的香港眾志主席、立法會議員羅冠聰，指出他們所爭
取的，不過是「不明不白地消失」的香港自決權；另一
講者、《十年》策劃人兼導演伍嘉良，則對這些年來
「中央未能兌現高度自治的承諾」大為不滿……。長此
下去，到了2047年，年屆半百的香港人將一無所有——
經濟盛衰是未知數（香港實際上能從積極投入「一帶一
路」活動中受惠嗎？），政治權利則回到從前（和享有
一定程度自由的英國殖民時期不相伯仲）。面對如此黯
淡的前景，年輕一代能不起而抗爭嗎?!

　　北京一再拖延，不給港人以自由意志選舉行政長官
和全體立法會議員的選票（雙普選），等於年青人沒有

西方社會同輩足以左右政局的「武器」，他們之中有人起而採取議會以外的街頭活動，爭回他們應有的政治權利，這種被政治現實迫出來不得不爾的做法，北京應予諒解而港人應予支持！明天將公佈「班底」的新一屆特區政府，應從兩方面紓解港青的不滿情緒，其一是從經濟層面着手，讓青年人有機會分享經濟成果；其一則是勸服北京，賦予包括港青在內全體港人的一定的政治權利。只有雙管齊下，香港社會才能「和諧」。當然，要港青為爭取他們應得權利而付出政治代價，即提高進行政治鬥爭者的機會成本，亦可收一定效果，但無法平息港人特別是港青的怒火，是不難預期的。

2017年6月20日

爭雄霸業免一戰？
言為心聲猜忌多

一、

　　「修昔底德陷阱」（Thucydides's trap）是指「新興大國必會挑戰當時大國而後者不會坐以待斃而一定反擊」的現象，這是相當冷門的政治術語，年前經習近平主席（2015年）品題後「爆紅」；習氏訪美時指出，中美兩國「不會陷入『修昔底德陷阱』」，意思是中國不會挑戰美國的地位，不會為爭雄而戰爭；但是美國著名政治學者、哈佛資深教授艾里遜4月上旬出版新書，題為《終極一戰──中美能避過「修昔底德陷阱」？》其答案傾向「中美難免有終極一戰」。他是從史學角度解讀政治現實，和習主席大唱反調。

　　中美「最終」會否在戰場上一決雌雄、以見高下？現在誰亦説不準。從「經濟」角度看，中美各為錢忙，「零和遊戲」的戰爭是打不起來；然而「好戰分子」認為「賽月娥」的班底不變，特朗普「安內」之後，為免軍事崛起的中國威脅美國霸業，必會在中國

「坐大」之前把她壓下,而藉口俯拾即是,特朗普週前用以與古巴「外交降級」的理由,派上用場。另一方面,前天發生的「海難」,用特別材料打造的美國神盾級驅逐艦「費茲傑羅」被一艘掛菲律賓旗的貨櫃船撞得稀巴爛且死了七名海軍,此中當然牽涉很多理由,卻足以證明美國軍事硬件虛有其表,有人進而想起毛主席挪揄美國為「紙老虎」的「典故」,找到讓美帝嚐嚐中國厲害的機會,逼她知難而退離開遠東……。「修昔底德陷阱」的陰魂不散!

二、

中美之間的矛盾,當然不是憑貿易的互通有無各自「袋袋平安」便能解決,一般論者將信將疑的「修昔底德陷阱」,已被推翻,那意味中美矛盾雖深卻不會由中國先發制人來解決!

賓州大學國際關係教授華爾特隆(A. Waldron)發表題為〈沒有「修昔底德陷阱」這回事〉("There is no Thucydides Trap"《Supchina.com》)的長文,列舉大量史實(多半來自耶魯史學教授卡根〔D. Kagan〕1995年的巨構《戰爭之源及維護和平》〔*On the Origins of War...*〕)。要言之,按正史,公元前三四百年,新崛興的雅典和「早發」的斯巴達是有過長年和平共處的歲月,兩邦人民雖然鮮有往還,但是領導人之間頗有一點交情,並無(雅典)崛興令斯巴達擔心「一哥」地位

受威脅而令兩邦關係緊張以致引發戰爭這回事。事實是當新興國的雅典「話事人」伯里克利（Pericles）突然死於瘟疫，民情激盪，民族意氣高昂而產生了無法控制的戰意，雅典與斯巴達才爆發戰爭，後以發動戰爭的前者慘敗收場。這史實與後來「修昔底德陷阱」所形容的景象並不盡同。

艾里遜教授指出「新型大國挑戰古老大國的例子，在歷史上屢見不鮮……」，過去的五百年間，便有十六個這樣的事例（引起戰爭的有十二起）。可是，華爾特隆認為這種論斷偏頗不全，他說，20世紀初葉崛興的日本，威脅到俄羅斯那老大帝國在遠東的利益，但是1904年爆發的日俄戰爭是由日本主動挑起（俄國大敗不僅被迫從遠東撤退還種下翌年「第一次俄國革命」的禍根）；還有，1941年日本「再起」，但當年的強權美國並無採取任何抑制行動，反而是日本「偷襲珍珠港」把美國捲入二戰。至於20世紀30年代德國崛興，當年的固有勢力如英、法和蘇聯並未聯手壓制德國，反而是德國發起二次大戰……。幾樁事例說明了固有勢力並無打壓新興國家的「興頭」，反而是新崛起的國家為擴張疆土發揮更大的影響力而動戰爭念頭。上述史實所產生的不安，就是日本繼續坐大便會對外發動戰爭的軍國意識……。

三、

　　已經崛興的中國，所以不會跌落「修昔底德陷阱」（以習主席所言無虛），即不會武力挑戰巨無霸美國的地位，根據華爾特隆的分析，是因為中國於90年代「牛刀小試」，略有所成卻引起南海周邊國家聯手反對而知所收斂。1995年和2012年中國分別武力「收回」屬菲律賓名下的美濟礁和黃岩島，但出乎中國意外，周邊小國並沒有受中國的經濟利誘而「袖手旁觀」，她們反而是加強武備，並與美日澳等西方強國作某種形式的「聯防」，日本、南韓和印度亦作了充份軍事準備（她們可能都擁有核武!?）；到了本月中旬，更傳出與中國經濟關係密切的美國、日本、澳洲、印度和法國，考慮組成聯盟，以阻遏中國的軍事擴張；這些國家不顧經濟利益要與中國抗衡，中國能不提高警惕!?換句話說，中國決心「收回」南海諸島，本以為「諸小」受益於中國的經濟崛起，不會起而抗爭，以免斷了「財路」，哪知卻引來一場軍備競賽，甚至令若干西方國家「團結抗中」……。面對這種形勢，理性的北京領導層，當然不會做出任何高風險動作，以免跌入「修昔底德陷阱」！

　　以目前的條件因應，中國不會挑戰美國的霸權（在智者領導下，雅典不曾對斯巴達發動戰爭），那意味中國的各方面發展將按國家策劃進行。然而中國的「內部問題」，或許更為棘手，嚴重的污染不限於空氣和

水源，耕地的「毒化」令人擔心食物中毒。佔有近兩成（百分之十八強）的世界人口，中國耕地面積只佔8%，耕地嚴重不足明顯，加上土壤長年「失修」，糧食供應的前景未許樂觀（見6月9日《經濟學人》社論；也許有關當局可作一次「民調」，看看有多少在內地工作的港人週末回港採購包括食米的日常食用品），而清除污染土地比淨化空氣難度更高……。華爾特隆説他今年初見中國籍學生在當地置業結婚，不想回老家——污染、醫療系統敗壞、食物質素惡劣以至貪官無處不在等等，令「有識之士」寧願海外「愛國」——便如習主席元配旅居英國不回頭一樣。

以華爾特隆的看法，在可見的未來，中國為了「生存」，必須解決許多不易解決的問題，加上近日郭文貴（那位先新華社「報道」習主席訪美詳情的內地外逃巨賈）大爆北京決策層貪腐內幕，雖被內媒（如《環球時報》）指為「負罪恐懼用謊言壯膽」，但北京非白紙黑字作出解釋難釋群疑；還有，蕭建華案關鍵人物王岐山、俞正聲和李克強，均位高權重，當局如何還他們以清白尚且不易為。中國無意與美國及其附庸兵戎相見，可説有自知之明即因自知力有未逮而無意挑戰美國霸權，是睿智的做法。不過，華爾特隆沒有覺察的是，中國要收拾香港的「獨立分子」，是綽有餘力的！

2017年6月21日

廿年已過豈能諫？
來者歲月還可追？

一、

　　九七回歸，港人當初的憂懼，是怕自由不保、擔憂生活方式和經濟環境會於瞬間急轉直下；更憂心忡忡的，當然是法治敗壞，原本受保障的人權和私有產權會被共產黨專政的集體意志侵凌、壓抑。

　　二十年來的生活驗證，港人的生活方式，並無突如其來的顯著改變，只是質素不進反退，雖然未如港人所想，落差不算大得難以接受。曾被公認為水平一流的公務員隊伍，表現猶如橘逾淮而為枳，特區政府的表現予人以力不從心甚至是無能為力的印象，效率大不如前，可幸的是，與腐敗失正扯不上邊。內地經濟持續高速增長，香港在相形之下，顯得特別遲緩呆滯，幸而在競爭日趨激烈的金融範疇、香港的國際金融中心地位並無動搖，只是在市場上叱咤風雲的機構投資者，很多已不是香港精英，而是內地的資金和人才……。總而言之，內地錢財人才參與香港事務日深，「佔領」範圍日廣，不

過，整體社會氣氛平和，生活還算可以。

二十年前的主權交接儀式，是一場舉世矚目、多方參與的隆重慶典，無論從哪一層面看，一個地方的主權能在這麼體面融洽的氣氛下易幟，確是難能可貴。作為一個市場經濟高度發達的城市，香港因為《基本法》的制定及北京信誓旦旦的「五十年不變」的承諾，撫平了港人對「換朝代」——資本主義社會回歸共產黨專政的中國——必然產生的惶惑與不安，敢於走着瞧而非雞飛狗走，那即是說，港人相信特區香港將如舊貫，是個可以安居樂業的好地方，還有如此憧憬，回歸之日當然是個可喜可賀的大日子。

對於以一統為念的中國，香港（與澳門）的回歸不僅具有重大的歷史意義，亦帶有引發誘導台灣人投入祖國懷抱的考慮。在資本主義和社會主義意識之爭和熱、冷戰後，香港脫殖，向世人展示一個共產黨專政的中國，從君主立憲的英國手上，收回極具資本主義特色的香港，有關各方的理性磋商，把原本不無戾氣的主權問題，和平解決，額手稱慶之餘，當然又是應該慶賀一回事。

二、

比起二十年前，中國真是突飛猛進，國力大增、其在國際舞台上的全面崛起，舉足輕重，成了與美國可以平起平坐的大國。中央最高領導人這回帶着不同界別

的代表，盍興乎來，為新一屆特區政府官員主持宣誓就職典禮，興高采烈之情，不難理解。可是，對於不少港人而言，便不一定能夠分享那份勃勃興致，因為回歸以後，港人雖然過的不是甚麼苦日子，可是除了食用與物質層面的享受沒有墮後，在意識層面的困頓，堪稱乏善足陳，頗多鬱結，對未來的憧憬和信心，顯然比回歸當日更低落，尤其是年青有識的一輩，他們比從英治過來的先輩，更多憤慨與不滿，因為他們知道香港不是在中央轄下，而是在京官及其在港代理人治下受擺佈，在政治層面出現了愈來愈多規範與制約；雖然標準「京腔」總是説「香港特區在中央的大力支持下，逐步實行『一國兩制』的方針和以之為核心內容的《基本法》」，但是港人感受的是「一國」遠遠凌駕「兩制」，在這種情形下，有獨立思考力和追隨思辯的年青人，難免會感到「高度自治」不過是一句空話！

　　人大「熱」之所至便隨心所欲（不是循特區法院之請）釋法以至雙普選一再伸延甚且變質變形，令港人感到中央對香港的民主進程諸多作梗，一再食言。在經濟線上，內地官商乘虛而來，對港商構成莫大的競爭壓力。梁振英政府在壓抑樓價上連出「辣招」，使本地發展商感到成本價不合理而在進一步投資上有點遲疑，讓內地官企民企（更多的是必有官股的民企）大舉買地買樓，造成樓價狂飆不止危機一觸即發的局面，市民置業安居的能力更為薄弱，住的面積愈來愈小，民望插水的

梁振英，卻獲得中央大員左一句充份肯定右一句讚他作風硬朗、於國有功，雖然這種評語與「高度表揚」尚有一段距離，卻已足令港人感到中國治下的香港，生活充滿虛情假義和詿語。

當愈來愈多港人感到特區政府不是服務港人，而是為本地以外的勢力效命而「外力」竟然是中央時，那究竟是所屬的地方需要聽命、還是被允諾「高度自治」的地方需要自持？本土與中央之間的關係，由於梁振英在此一界限上的一邊倒，於是出現了見外疏離甚至是怨氣沖天的嫌隙。

三、

稍懂世故的人都知道，港獨之説，先是無中生有的無稽，然後是糊塗大膽旨在爭奪權位的胡説八道，反正是皇帝的新衣、是人工炮製的幻影，那處心積慮奪取治港「話語權」的一小撮京官，不僅煞有介事，還嚴肅地「杜漸防微」，處處設防，把這股民間怨氣上綱上線至危害國家安全的高度?!候任行政長官林鄭月娥説「港獨在香港完全沒有出路」，絕對是正常人的知覺，可是，那些以「國家安全」名義介入屬於香港高度自治範圍的人和事，才是問題的關鍵。希望北京決策層知所辨識，不要輕忽但亦不要故作驚人語、擾人視聽，亂人的判斷能力。

港獨根本「莫須有」，即使是幻想中的港獨，亦完

全沒有市場、難成氣候,那是相當清晰的。比較年青的
港人,他們的本土意識正不斷滋長,那是一個需要客觀
面對,並要寬容對待的嚴正問題。

　　青年人維護《基本法》賦予的政治權利,力求參
與香港的管治是責任感使然;要是冒犯國家體統,奢言
2047前途自決,那與搞獨立只差一線,任何國家對主權
問題受到挑戰,都不會坐視,所以特區政府除了回應本
土意識人士的訴求,明言底線,如此雙管齊下,也要清
晰有力。然而在港獨與本土之間,應該如何是分出彼此
的回應、如何顯示是有界限的反擊?那是特區政府能否
允中允正行事的問題,也是港青須有警覺的分寸,因為
太容易「玩出火」,一有差池,社會特別是金融市場的
穩定性便會在轉瞬間被犧牲!

　　如今港人的處境,是中國打噴嚏、香港染肺炎。
回歸後的首任行政長官董建華,當年他經常掛在口邊的
「中國好,香港好」,並未在現實上反映,那是因為中
國好帶給港人更大的競爭壓力,而對國內人事的認識,
港人亦有終隔一層的隔膜。國勢日興、市場日大,港人
掌握不了多少機遇,捉摸不到甚麼優勢。當內地天天有
人登上億萬富豪榜,港人的賺錢能力越縮越小,不少人
因而有王小二過年、一年不如一年的感慨。

　　不像殖民地時代,中港之間有一道無形的安全網,
現在國內有甚麼風吹草動,香港絕對不能置身事外,無
法獨善其身。就是台海風波,亦必然會給香港帶來不

幸⋯⋯。香港人須認識強大的中國，既能為港發揮「靠山」般的作用，亦會帶來令香港變得更為脆弱的元素。除了自求多福，中國內外太平興旺，對香港愈來愈重要！

　　再過五年，香港回歸四分之一世紀時，筆者希望港人比今天快樂、港獨的幻影能否消於無形？有更好的心情慶賀回歸與林鄭女士足以連任以反映其勝任，更是不少港人的今天的期盼。

2017年6月28日

歡迎習主席蒞港
盼勿提三權合作

一、

　　國家主席習近平今天蒞港，一如過去二十年，國家領導人在回歸五年、十年和十五年來港「公幹」（視察）一樣，習氏在港三天的活動，不會有甚麼出人意表的舉措，他在7月1日回歸二十週年慶典上的演說，卻大堪注意。中國對香港的取態，可見昨天《信報》有關國家副主席李源潮談話的報道，那是「中央長期堅持『一國兩制』方針不變……，一貫堅定不移，不會變、不動搖；亦會全面準確，不變形、不走樣」。非常明顯，香港所以民怨沸騰，自決甚至「獨立」之聲一度甚囂塵上，以致快將卸任的行政長官梁振英民意長期無起色，便是不少人尤其是大多數年輕一代的看法，與李副主席的觀點，有重大落差，認為「一國兩制」的落實已走樣已變形有以致之；凡此種種，港大民調的數據可以充份反映，港人認同中國人身份的，1997年約為15%，其後一路上升，至2008年達到35%左右，此後便反覆下降，

今年初只有20.9%。在國家全方位崛興的背景下，認同中國人身份的港人反從「高峰回落」，僅此一端，便值得反思。

習主席的演說，人人翹首以待，他會説甚麼當然是「絕密」，不過，港人最樂於聽聞的，該是他重複江澤民前主席在回歸五週年上的講話：「行政、立法和司法部門要各司其職、各負其責」，三權分立，這便是百餘年來香港行之有效的「核心價值」，亦符合《基本法》的規定。不過，不能「與時並進」的人（如筆者）才會存此想法，別説數年前尚未當上主席的習近平訪港時便提倡「三權合作」，負責香港事務的政治局常委張德江，數天前在紀念《基本法》實施二十週年大會上的發言，更明確指出「香港政治體制不是三權分立，也不是立法主導或司法主導，而是以行政長官為核心的行政主導。」呼應習主席數年前的主張。

不必諱言，三權分立已成古物，行政長官主導已取而代之，這種治港「新」理念，意味行政長官擁有無上權力。這樣一來，行政長官之位豈容黨外人士問鼎？即使因為時機未成熟由非黨或與黨關係尚淺的人士出掌，安排另設機構「輔助」行政長官推動工作，即令其必須正確依照黨的意旨行事不辦！林鄭新管治班子的最大特點是大部份官員出身舊稱「天子門生」的政務官系統，這些人熟悉官僚系統運作、活學活用典章制度，而最重要的是，他們都視「聽上級的話照長官的吩咐辦事」為

天職。這種「佈局」，將令此一扮演中央與香港之間「超級聯繫人」角色的機構，有絕對擺佈特區政府施政的「影響力」！

二、

　　中國全方位崛起，是擺在眼前的景象，「夏季達沃斯世界論壇」，移師中國舉行，改稱「領軍者年會」，可見中國對經濟發展特別是科技成就充滿自信，遂以「領軍者」自居；李克強總理昨天（28日）在一個「星光熠熠」的座談上，提出「中國製造2025」的觀點，指出「在中外合作中推動中國裝備的水平能夠向智能方向發展」，這種發展方向，創造許多「市場機遇」之外，尚預示中國在新科技以至「綠色（環保）領域」等領域上，於美國退出《巴黎協議》之後，成為世界「領軍者」（李總理還強調「不允許中企強迫外企轉讓技術」，反證中國在科技創新上的自信心多麼大！）。事實上，中國目前生產世界三分之二的「光伏模組」（太陽能電池板）、中國長江三峽集團管理（擁有）世界五大水力發電站，佔全球同級電站之半；中國又是世界基建王國，在2006至2015年，這方面的投入幾近十一萬億美元（特朗普在競選時誇言要於十年內在基建上投入一萬億，比較起來微不足道，但迄今無聲無息）；更令人「振奮」的是，去週歐洲央行（ECB）首度把值五億美元的人民幣加入其儲備……。過去二十年，中國興建了

七十五座國際性機場（期間美國交白卷，一個大型機場也沒建成）。雖然在南海問題上「麻煩未了」，但中國主催、總部設於北京的「上海合作組織」，今年加入印度和巴基斯坦這兩個「核子強國」後，其成員國人口已約為世界總人口之半，一個在中國領導下的「泛亞洲論壇」已形成……，中國在國際事務上的舉足輕重，也顯而易見。

三、

　　儘管中國「匯率穩定失業率低經濟增長（必）能達標」，連高盛行政總裁接受內地「最大財經媒體」《第一財經》（Yicai Global）訪問時，也「承認」中國是全球「最穩定的國家」（比起有兩重國會的民選國家，的確如此），在國際間「七國咁亂」的現在，特別在經濟層次，「穩定」遠勝「不穩定」真是不言而喻。不過，國企民企負債山積以至「旁門左道」的市場活動，不免令外商不敢在內地市場放手大幹，戒懼重重，那對中國經濟甚而政治難免有「拖後腿」之弊。

　　與習主席稱兄道弟的特朗普（他們只見過一次面，便口口聲聲說「近平近平」！），據美國傳媒的說法，「和中國的蜜月期已過」，這反映在特朗普公開說中國對北韓棄核的斡旋已告失敗（it has not worked out）。特朗普更和中國的宿敵印度總理「三度熊抱」，還說「印度是美國的忠實朋友」（true friend），在美日印

已決定在印度洋進行大規模軍事「演練」的背景下，特朗普竟指和中國又有邊境「對峙」的印度與美國已成「戰略合體」（Indo-US Strategic Convergence）的軍事夥伴。昨天美國國務院公佈的《2017年販運人口報告》，中國被評為最低的第三級（與敘利亞、北韓及伊朗同級，比港澳遜一級），而台灣則連續八年名列最優的第一級（台灣的李女士〔Allison Lee〕更上台在「第一女兒」伊萬卡手上領取證書，等於台灣「在國際舞台上露面」），加上南海周邊國家不會以國家主權交換經濟利益的立場日益堅定，經濟表象蓬勃興旺的中國，面對不少棘手的問題……。

　　當然，還有「一帶一路」的拓展，其沿途所經近七十國的商機，過去百數十年對錢嗅覺最靈敏的商人興趣缺缺，多少反映出中國的開拓不易有成，資金投入難望「止境」；目前中國國內債務問題嚴峻（昨天國際金融協會〔IIF〕發表報告，指「新興經濟體面臨短債償付危機，全球債務已達二百一十七萬億美元，當中中國債務近三十三萬億」），不過，和大部份海外論者看法不同，筆者認為以中國當前的國力尤其是權力高度集中，用治標的方法紓困，不成問題。然而，有「財困」的局限，在「一帶一路」沿線的投資，向市場集資較符「經濟原則」，那意味三權分立的香港「可用之處」尚多（三權合作，國際金融市場「玩完」，上海深圳所以在這方面未能取代香港，原因在此）。眾所周知，金融

市場有效運作，社會和諧是根本，但願習主席的演説可
發揮「定海神針」的作用，配合新一屆政府的「合理施
政」，香港才能對中國作出應分的貢獻！

　　四十多年前，筆者為文游説港人購買國貨，因為
惟有滿足內地的需求（套取外匯），香港才有立足喘息
持續發展的機會。現在，本地富裕階級於套走資金的同
時，也要毋忘主動參與「一帶一路」相關的投資（和融
資），直接也好間接也罷，千萬記住，在經濟上讓北京
在香港得心應手，香港才有維持「不變」的基礎。

2017年6月29日

主席嚴正說底線
衝擊主權代價高

一、

內地傳媒的敍述，習近平主席訪港三天，香港「陽光明媚，微風和煦」，天公作美，主席亦對香港釋出最大善意：「留下囑託和祝福，祝福香港的明天更加美好⋯⋯。」內媒還認為，習主席對香港的善意和囑託，「暖人心、振士氣、引航程」，等如為港人「謀劃」了「未來」！事實上也許如此，不過，在這種「表達祝福和體現支持」下，習主席的多次談話（訓示？），傳達了「不容挑戰中央權力」的底線。不牴觸中央的「底線」，香港便得堅持「一國」原則、促進愛國主義教育和誠心誠意擁護「一國兩制」和《基本法》。在特區政府眾多令新任行政長官甫上任便感到「任重道遠」的任務中，習主席特別強調在「維護國家主權」上「還須努力」，意味這方面的工作大有改進，即今後一旦遇上這類群眾異動，當局必須重錘出擊、絕不姑息。

卸任行政長官梁振英雖然民望甚劣（離任前五天

港大的民調顯示其「支持負淨值」，為負五十個百分點），為歷屆行政長官得分最低，其不孚人望，概可想見；加上在他任內認同「中國人身份」的香港居民比例急挫，在在顯示其治港之弊，才會引起「人心思變」而有所謂「自決」及「港獨」、其實是「本土」的躁動！可是，北京卻認為他管治香港的手法所以不獲認同，並非他力有未逮，而是他在「維護國家主權安全、發展利益、堅定貫徹《基本法》」上絕不手軟盡了大力，有功於國家，而這正是習主席當着梁氏和一眾「社會賢達」面前説「中央對你是充份信任」、並對他任內五年的工作「給予充份肯定」的原因。「信任」和「肯定」之後，習主席又説梁氏在政協副主席崗位上，「可繼續服務國家、香港」，還鼓勵他「發揮你的專長才幹，作出新的貢獻。」

習主席對梁振英的鼓勵、表揚和有意付與重任，其實在後者當選政協副主席時，包括習主席在內的七名政治局常委（中國的最高決策層）排隊和他握手致賀時，已見端倪。先有中國最高領袖集體「加持」，後有習主席高調讚賞，對於梁氏卸任後在權力梯階再上層樓、再升一級，港人不必再有懷疑了。現在的問題是，梁氏會在甚麼崗位上「發揮專長才幹」？眾所周知，梁氏的「專長才幹」便是強橫地打壓任何影響「國家安全和利益」的群眾活動！

二、

內地的黨政軍官僚系統，必有黨書記或政（治）委（員）之設，這個職位看屬「副車」，實際上是執行黨中央路線的「最後決策者」，他們審批後「拍板」的政策，交予掛名領導如市長執行。當然，決策者關注的只是大是大非如國家安全與利益的問題，其餘的民生問題，即使人人知道「無小事」，只要不違背國家政策，面對公眾的領導人有全權決定。

這種老共認為最符合黨國利益的管治文化，相信會引入特區，在新一屆特區政府中落戶。顯而易見，這幾年香港曾出現被北京定性為危害國家利益的群眾運動，因此，引進新的管治理念、建構新的管治架構，在北京看來，大有必要。在這種情勢下，筆者最近有關特區政府人事佈局數文，認為梁振英有功於黨國、「犧牲個人的民望」、必然官升一級的看法，固然毋須修正，同時相信新官林鄭月娥的名位雖然無改，但其職責範圍只限「無小事」的民生問題，而所有有關政治如政制改革如二十三條立法如反擊「外來勢力」等，應如何調治、開藥方「治病」，都不是她力之所用，不必分神，專注香港「市政」若有所成，大概已可博得北大人歡心。

看習主席（及一眾政治局常委）對梁氏的欣賞，筆者認為他將（或已）是指示林鄭應如何處理非民生問題的不二人選，他熟悉香港事務兼且打擊「非法分子」

的立場堅定、態度強硬，便是不可代替的資歷。當然，林鄭實際上雖是降為COO（首席營運官或執行官），惟其官式名銜不變，仍是行政長官，只是權力已如不必理會政治事務的市長；而梁氏並非政委或政治顧問（港人如筆者早作此主張，要北京仿效倫敦委任政治顧問協助港督〔行政長官〕施政，但北京肯定不會聽港人的話辦事），他掛個甚麼名銜，並不重要，老於權謀善耍治術（Statecraft）的老共必有妙方善法；即使他的官職看來與港事已兩不相干，如與拓展「一帶一路」或籌建粵港澳大灣區有關，只要林鄭的授權來源「客氣地」告訴她凡屬與黨國大政有關的事，都應聽梁氏的提點辦事，港事便不會出亂子。梁氏的新職，毋須人大通過更不必由特區政府委任，林鄭女士只能乖乖聽話！她是政務官出身，「內閣」亦多由AO翹楚組成；而不管政務官才幹多高，他們的「天職」是照上司吩咐辦事……。老共是玩耍權術的輐輪老手，看新一屆政府排出一個堂堂的AO隊伍，「最終」目的當然是他們都對上級的指示説一便不會二！

三、

　　對於不滿現實堅持依照《基本法》辦事、落實「雙普選」的香港人特別是年青的一代，對習主席談話中的相關部份，要千萬注意，不可輕忽視之。揣摩習主席的話中有話，筆者相信他們若繼續走上街頭抗爭，肯定要

付上沉重的代價，沒有機會成本的反政府活動，一如筆者較早前指出，已在梁振英治下一去不返，但願他們的代價不包括「流血」──筆者相信列陣給習主席檢閱的駐港解放軍，要對付的不是港人而是「外來勢力」──由於形勢比人強，究竟有多少人面對當局強力打壓及秋後算賬時，有「自反而縮，雖千萬人，吾往矣」（孟子《公孫丑上》）的意志和勇氣，筆者不敢妄測，但深信若要香港社會大和解、趨於和諧、有利金融中心地位的保持，北京釋法時應作出一些習慣普通法的人尤其是法律界人士可以接受的詮釋！除此之外，這一屆特區政府當然得另闢蹊徑，多頒行一些可平民怨、息民憤、改善民困的政策。這方面的事，再談。

2017年7月4日

促進和諧平民怨
公共財政轉進取

一、

　　行政長官林鄭月娥第一天上班，喜氣洋洋，對面前景象，充滿憧憬，用她自己的話：「我的首天工作，（總是）好事、喜事已經一件接一件。」可圈可點的是，這些「好事喜事」是她動筆簽署的粵港澳大灣區合作協議框架、「債券通」「開通」，以至國產航母遼寧號即將訪港。對港人來說，這些是否「好事喜事」，因人而異，難有共識，惟林鄭女士予以肯定評價，政治絕對正確！

　　新一屆特區政府的「開局」，雖然決策班子多為舊人，但是新行政長官充滿自信的精神煥發，好像掃走不少過去幾年的晦氣；在一些行事準則的改動上，聽來也是有理有節，確是不錯。若干新猷，並非為推翻舊政而推翻，比如「恢復10月發表《施政報告》」，旨在使之與《財政預算案》的宣讀有「適度（合理）距離」；還宣佈會就土地供應進行「社會大辯論」，結果如何，誰

人知曉，但已贏得翹首以待增加土地供應實現上樓夢的大多數歡迎（若令他們失望衝擊更大）；至於「已安排教育局重新審視基本能力評估測驗，亦是俯順民情的舉措……。令人矚目的是，行政長官對於其前任離位前突然宣佈「取消強積金對沖方案」，頗不以為然，因此採取較為務實的態度：「重新聽取意見並尋求共識。」以達成一個勞資雙方同意的方案。非常明顯，梁振英的決定背離民心，「勞資雙方都不接受」，由於牽動社會各層面特別是勞資雙方的利益，此事折騰已久，梁氏斷然取消的臨別秋波，確實軒然大波，怎能不是眾矢之的？為自己的「負民望」加分；梁氏本來可「放過」此事，讓它成為繼任者的燙手山芋，但他不作此圖，反而願意承擔責任、不惜「揹黑鍋」，可知此舉意在提攜林鄭，為她拆了一個炸彈，令她有「優化上屆政府方案」實際上等如「推倒重來」的空間並由是爭取掌聲！但從另一角度看，這可以被視為梁氏的處心積慮，營造「豬欄效應」，大大減輕林鄭必然面對的麻煩。梁振英為甚麼要「造就」林鄭？答案很簡單，他卸任在即、新任務已敲定，負分再加已不「傷身」。在這情形下，製造一個機會給林鄭「立功」，必會強化兩人未來「合作」的無間「密切性」。

　　新任行政長官前天見傳媒時還透露，已被「遣散」的中央政策組將捲土重來，「改革中策組的建議」將於今年提交。筆者當然不知「建議」的內容，可以預計的

是，梁振英時期的中策組將借屍還魂，改名換姓，滲透各決策部門。如果筆者對梁氏與新一屆政府運作的揣想不致離事實太遠，「香港獨立建築師」領導無形的「香港獨立建築師樓」，發揮主導林鄭政府的主要施政路向！

林鄭女士不但一臉喜氣，而且信心滿滿，因為她說「自己成為了帶領香港再創輝煌的第一責任人」，可是在特區政府頭上徘徊的，是一股不可抗力的政治陰霾，林鄭說她深感「任重道遠」，一點亦沒說錯。

二、

香港人尤其是年輕一代因為政經出路困阻重重而產生的憂鬱心態令社會帶有不和諧的晦氣，政治樂觀者的看法是，隨着「一帶一路」和粵港澳大灣區的順利開拓，情況將會慢慢安順下來，以這些國家全力投入甚至國際官商參與的大規模建設，前景璀璨，必會創造無數工作和營商機會，為港人（當然包括年輕人）提供可以發揮所長的好去處，那即是說，只要相信計劃經濟無往而不利，港人的就業和發達前景並不黯淡，能夠受惠於國家建設（國內的和國外的），心頭鬱結是否就很快消失……？

那是良好的願景，可是遠水救不了近火，這類大規模基礎建設的收成期，「如無意外」，在「可見的將來」，吃不慣苦也不知稼穡艱難的新一代年輕人，不一

定能勝任那些離鄉別井的工作，因此，筆者認為林鄭政府應該打破舊一套的理財思維（已沒有「哲學」可言了），別再行「富太持家」式的量入為出，改為積極主動地為善用龐大財政儲備，作有利於民生的規劃，進一步改善港人的物質生活、讓青年人有更多進修就業和創富的條件，先行按下民怨民憤，達到社會較其前任和諧的政治目的！

殖民地時代尤其是中英指日易熾的年頭，奉行量入為出的保守理財，不無道理，因為那是低稅率簡稅制的基礎，基於英國「莫財」──萬一香港財政赤字嚴重，倫敦無力施援，香港財政穩健，不得不撙節開銷，量入為出。英國在財政上不會支援香港的局限，令上世紀中後期的歷任財政司如郭伯偉、夏鼎基爵士等，除了對市場實行積極性的不干預的政策外，公共預算的審慎理財，亦為一大特色。以當年的環境，可謂識時恰可，受到在社會上很有話語權的既得利益階層和中產人士的歡迎，他們是低稅環境的受惠者，有他們的大力支持，量入為出遂成為不可動搖的理財原則。

承受巨額「埃及妖后嫁妝」，年來財政有赤字的日子不多，特區政府累積了數以千億計的盈餘（香港的外匯儲備，今年5月底創歷史新高的紀錄是四千零二十七億多美元），動動腦筋拿出部份與民分憂同樂，顯然已不為過。香港的巨額儲備是穩定美港貨幣掛鈎的秤砣，當然不能隨便動用，然而今時不同往日，貧富不

均激化（從堅尼系數迭創新高可見），經濟活力不足，年輕一輩無論就業創業都困阻重重，當政治權利受壓抑，新移民劇增的共融不易，爭先恐後的毛躁，物價狂飆暴跌不是因為本地人口的消費力或商品供求所導致（昨天港大民研調查公佈的數據顯示市民目前最關心的是民生問題，然後才是經濟和政治問題），全是令人無力抗拒的生活的擔子，戾氣迴盪，怎會無端？

筆者認為林鄭政府應在如何善用財盈嘉惠於港人上，成立專家小組（以她口中的「金融經驗非常豐富」的行政會議「四大支柱」（查史美倫、任志剛、陳智思和周松崗）加上社福界專家，在財政司司長陳茂波的領導下，進行多方諮詢，動用部份盈餘作為對本地民生作有效運用，那對穩定社會、促進和諧自有正面的起色。香港要在「一帶一路」中扮演重要金融角色，社會和諧是不可或缺的條件。

只要有可行的計劃，筆者以為早已不把香港財政放在眼裏的北京不會不同意，因為萬一有甚麼三長兩短，以中國當前的財勢，不費吹灰之力便可「打救香港」；與此同時，林鄭政府亦應開始研究如何增加稅入，而最有效易行之法，莫過於提高利得稅率……。非常明顯，港稅這樣低和寬鬆，富裕階級尚不斷「走資」（連國家領導人在發表一輪比京官還左的回歸二十年感言後宣佈有意變賣祖業!?），可知稅率不是人們對香港是否有信心的唯一準繩；只要在政治上「量寬」一點，不要捏得

太緊，加一兩個百分點的稅，是不會影響富裕階層去留的！

　　動用一點盈餘、加點稅以外，特區政府還應聽聽港大經濟學講座教授王于漸「賣公屋解決貧富懸殊」的建言（見7月號《信報月刊》）……，香港經濟底子甚厚，只要動動腦筋，為民紓困，並不太難。

2017年7月5日

封建色彩揮不去
財赤扶貧收民心

一、

　　香港人致力追求西方一人一票式民主不遺餘力，近乎不怕有限度犧牲（付出的機會成本愈來愈大）的程度，可是，政治現實似乎與此背道而行。「鄉事政壇長青樹一生奉獻原居民」、「愛國愛港愛鄉」的「新界王」、「政壇元老」劉皇發先生病故，浮現了香港最富封建色彩的「發仔穩接棒　發叔了心願」的子繼父公職的活劇，活脫脫令香港政治倒退至仿似奴隸社會的「世卿世祿」制；奴隸主世代當官、吃俸祿，代代享受政經特權……。如此腐朽的「世襲傳統」，竟然在現代化城市且有不少人追求「真」民主的香港活靈活現，而且迄今為止未見負面的議論，真是咄咄怪事。對不屬私產而是公職的「承繼」不發一言，甚且視為當然的香港人，他們如果批評北京治國是專制世襲官僚不民主的集團治國，其被斥為雙重標準、戴上有色眼鏡，似乎也不應跳腳了！

　　看真一點，香港的政治發展，在北京以和普通法完全不接軌的法律觀點「釋法」下，正是朝「不願做奴隸的社會」前行。「一地兩檢」這種涉及《基本法》的原則性問題，竟然可以降為「信任問題」，那豈不是說香港人反對「一地兩檢」，是因為對國家不信任而非其他原因（與《基本法》二十二條有衝突）？此地此時，「不信任國家」可被視為犯了滔天大罪！至於人大釋法是否有追溯力，據昨天《端傳媒》貼出港大法律學院陳文敏教授的大作，對此包括中國在內的法律界至今未有定論的「變法」，文章理據充份、條理分明，指出「人大釋法和普通法解釋法律的原則，不論在性質程序、權力範圍與制約，以至理念等方面均有天淵之別」，既有「天淵之別」，「彼法」便不能釋「此法」，但建制派肯定不作此想。顯而易見，較早前陳弘毅教授表示人大釋法具「追溯力」，是從中國法的角度出發，可是，香港行的是普通法，「人大釋法屬立法性質，普通法對法律的解釋屬司法性質，兩者截然不同」⋯⋯。在這種法律界人士「莫衷一是」的情形下，特區政府已擺出全面接納釋法的立場，如此猴急，無非是希望藉之對被DQ（Disqualify）的議員趕盡殺絕。

二、

　　建制派如何保持議會多數派以確立其橡皮圖章的地位？答案很簡單，最便捷的方法是繼續找碴子DQ「不

合作」的議員，剔除非我族類，建制派便能予取予攜，依照當局的指示投票。然而，這種方法的功用有時而盡，因為非建制派議員可能學乖，亦可能規行矩步或大鑽法律漏洞令其言文行動不會「犯法」。即使人大常委做好隨時釋法的準備（常態化），遂不易找到藉口褫奪他們的議員資格。因此，特區政府應從形而上和形而下兩方面入手，籠絡民心「收買選票」。前者是加強「愛國教育」，強化港人作為中國人的自豪感，而恆常地灌輸中國全方位崛起、內地人民物質生活大為改善，以至國家在世界舞台扮演舉足輕重的角色，令「人心振奮」，港人聽北京的話投票的可能性大為提高。後者是當局在各項大多數人可實質受惠的民生項目上，大灑金錢，反正政府盈餘多的是。

政策推出貴在應用適時，那是筆者多年來數度重複的理念。為了與時並進或如凱恩斯所說的、當數據有變時，政策亦必須隨之修改更動變革。決策者不可一本通書（或一家之言）讀到老，一成不變。

非常明顯，「量入為出」在英治時期曾長時間令香港的公共財政非常穩健，有益有建設性，在那種保守的「理財哲學」指引下，香港低稅率少稅項的稅務結構固有保障，在社會福利上亦不會「社會主義化」（北歐化或烏托邦化）。這樣的格局，不僅對商界有利，商機蓬勃，因為了解政府不會亂派「免費（其實非常昂貴）午餐」，為改善物質生活，人們奮發圖強，從自食其力

到在社會梯階上攀爬（所謂「向上流動」），欣欣向榮之象自然呈現。如今形勢有變，香港的祖國已成為「世界第二大經濟體」，外匯儲備世界第一（也許稍遜於日本，總之非常豐沛），在實體經濟上香港淪為「小巫」，換句話說，萬一香港財政上出問題，和當年窮透根的英國根本不可能施予援手不同，北京不費吹灰之力便可擺平香港的財力不濟。

三

雖說有「一國兩制」的優勢，但是香港近年的經濟，頗有金玉其外、敗絮其中的味況，競爭能力、賺錢本領、專業成就、居住環境和精神滿足感等等，好比皮球洩氣，相對於國內增長動力的澎湃，港人感到生意難做，工作難找，與其說政治「港獨」是死路一條，其實經濟更難「獨」立於國內的龐大市場、幅員、勞動力和競爭。港人、尤其是年青一代的鬱結，那份與國內政經文化難以無縫融合的尷尬，是凌厲的衝擊，是源自改朝換代而產生的差異，需要時間意志努力來磨合，是要適應始能漸漸平伏的壓力，所以如今特區政府該做的，不是催谷香港怎樣的「好打得」，而是紓解壓力，而財政政策的改變，是適時也是識時務的。

如今中國與當年英國的情況不同，香港既有北京為後盾，特區政府應摒棄「量入為出」的保守思維，積極有為地制訂向大眾——選民——傾斜的福利政策，無

論在公屋（劏房）、退休金（強積金對沖）、教育特別是醫療問題，甚至在「一帶一路」沿途各國做點可以提供港人就業機會，又能配合國家政策且對當地國有利的事，多花點錢，即使編列赤字預算（在「中國好香港好」的前提下，一如盈餘預算大幅提高已成常態，赤字預算平衡甚至有盈餘，亦不足為奇），是應有之義。不必諱言，形形色色的福利事業，受惠最深的必然是受薪階級，只要政府由有能之士執掌，不浪費不徇私不貪腐（立法會應在這方面發揮最大功能），從維護和諧穩定社會的角度看，這樣做便可起積極作用。

提出這類不惜編制財赤預算政策和投票贊成的，以今時今日的政治行情看，肯定泰半為建制派議員，這種做法，不難營造出政府和建制派議員同心協力為香港生民謀取幸福的實境。知恩圖報的選民投他們一票，輕易把多年來在政經事務上雷聲大雨點小（官逼民反但官有財力有武力加上有釋法權，不管用多大力氣，「民反」始終反不出名堂）的泛民比下去。這種推理如果不致遠離現實，泛民便要改變傳統想法，不應再視財赤為洪水猛獸，當然，為免財赤的出現，泛民亦可作出有效可行的加稅以實際福利支出的建議（事實上，經過這麼多年，加稅的時機已成熟）。總而言之，泛民在提高港人福祉上，不應落後於建制派，如此方可免選票大量流失，以致注定成為議會少數派之虞！

長期殖民地教育令大部份香港人成為只顧眼前利

益（實利）的短視經濟動物，而且有與生俱來的恐共症；在槍桿子與銀彈齊飛的現在，有不怕犧牲抗爭到底的人，畢竟只是少數……。換句話說，善用財政盈餘「買」社會和諧，如此才能提高香港被北京利用的價值，那對香港和此地的政客，肯定不是壞事！

2017年7月25日

擴軍黷武時危　外交姿態檢討

一、

　　昨天《信報》的國際版，〈國防部警告印度勿心存僥倖〉、〈中國殲10攔截美偵察機最近90米〉，諸如此類的題目，觸目驚心，令人感到時人正生活在大戰一觸即發的高危時刻！

　　大概一年多前，中國持有的美債在二萬億（美元．下同；現在已破三萬億）水平，是非美國盟友的最大債主，使其十分困擾，擔心有日他們不喜歡甚至厭惡的債主臨門；筆者當時引述一則美國市井傳言，說有小孩揚言，令美國不必為贖回這些債券傷神的辦法，最佳莫如和中國大打一場，而美國一定會大敗中國，所有債務遂一筆勾銷。長期受大美國主義思想（和荷里活電影）薰陶，認同這種說法的美國人，數不在少（「小孩」當然是聽「大人」閒聊才有此說法）。

　　由於中美對着幹的政經事務多的是，筆者對中美會否「火併」，的確不敢樂觀。一年多下來，雖然中美無戰事，但形勢的發展，特別是特朗普內閣塞滿自

以為「賽月娥」（真係好打得）的好戰分子，令兩國武力衝突的機率上升──兩國戰機「擦身而過」，隨時可能引起爆發熱戰的「意外」。事實上，中國真的已被獲美國或明或暗支持的鄰國「圍堵」，這些國家和中國的關係都很緊張，比如「上」自朝鮮半島、「東」接日本、「西南」與印度、「下」及越南（和南海），僅從新聞所見的消息，便隱然聞戰鼓之聲。另一方面，美國民意──這一趟並非童稚之言──亦「戰意高昂」，那不是說受訪者主張開戰，而是他們感到大戰迫在眉睫；美國全國廣播公司（NBC）7月19日就「未來四年美國會否捲入一場大戰」的民調，認為「無可避免」的竟達76%，比今年2月的同類民調高出近十一個百分點。這種變化當然可能受特朗普總統「大癲大廢」的影響，但為中東、中印、中日、東歐以至中美甚至中台關係日趨緊張所左右，更為明顯。

地緣局勢高危、民調戰意甚濃，難怪有投資顧問不肯為客戶「指點迷津」，這名行內地位頗高的投資經理說，大戰隨時爆發，特別指明可能是北韓與中國，是以北韓動向令人關注，7月4日朝鮮央視主播李春姬宣佈「黨中央批准試射洲際導彈」成功，等於說北韓導彈射程覆蓋內地（及東南亞）大部份地區；由於中朝關係大不如前，中朝隨時爆發「意外」。在這種情形下，認為中國必勝的，投資組合應以中國股市為主；若看好美國，已在美國市場落重注的投資組合，不必改動……。

有錢階級真的很煩惱。如果大戰在中東爆發又如何?答案是中美市場都是不錯的避難所。當然,認為經濟利益攸關各國都怕有所失禍延後代,令大戰打不成的人多的是,這是何以中美以外的股市一樣炒得熱火朝天的原因。

二、

值此政局高危之際,按照「常理」,最重要的戰略物資如石油和鋼鐵等,該是當炒商品,可是時代已變,以尖端科技打造的先進武器的殺傷力,百倍於二戰時期,而能源的使用與原材的消耗俱降,油價因需求不及從前的戰事,所以下挫(前景更差),除此外以,還有代替能源興起,那是西方國家藉此打擊俄羅斯外匯收入的重大「陽謀」作用。至於鋼鐵價格久沉難起,當然與中國產量過剩有關(這肯定是計劃經濟的過失,但內地誰敢發聲)……;還是軍火股最值得考慮。據高雲華盛頓研究集團(Cowen Washington Research Group)週一公佈的統計,美國對外售武必破紀錄,今年已獲國會批准的售武訂單近六百億,這還不包括特朗普月前訪沙地阿拉伯談妥但未簽約的「巨額訂單」。軍火生意興隆,當然是世局高危的具體反映;東南亞各國大力「擴軍」以至在美國力迫下歐盟提升軍費對GDP的比率,均為不可忽視的因素。

美國今年對外售武將近七百億(破2012年的紀錄

六百八十七億），22日「下水」令「盟友安心使敵人戰慄」的超級航母福特號，造價一百三十億。世局高危，軍火工業一枝獨秀；但非內幕客欲在其中獲利，除非是「長線投資」，不是易事。

武器暢銷，固有戰爭一觸即發的擔憂，而最使人憂懼的是當前幾個核子國家，美中俄英法印巴及不顧一切致力成為核武國的北韓，並非如冷戰時期分成兩個集團，而是分散的各有主張，分頭角力，大大提升核戰爆發的風險。人們素來説美國對外用兵，須經國會討論，費時失事，效率遠遠不及「一人話事」的國家，實際情形已絕非如此，以總統有決定是否動用核武大權的美國為例，總統在理論上是根據國防部長的意見下決定，要是國防部長與他意見相左，總統有權即場把他辭掉另外委任和他看法一致的人出替。換句話説，以特朗普飄忽無定的性格，當國際形勢突變而美國內部矛盾糾結，還有「通俄門醜聞」等等對其政途不利的消息纏繞下，其把心一橫，打開那個在他貼身隨從手裏重四十五磅被稱為「足球」的「核武錦囊」（核按鈕手提箱），下令核武部隊「發射」，世界便大不同！1994至1997年任國防部長的貝利（W. J. Perry）在《我於核戰邊緣遊走》一書，強調是否動用核武，總統有絕對決定權——他可以聽取國防部長、國務卿和三軍聯合參謀長的意見，但亦可聽而不聞「自把自為」——尤其是當這個「他」是特朗普，核戰的可能性大增！

三、

　　許多年前，筆者說過中國欲成為世界強國，有兩個先決條件。其一是人民幣必須成為流通性如美元、歐羅、日圓及英鎊等，是世界性通貨，如今人民幣已成為不少央行和國際組織的外匯儲備（當然大都只屬象徵性），而且國際貨幣基金主席說十年後IMF總部可能改設北京，在在顯示人民幣的國際地位有所提高，不過，在成為通貨上，人民幣在這些年來只走出一小步。其二是中國必須發明最少一項世人尤其是美國聞風喪膽的先進武器，才能稱雄世界；在武器發展上，中國確有長足進步，昨天消息指習近平主席「推動國防軍隊改革向縱深發展」的指示，意在「重塑現代軍事力量」，路向正確，令南亞「諸小」喪膽（只好投靠美帝），然而，離威懾強敵之途尚遠（遼寧號只能振奮人心不能「怯」敵）。那意味迄今為止，只有中國政府（大概是為了令國人有自豪感罷）口口聲聲說中國已成為可和美國比肩的強國，但西方軍事專家並沒這種看法。

　　非常明顯，西方國家尤其是軍事強權美國，並不把中國視為軍事對手，但何以美國仍要糾眾圍堵中國？筆者的看法並無新意，此為中國人病於未富先驕、財大氣粗，在展示國力上，許受武俠小說般的揚威耀武所影響，把未經考驗（實戰）的軍力，說過了頭，幾乎天下無匹——這種為外人所輕所忌的特性，正是故李光耀生

前多次指出中國人的最大弊病是經常擺出一副高人一等、紆尊降貴、傲慢無禮（condescending）的態度（王毅外長過去一度頗有「外交禮儀」，近來態度亦已變得大模斯樣），惹人厭惡且招忌，要在中國還未真正崛起的時候，便設法挫其銳氣……。惟有改變對外人的態度，不驕不橫，才能消減別人的顧忌和敵意！

2017年7月26日

林行止作品

三處火頭商戰鼓響
池魚之災香港難逃

一、

　　朝鮮半島的緊張局勢如何收場？北韓會否真如金正恩所說定期（今天？）向關島美軍基地發射導彈？美國對此會否「以彈還彈」，並如一位美空軍退休將領（Thomas McInerney）所說，在十五分鐘內把北韓（不僅限於平壤）夷為平地（flattened）!?金正恩與「對家」特朗普，一少一老、一魔一癲，迄今只是「隔空發空炮」，未下最後結論。

　　當前的膠着情況，表面看來，是對北韓和美國的影響最大。前者關係金氏皇朝的存亡，後者當然亦麻煩多多，不過不是擔心本土或關島基地被北韓的導彈突襲，而是在處理上稍有不當，若非引起一場毀滅人類的核戰，便是失去亞洲「諸小」的信賴，令其在亞洲政經勢力退潮，那意味其「重返亞洲」的國策失敗。

　　再看深一點，朝鮮半島的和與戰，對中國影響才算「至關重要」。目前亞洲三大火頭——北韓、印度和

南海，姑勿論釣魚島及台灣（解放軍戰機已數度繞島飛行）——均在中國國境邊沿，任何一處爆發戰爭，即使中國能置身度外（如在北韓問題上「保持中立」）或取得最後勝利（打敗印度、在南海趕跑美國），政局的穩定性及經濟發展，難免會受衝擊。因此，如何不失體面地通過和平（談）手段化解危機，是中國外交工作的重大考驗。

當前形勢對中國頗為不利，香港亦無法不受拖累。在自家「門外」的三處火頭，只要有一處成災，「門內」受到波及，似不可免（在遙遠彼岸的美國本土則無風無雨）；若中國與鄰國大打出手，為免龍蛇混雜間諜密佈的香港為敵所用，被軍管而成為死港的可能性不容抹殺。即使三處火頭最終都成一陣輕煙消於無形，白宮下令就《一九七九年貿易法·第三〇一條》嚴查中國有否進行「不公平貿易」，亦是香港一大隱憂——「近代史」告訴港人，中美若陷貿易戰而中國受美國貿易制裁，香港是中國對外商貿的「南風窗」；但如果美國政客又提《香港民主與人權法案》且獲國會通過及輿論支持（銅鑼灣書店事件後認定中國不重視人權的民意急升），香港與中國「一視同仁」，便會受牽連……。除非有關各方響應習近平主席的呼籲，坐下商談、握手言和，不然，香港的前景並不樂觀！

二、

雖然朝鮮半島和戰未定，但北韓不聽警告一而再地導彈試射甚至揚言要進行核試，對「經濟」肯定已發生影響——就商言商，是積極影響。首先是，各國本已全力進行的軍備競爭，必然會加倍加速進行，看國際軍火市場的買賣情況，最大受惠國肯定是美帝。美國軍火商不僅會接獲更多國務院批准的外國訂單，為因應可能受北韓核襲，美國軍費會無止境（不斷增補預算）上升，以非如此無法阻遏北韓的「核挑戰」！事實上，北韓的導彈和核武，多數專家均指技術上不但仍屬初階，其性能則因缺乏資源無法進行「複式（多次）試射」，令人對其準確性存疑，更有專家認為發射半途空中爆炸自燃的機會甚高（見thecipherbrief.com訪問核武專家的〈北韓的核武可靠嗎？〉）……。可是，千方百計增加國防預算特別是把「核武現代化」的軍方及在華府有強力游說組織的軍火商（新的「軍事工業複合體」），為爭取國會及輿情支持，都一口咬定北韓會對美國帶來真正威脅。當這想法成為主流，軍事工業還有不生意興隆！

從歷史角度，軍方莫不於戰雲密佈時擴充勢力，此中最有名且成為各國仿效的是20世紀初葉，英國海軍元帥費沙勳爵（Admiral John J. Fisher，1904至1915年在位）如何利用德國海軍崛起、說服英國國會倍增軍費以建造新型戰艦抗衡德國（事見美國政治學者J. J.

Mearsheimer的《大國政治悲劇》）。事實上，窮兵黷武最熾熱的時期，必然是有「大國崛起」威脅既存勢力，那便如目前中國之於美國。雖然「修昔底德陷阱」會否重演，在學界引起劇烈爭論（持否定看法的似佔上風，見6月21日作者專欄），然而，正如習近平主席2014年在西雅圖所説，不會在中美之間發生，只是如今局勢高危，相關國家莫不大事擴軍，史有前例，無可挽回。如果中、美各國叫之不停而北韓終於有了核武，不難想像，南韓、日本、越南以至台灣，都會爭取發展核武以保家衛國，「北韓有為甚麼我們不能有」，屆時美國亦難有效反對。如果日後果真朝此方向發展，意味中國的鄰國都有核武，對區內以至內地的和平安定有負面作用，不言而喻！

中國「無法」管好北韓，對世界大局尤其是中國，都不是好事。

三、

除了軍火生意興隆，憂慮「魔童」金正恩會「核彈亂射」，還帶旺一門冷門營生，據路透社消息，東京「地堡（Bunker）專門店」突然其門如市，製造「地堡」的合成建設業（earth-shiftco.jp）的發言人，指出過去每月大約有「五宗」探問行情，自北韓恫嚇要「放飛彈」後，急升至五十宗；神戶織部精機製作所的招牌產品「核彈避難所」（Nuclear Shelter）亦大賣，過去

一年平均只賣出六間，上月一個月內已接了八宗生意的
訂單。雖然具體銷售情況不詳，看情形日本人真的為此
憂心忡忡，生怕廣島長崎「原爆」重演！美國的「地堡
專家」Rising S Co.，亦對傳媒說過去半月「問價」的
詢問急增九成，此中的準顧客泰半來自東京、三藩市、
洛杉磯和夏威夷，這些地方都是金正恩口中要「痛擊」
的目標。說起來原來「地堡」是一項大生意，而以美國
公司出色當行，「美國製造全球安裝」，大受顧客歡迎
（據說香港有富翁擔心大亞灣萬一出事因此亦於地牢裝
了兩間「地堡」），因為社會日趨不和諧令不少人為安
全着想寧願居於「地堡」──「地堡」最小可住兩人、
最大（售八百萬美元）可住四十四人（包括貯存可供每
人食用一年的日常食用品）……。金正恩口出狂言帶動
「地堡」生意，事情真是誰也想不到。

2017年8月15日

八方風雨一束時事
一地兩檢泛民三思

　　香港和澳門「四日兩掛八號波」，「天鴿」（Hato）及「帕卡」（Pakhar）在四天內接踵而來，折損人命財產與破壞生態的程度，澳門數倍於香港；造成這種災情大差異，原因數之不盡，不過，以不懂氣象不通救災的外行人看來，筆者認為除了眾口一詞的「人謀不臧」，根本原因是兩地的基本建設優劣大有差距。英殖政府縱有千般不是，其「有償（許有不少厚利工程落入『相關英資機構』之手）為人民服務」，態度認真、負責甚且有點使命感，加上看透人性，知道亞洲人貪腐根性深植，遂於建築規條上留下「走棧」空間，讓官商萬一勾結以致存在偷工減料，仍能保住工程在安全領域（例如打樁十呎便達安全標準，規定必為十呎以上——那超額呎數的成本，落入有司口袋而工程仍不致低於政府定下的安全規格），非常明顯，香港的基建安全性遠勝於澳門，僅此一端，便形成「同風不同災情」的驚人後果。事實上，英國人留下的制度，值得保留的又豈止

完備的基建和建築條例！

一、

　　「一地兩檢關注組」昨午到港鐵總部，抗議該公司在媒體上刊登或播放的廣告內容失實，看來市民反對「一地兩檢」的活動，方興未艾。回看泛民議員（DQ前和DQ後）不贊成「一地兩檢」的立場，一向鮮明，惟形勢之變，令泛民議員比過去更難（簡直無法）推翻相關立法。曾有不少人認為，林鄭月娥當上行政長官要改善行政立法兩會關係，而「一地兩檢」能否得到立法會的過半數票支持，便是她上場後的第一個「考牌試」。其實，這種說法，由於時局一日三變，已成為泛民議員須在此問題的取態上作出必要調整的嚴峻考驗。

　　梁振英治下五年，政改的普選進程經「雨傘運動」而出現一拍兩散的結局，對此「巨變」，建制與泛民均無所得，而京派卻乘機發難，捕風捉影地說香港出現「港獨運動」，在未對外諮詢更沒有聽取港人意見之前，快速通過林鄭說溜了嘴「一錘定音」的「八三一」框架，展示管轄香港的底線進一步抽高、把港人可選治港港人的金剛箍收得更扎實。「兩制」受「一國」牽制的力度比過往緊──緊得令泛民透不過氣。從今以後，從屬「一國」的香港，「一制」再沒有絲毫「平等機會」與「今上」就香港政事討價還價遑論議事論事。

　　這些年來，由於受制度所迫及環境所限，泛民在議

會「做實事」上可説一事無成,因而在不少人印象中,他們成事不足、敗事有餘,做「秀」成份比做「實事」突出,對他們的工作感到失望甚且煩厭,不足為奇。疑似「港獨」攪起的風雨,把泛民議員弄得昏頭轉向,在顧此失彼的情形下,筆者認為他們的當務之急是要正視其為建制一員的本質,確認其有成全政策、貫徹與完善政府立法的責任!

高鐵的「一地兩檢」,牽涉立法,又是一場政、法「過招」的大戲。高鐵通車前,「一地兩檢」的決定,須經三道程序,先是由內地和香港官員擬訂「合作安排」,繼而把安排細節呈全國人大常委確認及授權,最後是把人大常委的授權交香港立法會、得到過半數議員支持通過後,才算大功告成。理論上,立法會若過半數議員反對,人大常委頒下的「一地兩檢」方案便要拉倒。如今人大常委尚未把「合作安排」納入確認程序,特區政府已把當中內容向立法會作「官式披露」,由此反映「一地兩檢」將獲人大常委確認,而林鄭女士提前讓議員知道安排內容,此舉既能表示新一屆特區政府與議員正展開更好的溝通,同時亦收到林鄭當年衝口而出的「一錘定音」效果,不過,這種「工作程序」,強烈地表明了建制派議員在立法會的唯一任務是舉手贊成!

二、

其實,推翻「一地兩檢」的時機,早在當年決定把

高鐵最南端的總站設於西九而非深圳時已經「錯過」。
以當前高鐵西九站工程接近完工,從經濟效益和便民
的角度考慮,阻止「兩檢」的落實,便會重演香港政改
一拍兩散的「悲劇」,代價極大、絕不理性,在民意上
亦會嚴重失分,所以,泛民議員在此事上該着力的,不
是制止「一地兩檢」的推行,而是把防範「兩檢」中執
行中國法律的疑慮之處減至最少!也許有人認為筆者是
投降派,不爭氣,可是,政局的客觀形勢已變,當局行
「法家之法治港」已甚顯然,對不按規矩行事的民選議
員與對公民抗命者的「違法」重手出擊,在這種形勢
下,泛民要重奪立法會多數席位,幾近天方夜譚。筆者
的看法只不過是想泛民保存政治能量,在「一地兩檢」
問題上取捨理性,在未來的選舉中不致大倒退,令議會
只剩下一堆建制的政府傳聲筒。

　　海關（關口）工作範圍,主要是出入境
（immigration）、清關稅務（customs）、 檢疫
（quarantine）及安全檢查（security）等,如果不是在
香港地段的指定範圍執行中國法律,確是會對港人與過
境的外國旅客,構成實際以及心理的壓力,社會的反對
之聲是完全叫不響的。

　　國內法律對入境旅客攜帶印刷刊物及各式媒體,諸
多限制,與香港的一套存有很大差異;至於藏帶毒品的
量刑,內地也比香港嚴厲得多──所以別說越境抓人,
光是聽到香港一角將執行國內法律,面對量刑之區別所

引起的疑慮、驚懼，已難怪港人和遊客有心理陰影，深怕失慎誤蹈國內法網，因而心存戒懼是人性之常。眾所周知，深圳灣香港口岸是由深圳政府租地給香港特區作處理過境手續之用，行之有年；何以香港租出西九站若干土地使用權給國內，便遭泛民議員和相當部份港人極力反對？那是因為深圳租地給香港執行香港法律，深圳人沒有不安，而國內法律在港執行，港人便心慌慌，於是老大不願，就是那麼簡單。

2017年8月29日

放過北韓別有圖謀
爆發核戰非不可能

一、

　　朝鮮半島局勢高危,是眾目共睹的事實,繼去週六後,北韓再於昨天清晨六時許試射導彈,循例引起各方關注,且令「地緣政局升溫」;週二上午的試射,有值得特別留意的地方,此為事前未如慣例大事宣揚,而且導彈飛越北海道南端上空,達兩分鐘之久,最終分成三段,墜入襟裳岬以東約一千二百公里的太平洋。雖然日本當局對此飛彈的「行程」瞭如指掌,及時通知有關地區人民「做好防範措施」,不過,如果北韓意不在「恫嚇」而是開戰,日本受重創勢所不免。

　　面對北韓對美韓軍演(21日至31日「美韓乙支自由衛士聯合軍演」)的「挑釁」,美韓軍事當局雖然暴跳如雷,但就此襲擊北韓導彈基地以解除對南韓日本的威脅,即使美軍已有充份準備,亦不會「貿然」行之。此中道理,表面是一旦發動攻擊,北韓會用炮火於瞬間把首爾夷為平地,南韓政府因此拖美帝後腿,「非到最

後關頭」不應動武。至於深層理由則是保持朝鮮半島現狀，南北韓分隔對美國最為有利；這看法不無道理，美國若助南韓解放北韓，統一的韓國投入中國懷抱以換取經濟利益的可能性最高，果如此，美國便失去一個圍堵中國的「盟友」！美國這項「國策」，是前國務卿克林頓夫人（希拉莉）2013年9月在高盛一次「內部講話」中透露，所以外傳，是「維基揭秘」和盤托出！

　　因為有失去一個牽制中國橋頭堡的考慮，美國遂在人前擺出悲天憫人的態度。特朗普身邊（內閣）數名悍將以至剛剛去職的前國師班農，均否決空襲北韓（將軍們及國務卿主張循外交途徑逼北京擺平北韓，班農則堅持應和中國打貿易戰）；不過，如果因此而認為美國有好生之德，不忍見北韓生靈塗炭而不動武，則未免天真。過去百多年來，美國曾二度對朝鮮大開殺戒。1871年，美國發動臭名昭著的「朝鮮遠征」，派軍艦亞細亞號炮轟江華島（Island of Ganghwa），登陸後用先進武器（雷明登火槍）屠殺數百朝鮮士兵，迫使朝鮮改變鎖國政策（用炮火打開「自由市場」又一例）……。50年代初韓戰，今人大都知道杜魯門總統推翻麥克阿瑟將軍揮兵鴨綠江投原子彈的建議，有人因此以為這盡顯基督徒的慈悲心，哪知美軍屢攻不下退回三八線前，曾屠殺三百餘萬韓國人，並把北韓大城小鎮炸成齏粉，「三八線以北的國土崎嶇不平有如月球表面！」可見美國打起仗來心狠手辣──「武功高強」的美國贏不了這

場戰爭，便故意把北韓夷為平地，「令北韓回到石器時代」。今日北韓經濟一無是處，當然受害於落伍的經濟體制及領導無方，但遭美軍的肆意摧殘（五個水壩全被炸毀釀成多處水災）不無關係！

顯而易見，金正恩不怕和「世界第一強」美國「對着幹」，絕非不理性，他是看透美國不願見南北韓統一的「底牌」，才會屢作螳臂擋車且居然有效。

二、

如說美國因為不想朝鮮半島統一而致力於維持現狀，不會「尋釁滋事」，於是朝鮮半島和平可期……。那是沒可能的事，看特朗普的輕狂魯莽囂張，還有環繞他的「賽月娥」「軍頭」（如幕僚長凱利、國防部長馬蒂斯和國安顧問麥克馬斯特）等，他們目前雖傾向於以外交途徑拖中國落水迫北韓放棄核武，但是看到時機成熟發動核攻擊（藉口當然是「一勞永逸」地令南韓及日本免受核威脅，進而南韓、日本及台灣等不必發展核武）的可能性不低。「時機成熟」指的是核彈部署回到冷戰時期的水平。

簡單來說，在美蘇彼此高度提防的冷戰期，美國「相當部份」的核裝置可以在數分鐘內發射；冷戰結束後，兩陣虎視眈眈對峙隨時動武的局勢緩和，美軍在常規武器上投放更多資金，不少核子彈頭「存倉」，要動用的話便要費上工夫。特朗普上台後聲言重整核武，料

可放射的核子彈頭日多，當這種部署完成後，若北韓尚未屈服，美國隨便找個藉口，便可發動一場針對北韓的殲滅性（一如國防部長馬蒂斯的「警告」）戰爭。假想核戰過後，北韓成人間地獄，南韓元氣大傷，而鄰國中國亦很難不受波及，那等於說朝鮮半島統一與否，已無關宏旨……。

核子裝置須重新佈防外，據去週《航空週刊》（Aviation Week）的報道，至2021年，美軍在太平洋地區（主要指日本和南韓）服役的F35戰機將達百架，此一「最先進」的機種「無比犀利」，F35A還可攜帶戰術性核彈……。只要高危局勢持續，朝鮮半島爆發核戰的可能性不容抹殺。

三、

不少人有此憂思，帶動「地堡」生意興隆（見8月15日作者專欄），「負責任」的國家亦重修冷戰結束後被「廢置」的「核彈避難所」，首爾地鐵車站的「核爆救急物品櫃」，除塞滿一般日常用品，還有大量防毒面具；日本學校有「核爆操練」（nuclear attack drill）；美國的「史蒂芬斯科技學社」（Stevens Institute of Technology）出版「核武地圖」（NUKEMAP），點出世上佈防核武的最高危地區並教導「核爆求生術」，當然，國土安全部亦開闢「做好準備」網絡（ready.gov），指導人民核爆時如何自處；而關島政府的「末

日忠告」（Armageddon advice），教導人民如何避開
受輻射感染……。這類「避核爆」的指示，看來作用
有限，如果核輻射可以輕易避免，核武便不會那麼可
怕！有兩點指引應予參考，其一是核爆時不要乘車，
因為情況緊張通道必然堵車，因此更有可能遇事；其
一是核爆時應藏身於建築物中間靜待數小時，那樣感
染輻射的機會才會較低。當然，這裏指的核爆，是在
相當距離外，若身處核爆地點或附近，血肉之軀根本
已屍骨無存！

　　值得一提的是，倫敦位於唐寧街國防部地下的「核
爆避難所」，名為平達（Pindar Bunker），此為公元
前3世紀希臘大詩人的名字，何以用此名？皆因這位
詩風莊重詞藻華麗的詩人，寫了多首「崇高歌頌」阿
歷山大大帝祖先的詩歌，當希臘內戰大帝攻陷底比斯
（Thebes）時，放火燒城，獨保留平達的居所，以示對
他的敬重。「平達」因有碩果僅存、獨善其身的意涵。
倫敦這間「平達」，據說「超級安全」，以非如此政府
（特別是軍事總部）無法繼續運作，但問題是，如果避
難所以外的世界毀於核爆，政府又有甚麼用？

　　看似與核爆「無緣」的香港，其實亦非要弄些「地
堡」式「避難所」以安人心，大家應該記憶猶新，當年
海峽風高浪急時，台灣總統陳水扁不是說過要以炸毀大
亞灣核電站報復中國攻台嗎？這種可能性當然不高，但
根據「柏金遜定律」，特區政府增設「防核部」，不僅

會為公僕（？）所歡迎，特區有為遠慮籌謀的餘力，亦可令港人稍覺寬懷!?

2017年8月30日

治港失策台灣遠
運交華蓋港人愁

甲、

目前香港不認同中國人身份、尤其是年青的一代，愈來愈多蠢動，在「言文」上主張香港自決、獨立的，雖然只屬極少數，可是看那愈打壓愈多叫囂的勢頭……。歸根結柢，筆者只能說是北京的香港政策失敗。

看台灣政府，不管當權的是民進黨或是國民黨，都毫不掩飾地排拒仿效香港的「一國兩制」可見。台灣朝野見北京完全按照黨意擺佈香港政治、插手港事，莫不怕得發抖，憂懼和內地關係過於接近便會被感化、矮化、收編甚至被吞噬，遂以香港的現狀為戒，即使因而冒上被北京武攻、「斬首」的風險，亦要與北京劃出界線、保持適度距離，與香港人一樣，由於與內地人同文同種和血濃於水的淵源，台灣人因而驚懼個人自主空間被收窄甚至被褫奪。換句話說，北京「壓境」態度越強橫粗暴，將其強加於香港的意識形態和價值觀越有力

度，害怕重蹈覆轍的台灣人在統一問題上便走避更快、跑得愈遠。

　　為了實現祖國統一的大目標，現在已經沒人排除北京會用武力「解放」台灣的可能性，如果美國和日本受中國拋出的政經利誘所惑，或是見到解放軍新型武備犀利而不敢輕侮，對台海風雲驟變作壁上觀，中國成功機會真不小。但是以筆者看來，對台動武導致重大傷亡，那會成為中共的一大敗筆，這種中國人殺中國人的悲劇，其實只要她的香港政策調整得正面一點，台海便可浪靜風平。如果北京抱負的是懷柔心術，港人不覺不平，不出惡聲，遑論反中「言文」與自決獨立之類的噪音偃旗息鼓，抗衡躁動自然銷聲匿跡，總之行是和貴，兩制生輝，大家都有目共睹的話，即使台灣拒共，也完全贏不到國內外的同情。北京不必動殺機，悲劇便不會發生！

　　北京的香港政策，可說是把台灣弄丟了，有關官員當然不會承認他們的失敗，反而變本加厲，要把香港的反對派「往死裏打」。以如今中國的多金（且別說「武功高強」），要馴服香港的泛民，雖有難度惟非不能，問題是如果用力太猛太蠻而招公憤，惹來同情港人的「外來勢力」如美國插上一手，北京在香港之失，恐怕比失去台灣更嚴重。北京無法以非武力的手段收回台灣，失去的只是「虛名」，但失去香港，北京損失的是「實利」。

不必諱言,以美國為首的反共力量,利用保障自由民主人權之名,一直在尋找機會介入香港事務,為北京製造麻煩(當然不是為了香港而是要增加本身在其他事務上與北京討價還價的籌碼),只因當前美國對華國策舉棋不定,發難時機未成熟,諸如「殺傷力」不弱的《香港人權與民主法案》因此懸而未決,暫被擱置;一旦明朗,此「法案」不難在國會通過,若美國視香港與中國是同行「一制」,許多香港享有的條件優惠便會失去,可供中國利用的實用價值相應大降,對中港都絕非好事!

台灣愈走愈遠和香港社會矛盾升級充滿戾氣之外,北京的香港「失策」,還反映到大學生從60年代的親共走到如今反共上。60年代親共愛國的大學生,不一定是大多數,卻肯定是最有朝氣那批品學兼優之士,即使經歷天安門風波,關社認中的學生仍不在少數;可是,現在的情況大異其趣……。左丁山昨天在他的《蘋果日報》專欄,以〈四十年河東四十年河西〉為題,扼要地述說中文大學從反共到親共的歷程,「想不到的是,四十年後,中大學生竟然全面反共……」

如果京官仍以為其香港政策一貫正確,把台灣拒統、香港反建制之聲響徹雲霄,以至大學生「全面反共」,歸因於「外來勢力」的教唆,與其政策出錯無關,那筆者只能說,「老香港」認識的香港將一去不復。香港必有翻天覆地之變,這一天已近在眼前!

乙、

　　香港最堅定的民主鬥士李柱銘，是最資深的訴訟
（大）律師，加上象牙塔裏的若干法律學者亦主張民主
不遺餘力且不怕犧牲，一般人便以為法律界大都傾向民
主；如此這般的「以為」，大錯特錯。

　　事務律師要接「生意」，因此在商言商，很少表露
其政治觀點和傾向；而大律師表面是不接「生意」（靠
事務律師引介），因此有較大流露政治屬性的自由度，
然而，這一行業的根本功能在於維護建制的穩定，當人
大釋法成為常態時，要求後來者向李柱銘看齊，是不識
時務、不切實際的要求。近來有幾位素有公眾認受性的
大律師，其表現與激進民意有重大落差，因此是正常而
非反常的。

　　久處英國人嚴明公正的「法治」社會，不少港人
以為由法律權威裁決、詮釋的法律條文，社會便可公正
公平有公義。這種理解沒有不對，問題出於對法律的理
解並非一成不變。法學家早指出，國內法所以有強制
力，令人民服服貼貼、規行矩步，不敢陷法網半步，並
非因為法律為大眾認同，人民因此傾向守法，而在於政
府有足以強制人民守法的機制和力量（武力為主道德力
次之）。香港雖離「實體回歸」尚有約三十年，強制人
民守法的機制仍如舊貫，但令「強制」有效的最終「力
量」，來自北京！這種微妙的「扭捏」，「在朝在野」

的法律界不集體向權力來源靠攏,已是香港之福。沿此路進,北京近期對一些與香港有關的國際法,視如無物,並非有所本而是有所恃,因為國際法只是一種「實在道德」(Positive Morality)而非「實在法」(Positive Law),對有些國家而言,國際法並無如國內法般的強制力,因此淪為徒具虛文的裝飾;不同價值觀、不同政治意識和不同宗教背景的國家簽署的國際法,尤為如此!沒有足以「強制」人們守法的槍桿子,法律的可靠性不如大家想像的有效!

2017年9月19日

當
2
0
1
7
年

管治功過説準則
忠誠實在竟蕩然

一、

中華人民共和國成立六十八週年，香港特區政府的慶祝活動是10月1日早上的升旗儀式、酒會和晚上的文藝匯演和煙火；北京方面的慶祝，當以9月30日晚國務院為主家的國宴最為矚目和盛大。

在反港獨的吶喊大會上發表「殺無赦」之言及填報引起眾疑的大學學歷和專業資格的立法會議員何君堯律師，雖然成為「問題人物」，在港引起半城風雨，但仍為北京青睞，應邀出席在人民大會堂舉行的國慶國宴。他似乎因此而有點飄飄然，透過YouTube發表其所聞所見是如何的深受感動。成為如此隆重場合的座上客，説明北京對「批評」何君的香港民意，不僅是耳邊風，且有擺明港人反對無效、北京贊成有理的「道不同」架勢！這種取態，表面看來，不過是以行動表明北京是對其效忠者的支持與嘉許，然而，這樣的做法，其實會以小失大。何君的輕言誑語，雖經他本人再三「闡釋」，

亦不能、無法洗脫其口出狂言、有違專業操守與法紀，亦無法改變其在填報資歷上不誠不實的初心，港人（包括若干親建制人士）對此十分反感，北京卻為他「背書」！那是否反映其「上有好者」「下」便可胡言亂語?!

何君堯一表人才，有法律專業資格，有鄉事背景的人脈基礎，從政前途無限；可是何君對事物取態離奇，不少驚人言論，令人側目亦令人難以置信！從前朝跨過九七的老香港看來，他的作風，若為北京全盤接受，香港的「移風易俗」勢不可免，社會風氣和人事，將從實事求是轉向「『欺』旨（香港民意）承風（京意）」、充斥虞詐不誠。耍嘴皮表忠，愛國愛港的管治，真的那麼簡單?!

二、

去週日由「新進」政治團體如民陣、社民連、香港眾志、大專政改關注組及東北支援組合辦的「反威權遊行」，參與人數不算少，惟考慮團體中有成員繫獄或已被控定日審判，人數也不算多。主辦者與警方公佈的遊行人數，真有雲泥之別，一說四萬多、一指不足五千；這類各自表述、差別極大的數目，已成為本港示威遊行新聞的「常態」，看電視直播的市民看在眼裏，數在心頭。當局若要駁斥主辦單位誇張失實，以後不妨把維持秩序的警力，一併公佈──如派出多少警察控制人流，

配備多少「武備」以防場面失控，始見主辦單位宣佈的人數是否接近事實⋯⋯

此次遊行主題顯然不在已證實注定引不起港人廣泛共鳴的爭取「香港獨立」，而是千夫所指的律政司司長袁國強，不過，即使要他落台的口號叫得嘹亮，看何君的「上」場，袁君肯定吉多凶少！遊行的其他見諸標語、口號的「訴求」，如「政治打壓可恥」、「毋懼威權時代、反對政治迫害」、「中國不屬於中共、國家只屬於人民」，以至「港人自救、拒絕沉淪」等，看來亦只是情緒宣洩，毫無能收宏效的期望；至於高舉「不是國旗」的「黑色五星旗」，則適足反映遊行人士對中共威權的鄙夷與不滿！

應該特別注意的是，「十·一反威權遊行」雖以年青一代為主，但大專院校只有何君堯任校董的嶺南大學學生參與，其他院校事前開會決定只以言文而不以行動支持。當然，不參與的都有言之成理的理由，但骨子裏可以看出這是街頭抗爭活動需要付出一定代價（大小因機會成本不同有異）的效應。學生為免坐牢或被判社會服務會影響學業以致在就業市場失分，其對示威遊行的選擇會愈來愈謹慎⋯⋯港大學生會會長黃政鍀指出該校學生不參加遊行，原因是「袁國強並非威權的來源」，要他下台「不是合適訴求」，自然是求自保的歪理；可是學聯將會以籌募方式成立一個「支援入獄抗爭者基金」，顯見香港大專學生對社會環境的適應力不弱！

三、

連串群眾活動令筆者不期然想起新的中聯辦主任
王志民，約在十天前對其前任張曉明上調北京出任港澳
辦主任的評語，他認為這次人事安排，體現了中央對張
氏的香港工作高度重視與充份肯定，並表示張曉明2012
年12月出掌中聯辦以來，「帶領中聯辦認真履行中央賦
予的職責，依法保障中央全面管治權、妥善應付風險挑
戰」。一句話，張曉明「為香港『一國兩制』事業傾注
的大量心血、作出了積極貢獻」。這雖是八股官腔，卻
可看到中央確是給予張氏在港工作的正面評價！可是，
香港人（當然不是全部）禁不住要問，在張氏「治」港
五年期內，主張自決、獨立、不信任甚至反中央，以及
不認同中國人身份的香港人人數不是明顯激增嗎？這種
中央不願見的「背叛」，究竟是如何形成？這不正足以
說明張氏貫徹香港政策的徹底失敗嗎？北京看法與筆者
迥異，顯然是正常的官民差異。

王志民主任在同一場合表示，要深入學習習近平主
席今年7月1日視察香港有關香港政策的「重要講話」，
並「堅決貫徹落實中央對港方針政策……一如既往支援
行政長官和特區政府」。這類言詞港人不會陌生，但
檢驗王氏是否做出具體積極、對國家有益有建設性的
成績，唯一的標準是在他「治下」香港民情民意的趨
向——如果港人反中央、不認同中國人身份等等顯示人

心與北京愈行愈遠的比率繼續攀升，王氏便發揮不了京港之間橋樑的作用……要知道，香港人抗拒回歸的民心若持續惡化，最終會為國家添煩添亂！

　　「一國兩制」下的人心回歸，不可能一蹴即就，怎樣包容忍耐，保持香港作為一個誠實踏實的社會，是一個需要港人和北京共同正視的問題，當年「普選」因一個「真」字的要求，擾擾攘攘，令多方抱憾告終；可是，香港一旦充斥咬牙切齒的假情假義，豈不更為可怕？希望港人對「作風誠實」的要求，不致一而再闖禍！

2017年10月3日

珠玉在前不易下筆
民族國家陸續有來

一、

　　加塔隆尼亞（加泰羅尼亞）的「違憲獨立公投」，基於政治意義和遊食勝地，不能不談，但打開昨天《信報》，不僅報道詳盡，且有三篇把方方面面都「論盡」且均言之成理的評論（社評、金針集及平行時空），下筆時有不知從何入手的躊躇，不過，由於心中並無其他題材，只好搜腸索腹東拉西扯。

　　對於筆者來說，加塔隆尼亞是美食的同義詞，阿布衣（El Bulli，已結業）的大廚兼創辦人、把分子烹調發揚光大的阿特里亞（Ferran Adria）、「少年廚神」克魯茲（Jordi Cruz，25歲得米芝蓮一星），以至主持2013年世界最佳餐廳（2014年筆者光顧時已降級至第二名）「羅卡家的酒窖」（El Celler de Can Roca；下稱「酒窖」）的「石頭」三兄弟，是加塔隆尼亞土著，省會（也許很快成為首都）巴塞隆那遊人如鯽，為食而至的，為數甚眾。令筆者有點傷感的是，「酒窖」所

在地姬儂娜（Girona）居民，是爭取獨立的狂熱分子，於去週日的公投中，他們成為警方（馬德里派去了一萬六千多名國家警察）打壓的主要對象，令多人包括婦孺血流披面……在這個「嫻靜雅致河川流湍、堤岸翠綠、花木多姿，小橋及城桓古蹟隱隱，行人稀疏而友善的古鎮」（見2015年6月的〈石頭酒窖三兄弟淺斟低酌姬儂娜〉，收《經濟計算》）發生這種人間慘事，真是意想不到！

烹調令人留連不思歸之外，加塔隆尼亞還以足球出名。「甲組班霸」巴塞隆那與馬德里每兩年一度的「世紀會戰」（El Clasico）本月14日開鑼，此一萬人空巷的賽事，以入場券早已售罄，多半會如期舉行，如果像10月1日巴塞隆那對拉斯彭馬斯，以前者班主力主獨立而後者老闆堅持統一，為免支持統、獨的球迷先叫口號繼而動武，當局決定禁止觀眾入場，出現可容十萬觀眾的魯營（Camp Nou）球場空無一人的詭異；不准觀眾入場必須退還票款，帶來重大的經濟損失！順便一提，西班牙國歌是世上唯一一首迄今未定歌詞的國歌，歌詞欄空白！），不過，「世紀會戰」亦不奏國歌，因為球員來自五湖四海，西班牙籍比例不高，少人理會國家環節，因此沒有「奏國歌須起立」的規定。

二、

加塔隆尼亞此次「脫西」（Catalexit）公投，在

二百二十六萬七千多票中，九成強支持獨立，較2014年同樣「沒有約束力」（Non-binding）公投有約八成支持率，顯見加塔隆尼亞人「脫西」之意愈決！

主權爭紛都有悠久歷史，加塔隆尼亞和西班牙糾纏了近千年，至今仍不知伊於胡底。簡單來說，1150年一宗王族婚姻，令同處伊比利亞半島的加塔隆尼亞和毗鄰的阿拉貢（Aragon）結盟，在以後的連串戰爭中，至1715年奠下現代西班牙雛形；歷代西班牙王朝莫不設法「馴化」語言、法律、文化，以至生活習慣有別於其他地區的加塔隆尼亞，但遭遇頑強抗拒，至1931年，西班牙政府不得不允許加塔隆尼亞成立本身的加塔隆尼亞國民政府（The National Catalan Government）。獨裁者佛朗哥1936上台後，認為加塔隆尼亞「搞分離」、「走向獨立」，遂於1938年派兵「武力」（殺死三千五百多人）奪回政權，解散加塔隆尼亞國民政府；佛朗哥1975年病故，兩年後西班牙政府為平息該地反中央的民情，採取懷柔之策，允許加塔隆尼亞成立政府（首腦有總統銜）和議會；在後者多方爭取下，終於在2006年成為自治區。

可是，所謂「自治」，原來只限於警力、醫療及教育；課稅、外交、國防，以至海港、機場及鐵道管理權，仍受中央政府控制。不難想像，加塔隆尼亞政府對此「有限自治」大感不滿，加上其人口不及全國百分之十六（七百五十餘萬與近四千六百萬之比）而GDP約

佔全國一萬一千多億歐羅的五分之一（在二千億歐羅水平），意味國家佔地方的便宜，再考慮歷史根源及自治有名無實；2012年開始，加塔隆尼亞人每年均於九一一（9月11日）的國慶日（1886年定為National Day，1939年被佛朗哥取消，1980年恢復）上街示威，要求行巴斯克自行徵稅之策和爭取獨立。

獨立違憲、公投不具合法性，馬德里政府堅決反對。但是，民意傾向獨立，據說本週五地方議會會就此議題進行投票，不少論者認為會以壓倒性多數票通過確認公投結果並正式宣佈獨立……

三、

不論加塔隆尼亞爭取獨立能否成功，該區以至整個西班牙的政經將亂成一團，不難預期。西班牙執政人民黨，近年（2006年開始）不但積極設法削減加塔隆尼亞本已非常有限的自治權，而且多次表明不會與加塔隆尼亞的總統或副總統就獨立問題進行談判。打擊分離主義是當今各主權國的共識，西班牙亦不例外。

在這種情形下，西班牙特別是加塔隆尼亞將為政治死結而付出沉重代價，獨派與統派會長期進行鬥爭，工會罷工、學校罷課甚至「恐怖襲擊」（一如數年前的斯巴克〔西班牙北部的美食「聖地」〕），不僅令人心惶惶，且肯定會打擊經濟發展。荷蘭國際（銀行）集團（ING）及時發表其經濟學家米納（G. Minne）撰寫題

為〈加塔隆尼亞為單身應付的代價〉的「簡評」（Note, Catalonia: The Cost of being Single），指出局勢不明朗會令區內投資萎縮，結果是家庭入息下降消費相應減弱；如果加塔隆尼亞片面宣佈獨立，意味她無法獲得歐盟的諸種經濟優惠（歐盟不會鼓勵成員國的地區獨立，以免破壞歐盟的一統性），擔憂不能與歐盟自由貿易，外資在區內的投資，不是削減便是轉至他處。過去三年，歐盟購入65%的加塔隆尼亞出口貨、歐盟在該地的投資佔外資70%，「這令『脫西』對加塔隆尼亞的影響甚於『脫歐』對英國的打擊」！

英國要「脫歐」、蘇格蘭要「脫英」、巴伐利亞要「脫德」，以至法蘭德（Flanders）要「脫比利時」……。在民族自決和自治理念推動下，力爭獨立成為「民族國家」（Nation State）的事例，近年可說風起雲湧。反對者的說詞冠冕堂皇，但力陳「民族國家」在政經上大有好處的論說，亦甚具說服力。經常刊出大塊文章的Aeon本月2日貼出〈何以「民族國家」是好事〉（Why Nation-States are good）的長文，極具參考價值……在環球化走下坡的此際，「民族國家」崛興是不易抗拒的潮流！

2017年10月4日

政治無權話事
港府專事民生

一、

　　行政長官林鄭月娥女士昨天在立法會沒有「逐字」宣讀上任後第一份《施政報告》，「不逐字」意味只讀出精要部份。打破宣讀全份報告的多年傳統，林鄭真是出於一片善心，可惜，善心鋪成的通常是一條難行甚至有反效果之路。據說這份「她人生中首份《施政報告》」，全長近四萬九千多字，她上任僅百餘日，為港事東奔西走、日理萬機之餘，尚有時間精力督導下屬草此文件，十分難得亦突顯了她的能幹！

　　林鄭事前解釋不讀全文的原因是：「我諗佢哋都係擔心佢哋坐喺公眾席會瞌眼瞓。」這句簡單不過的話，卻可看出若干問題。坐於公眾席的人，不是家人親友組成的「啦啦隊」，便是真正關心港事務的百姓，這兩類人肯定不會（不敢）瞌眼瞓，行政長官的擔心實屬多餘；不過，以筆者的猜度，她曲意所指的應該是那些「尊貴的議員」，因為他們之中的確有不少一聞官話便

呼呼入睡的先例。然而，無論是公眾席聽眾還是議員，打瞌睡雖然是對發言者的不尊重，卻是延年益壽且令頭腦開竅的妙法，「高眉」網誌statnew.com今年6月8日便有長文，細説世界基因工程權威、哈佛大學講座教授休吉（George Church）隨時隨地（包括授課時）入睡但醒來雙眼焵焵有神且滿腦新意念的「趣事」。循此路進，行政長官揀要而讀，不必花約四小時照本宣科，是為自己健康着想。事實上，女強人的身份改變不了弱質徐娘的本質，萬一出現數天前英相文翠珊在保守黨大會上發言時咳嗽不止病態可憐的窘狀，便大大不妙，因此「少説」確是好事；可惜，她不讓議員們瞌睡，等於剝奪了他們養生及於瞌睡中為港事籌謀的權利！

讀者也許會指摘筆者寫得太輕率，不夠嚴肅，其實這正是筆者的本意，因為如果以一本正經的態度看施政，便是不知天地已變，自討苦吃……。第一時間報道林鄭《施政報告》的國際媒體，應為《單眼看世界》（Monocle），它以Third degree為題，指出行政長官「讓所有港人都抱有希望」的演詞，會增其民望但可能無法久長，因為正如接受該刊訪問的公民黨議員陳淑莊所説：「她很快便會面對一些令香港社會不和諧的棘手問題。」不過，這是日後的事，而這類長期的事，又有誰管得住測得準?!

二、

　　不計註釋及圖表說明，《施政報告》的「文本」大概只有一萬二、三千字（從「我今天懷着如釋重負的心情」到「讓我們一起同行，擁抱希望、分享快樂」），而且贅詞不多，簡明可讀；行政長官指《報告》全面涵蓋良好管理、多元經濟、培育人才、改善民生、宜居城市及與青年同行的多個領域。這些「領域」，均有扼要的陳述，而在推動當局着力的新產業上，《報告》指出政府「會致力鞏固和提升香港的金融業、航運及物流、旅遊業、建造及相關專業、法律服務等」。不但如此，政府還會「透過政策領導，資源投入和對外推廣，抓緊國家『一帶一路』建設和『粵港澳大灣區』帶來的機遇……。」「願景」甚佳，你不能不同意，問題是如何貫徹執行而已。

　　「宏觀」地看，筆者以為下定決心要運用「坐擁一萬億盈餘」的林鄭女士，必有一番作為，但許多本該市場主導的事，由政府主催帶頭（尤其是境外的「機遇」），資金是否用得其所，採行的方法是否符合經濟原則、市場規律，立法會應負起主要監督責任。審時度勢，筆者認為立法會的泛民議員應放下按照《基本法》規定推行政改的訴求，以不管你有甚麼無懈可擊的看法，由於形勢比人強，這方面的「進度」（或「退步」）都得依照北京的話和釋法辦事；至於英國外交及

聯邦事務部的《香港半年報告》，以及美國國會的中國委員會（CECC）的《中國報告書》如何「看待」香港，有力左右其言文的，惟有北京政府；香港立法會在這方面只有被利用而無影響英美政府之力，這是議員們應體認的現實。

迄今為止，立法會的功能尚存，議員們也許應該在審查政府如何運用公帑上多用點時間。老實說，筆者對當今若干政壇有識之士，失去信心，比如明知人民幣不是世界性通貨，卻有人主張港股應「人民幣化」，也許這正中非常自信的京官下懷，但以通貨換非通貨，除了要討好京官之外，實在想不出有其他理由；還有，行政會議召集人，地位顯赫，如今卻如行政長官的半官方公關⋯⋯。香港的民生前途，是龍是蛇，要看立法會的表現！

三、

《施政報告》果真「大派糖」，筆者不期然想起4月間作者專欄「『一國兩制』怎分工系列」提出「貧富懸殊民怨深解囊紓困減怨聲」的「主張」。事實上，正如行政長官所說，本港有的是錢，不把之用來解決市民需要，「難以被社會接受」！

「派糖」──派發「免費（其實代價高昂）午餐」，當然是爭取民心相向的市儈辦法，有短期效果，是政客慣用的手段；但「免費午餐」只能增加不可減

少，是普世「真理」，那即是説，如今連物業首置都由政府「幫忙」，未來不僅不能取消，最好且設法幫助青年人嫁娶、生孩子亦由政府補貼，惟有愈派愈多，已吃慣「免費午餐」等如飯來張口的人，才會滿意。

最大宗的「派糖」，是「房屋政策」，此事傳媒必會詳盡報道，這裏不贅。筆者要説的是，由於未能及時增闢土地，「增加過渡性住屋供應」，等於私營市場住宅土地供應減少，在正常的經濟條件下，私樓價格會升得更急。不過，《施政報告》在立法會的發言稿第二十項至二十九項對此問題説之甚為具體，就是沒有提供「政府樓」的面積，以所提價格看，面積不會很大，只適合單身人士及小家庭，這將使「政府樓」失卻如新加坡「政府樓」可容兩代，甚至三代同堂有穩定社會的作用；與老人共住，年輕一輩上街鬧事的機率大降……。如果政府解決「首置」的構思不包括「社會和諧」在內，只能説是政策上的大缺失！

現在不少人見政府要動用盈餘，憂心忡忡，生怕餘資用罄之日不遠，這種憂港憂民的憂思，非常有心有遠見。然而，今時不同往日，內地是香港的有力後盾，盈餘耗盡，編制赤字預算，舉債有內地擔保，只要有合理孳息，香港債券必成搶手貨。説到底，這種憂思都因看得長遠而生，然而，以香港的政治局限性，別説長期的事，短期前景又有誰人看得準，而事實上，看香港問題亦不必看得太長期，因為不足三十年後，香港便會為富

強的祖國吸納。如無意外，屆時香港依然存在，只是沒有自己的生命！

　　立法會議員們，不管你們的政治信念，現在是時候打醒精神（最好是別再空談政治而是腳踏實地地學點實用經濟學），全神關注、全身投入改善本港的民生事務。

2017年10月12日

特區成為市政府
強詞變法成真理

一、

　　以「一起同行 、擁抱希望、分享快樂」為主題的
《施政報告》（下稱《報告》），是香港管治的分水
嶺，從今而後，香港將按京意中國城市化，那意味特別
行政區的本質逐漸退化、失色。這種部署對約三十年後
香港與內地的無縫合體，是合理的安排。

　　眾所周知，有關法例明文規定中國擁有香港的軍
事和外交權，現在政治亦由北京操控，這從《報告》
棄「政」從「商」見端倪；這種減輕特區政府工作負
擔的轉變，未必是壞事，因為在過去五年，香港政治
爭拗不絕，不利香港社會安定、經濟發展，是彰彰明甚
的事實；主其事的梁振英雖在香港「身敗」卻在內地
「名揚」，香港社會在他政治掛帥、對反對派不稍假辭
色治下，已大撕裂、遠離和諧。由於香港並非「政治實
體」，要讓社會重燃「希望」和「快樂」的火花，專注
民生、不搞政治（不觸及底線的言文政治短期內〔十九

大之後〕料不致完全受禁）是次佳選擇。這即是說，作
為一名資深公務員（順從、服從上級指示的同義詞），
後天的訓練令行政長官林鄭月娥女士絕對「聽上級的話
辦事」（不如此怎能官運亨通），令她對京官的指示毫
無異見、言聽計從，樂於把政治事務「上繳」。看她的
《報告》，林鄭是香港市市長而不是甚麼特區行政長
官！

　　在約三十年後，如果香港風調雨順，社經發展順
暢，2047年香港有可能「升格」成為中央的直轄市。

二、

　　稍懂（不必精通）法律、渴望自由和相信北京言
行一致會在香港貫徹實施《基本法》的人，都不會同意
上述的簡略闡釋，對此，筆者有「自知之明」，何以仍
要罔顧「法紀」作這番說詞，道理很簡單，那是由於中
國已全方位崛起，據7月出版的《習近平思想》，習近
平已成為繼毛澤東（革命成功）、改革開放（可能歸功
於鄧小平）後有能力有權威帶領中國向前突破的新英
雄（偉大領袖）。正如伊恩‧約翰遜（Ian Johnson）
月初在《紐約時報》的說法，經濟成就加上軍力大盛
（如兩艘國產的航母），中國已正式走出「韜光養晦」
的洞穴，對國際特別是與中國有關的事務，「不會再
沉默」（...to shake off its reticence），那等於說，中國
自信有用自己的一套解釋法律（當然包括國際法）的威

權。這種「進化」是有理可據的，英國法學權威約翰·奧斯汀（J. Austin, 1790-1859）的「實在法」（Positive Law），指出對某些國家而言，國際法並無如國內法般的強制力，因此淪為徒具虛文的裝飾；不同價值觀、政治意識和宗教背景的國家簽署的國際法，尤為如此。沒有足以「強制」人們守法的槍桿子，法律的可靠性、公正性不如一般人想像那麼有效。

奧斯汀的理論，等如鼓吹「有強權才有真理」，其不為主流法學界接受，不難理解。然而，法律須有強權為後盾才能彰顯，是不爭的事實。一個顯而易見的例子是，1949年中華人民共和國成立，至1971年才被接納成為聯合國成員，這二十多年的「折磨」，是美國從中作梗，而她所以會成功，皆因美國外交活動有強力的軍事為後盾！

筆者1990年3月19日及今年9月19日，兩度在這裏提及奧斯汀的「釋法」，由於對法學是外行，沒有深入討論。對此筆者「喋喋不休」，想要傳遞的信息對「民主派」頗為不利，然而，事實擺明，和歷史上任何一個時期特別是清朝末年不同，當今中共有銀彈有炮彈，堅持按本子（《中英聯合聲明》及《基本法》）辦事的「民主派」，雖然正氣凜然、站在道理、法理的一邊，但世事，包括對法律條文的解讀，都由強權主導。主流法學界都是依附建制（權貴）的既得利益者，港人以為法律界是民主的「死忠」，不過是受堅持追求民主之志甚決

的李柱銘所「誤導」。換句話說,奧斯汀所言,難免會打擊「民主派」的士氣,令他們意志消沉。然而,這絕非壞事,因為從另一角度看,如果認為奧斯汀所說有一定道理,「民主派」尤其是滿腔熱血但入世未深的年青一代,便不會、不應作難收成效亦可說缺乏成本效益的抗爭!

三、

　　在這種大環境下,北京外交部發言人華春瑩女士指出10月11日香港入境處拒絕「英國人權領袖」羅哲斯(B. Rogers)入境並即時把他遣返,是北京的決定,因為「允許誰入境、不允許誰入境,是中國的主權」。北京有其道理,只是這樣做同時宣佈香港特區已死──特區香港已成為只能管理市政的市政府。北京這種不理會國際輿論反彈的做法,還有為影響香港民主運動的「外來勢力」杜根的含意;羅哲斯(和彭定康及若干美國政治人物)在北京眼中,都在為「民主派」打氣,此次把他遣返,傳達了中央絕不許外人來港鼓動反建制甚至反中央的信息。

　　「羅哲斯事件」令末督彭定康提出「質詢」(致函要林鄭女士解釋為何拒羅哲斯入境)、美國國會及行政當局中國委員會共同主席史密斯(C. Smith)則形容「事件」為北京「對香港自治的又一次蔑視」;接着,前天又有十二名英國資深(大部份已不在其位)法律界

人士（當中包括若干人權律師）聯署公開信，認為判「雙學三子入獄違反及危害法治」，指斥律政司檢控的理由不符合《公民權利和政治權利國際公約》。此舉既是對有意探監的羅哲斯的支持，當然，更重要的是，向國際法律界指出香港法治已受嚴峻威脅、人身自由已無保障⋯⋯。義正詞嚴，你不能不同意。然而，香港人的人權「岌岌可危」，不自今日始，而是向來如此；從保障人權的角度，民主是人權的因、人權是民主的果，過往香港人的人權所以有保障，皆因英國有高度民主，才結出香港人人權受尊重的果；如今香港並無一人一票的真民主，香港人又怎會有民主國家人民享有的人權!?

因此，這些對港人一片好心、善意的政客和法律界人士，不論以甚麼形式表態，都無助於香港人權的改善。當然，根據《基本法・第三十九條》，港人享有的權利和自由「五十年不變」，但內地行的並非民主政制，加上奧斯汀法律服膺於強權的論說，意味北京說了（釋法）算數，香港民主路真的崎嶇難行！不過，少行（不是絕跡）民主路，民主派仍大有作為，惟前提是改為民生派，這方面有許多坦途可行。至於如何行，明天再說。

2017年10月17日

操控香港綽有餘力
主宰世局看美臉色

一、

　　「中共第十九次全國代表大會」昨天上午在北京人民大會堂「勝利閉幕」，「勝利」雖是濫調卻是事實，「實到」的黨代表及特邀代表共二千三百三十六人（缺席十八人）以「無記名投票方式」選出一百三十三名「十九屆中央紀律檢查委員會委員」，大會隨後批准「習近平同志代表十八屆中央委員會所作的報告」，再通過《中國共產黨章程（修正案）》的決議，把「習近平新時代中國特色社會主義思想同馬克思列寧主義、毛澤東思想、鄧小平理論、三個代表重要思想和科學發展觀一道，確立為中共的行動指南……」。不厭其詳縷述這些「舊聞」，是因為所有議案均獲全票通過，當習近平主席「總結」點票工作人員朗聲說出的「反對票，沒有」時，熒幕所見所聞，真有點詭異，惟此舉足顯中共大獲全勝，殆無疑義。如此全票通過，除了共產國家，便只有少數中東（如侯賽因當權時的伊拉克）及非洲獨

裁國家有此「能耐」。

　　寫到此處，筆者不期然記起美國杜克大學經濟學教授庫蘭多年前的《私人秘密、公共謊言──弄虛作假的社會後果》（Timur Kuran: *Private Truths, Public Lies-The Social Consequences of Preference Falsification*），當中指出羅馬尼亞獨裁者壽西斯古大權在握時，全國同聲，稱他為「偉大領袖」，把他捧上九重天；他於1989年12月倒台，皆因在時局動盪之際發表演說，台下最初有「幾乎無聞」的「反駁之聲」，惟此「噪音」迅速蔓延，成為席捲全場要求他落台的群眾怒吼！在發表是次演說後四天的25日，他（和夫人）便死在群眾手上⋯⋯。汲取了這種教訓，如今北京對異見分子的控制，可說達後無來者的驚人程度，這種種做法，正是秉承習近平的指導。

　　早在2012年的「宣傳思想工作會議」上，習氏便說「一個政權的瓦解，往往是從思想領域開始，政治動盪、政權更迭，可能在一夜之間發生，可是思想演化是個漫長過程，思想防線被攻破，其他防線就很難守護」。如此這般，北京在「十九大」會期內禁聚會、禁上訪、禁油站加油、禁發表「公開信」、禁任何特快速遞的郵件甚至禁買菜刀。中共以洪荒之力營造沒有反對的聲音，這是黨代表一致擁護習近平的「新時代」！

　　對網絡和意識形態的嚴密控制，反映中共的「底氣」不足，可是，它偏偏一再強調充滿自信，這豈不是

充滿矛盾嗎?自信的人和政黨,怎會害怕外人説三道
四,鄧小平不是説過「共產黨是罵不倒」嗎?顯見現在
的政情比鄧小平時期更需要全力維穩!不過,看不透中
共的施為,是正常而非反常,比如看習講話中縷述的政
經成就和領袖群倫的雄心壯志——如今美國特朗普威信
未立、俄國普京少有追隨者,確是習近平攀登世界領袖
的最適時機——中共又怎樣解釋至今不改國歌(《義勇
軍進行曲》)的歌詞。寫於40年代的歌詞與如今的國情
已完全不同。看「十九大」開幕式二千多名黨國精英神
情肅穆合唱「起來!不願做奴隸的人們」。真是啼笑皆
非。

二、

　　中國經濟的發展模式,雖然打出與西方國家不同的
旗號,但與60年代至新世紀初期的西德和日本差不多,
彼此都是生產超過本國需求(消費者購買力不足)的商
品,不得不從出口市場上賺取外匯(所謂「出口導向」
是也);中國在這方面具有優勢,因為有「過剩」勞工
(湧入城市的農民工)及薪津相對低廉;然而,這種客
觀條件已變,經濟興旺及人口政策令內地勞工市場趨於
緊張,而沿海城市薪津受供不應求扯高,迫使人力集約
行業不得不內遷或外移……大體而言,在中國未全面脱
貧及進入小康境界之前,長期高增長後經濟增長放緩,
是不可避免的趨勢。

當
2
0
1
7
年

習近平提出今後經濟發展重質輕量的策略，路向是對的；他強調中國的先進科技，特別是人工智能（AI）有長足進展，意味中國將從經濟學家所說的「唾手可得」（Low-hanging fruit）行業轉戰高端產業，亦是正確的決策。中國在新一代（5G）智能手機的開發上有重大進展，加上有一個龐大及購買力與日俱增的內需市場，中國在2025年前後成智能手機的世界「一哥」，應無懸念。

在經濟領域上，中國的優勢還有工人習慣長時間工作，美國著名科學家戴蒙狄斯（P. Diamandis）月前在一篇短文（見7月23日 linkin.com）指出，中國創業家的工作規矩是「九—九—六」，即上午九時工作至晚上九時且全週工作六天；他沒說美國矽谷的工作時數，只說中國人遠較美國人勤奮。同樣重要的是，自從特朗普上台對技術人員工作簽證（H-1B）諸多限制之後，中國成為最大受惠國，目前雖未見具體數據，但科技人才轉至工作環境和薪津都不錯的中國工作，蔚然成風。中國在科研上的投資，據「經合組織」（OECD）的數據，從2000年的四百一十億（美元·下同）急增至2014年的三千四百五十億（參考數據，同期美國從三千三百三十億增至四千三百三十億、日本從一千二百億增至一千五百九十億）……華為技術十七多萬員工中，有四成是「不事生產」的研究人員。如無政經意外，中國在「十四·五」（2021-2025）中取代美

國成為世界創新科技龍頭的可能性，不容抹殺。

三、

在經濟數據和豪情壯語之外，最令人關注的問題是，中國僅憑經濟力量便能躋身世界強國之林嗎？一如筆者較早前在這裏指出，主導包括經貿去向在內的世界大事，歸根結柢，是軍事力量，而目前和可見的將來，美國作為軍事霸主的地位，不易受挑戰，因此國際貿易規律，取決於美國的態度──這情況有如中國之於香港，對於有關香港諸般法例的最後話語權，有銀彈有炮彈的北京說了算數！

習近平保證至2050年，中國將建成世界級（World-class）的軍事力量，那等於承認現在以至二、三十年內，中國軍力未能與美國比肩……不過，以中國在科技上的突飛猛進，在未來任何時候研發出令美國人望而生畏的高端科技武器，可能不少，問題是現在仍沒有而已。

也許正是基於這種現實，中國才不會貿然直接挑戰與美國結盟的日本，自古以來便屬我國所有的釣魚島，遂無法收回。同理，雖然近來不斷有消息傳出中國會於明、後年武力收回台灣，這有為中共成立百年獻大禮之意（當然，習主席會因此功蓋鄧小平），但特朗普角逐2020年連任，為挽回、提高民望，不惜在遠東動武，深知美國（和日本）不可欺，台灣應可暫保平安。近月

當
2
0
1
7
年

台灣民眾既爭取政府改時區，以象徵與中國脫離從屬關係；又要當局立法禁止島內見五星紅旗。這種種訴求，即使最終無法成事，亦足以顯示北京出重手「管治」香港令台人離心日重的趨勢。

與日本和台灣的「地緣」不同，香港並無抗拒北京的本錢，這是筆者勸說民主派化身民生派即致力於監督政府更有效施政尤其是「做善事」的底因；在「一地兩檢」上，筆者認為米已快熟，泛民不如把精力集中於「防範『兩制』執行中國法律的疑慮之處減至最低」（8月19日作者專欄）……。筆者主張主動引入簡體字，亦本此意。筆者多年前多次正面評介文壇前輩容若先生論簡體字要不得的剖析，又豈有不知簡體字「破壞中國文化」之弊——漢英大詞典出版社出版、時任中共總書記江澤民題簽的《二十四史全譯》的編者亦知此弊，因此棄簡體而以繁體字印這套巨構——可是，便如國民教育一樣，在當前的政治形勢下，要來的必然會來，港人與其被動接受（最終只有接受一途），何如主動「爭取」!?

2017年10月25日

擴大圍堵中國範圍
北韓可能納入其中

一、

　　美國總統特朗普就任後首次亞洲行，於去週五（3日）啟程經夏威夷於週日（5日）抵達日本；今天訪南韓，稍作逗留，明天（8日，特朗普當選週年紀念日）便抵達北京，作為期（頭尾）三天「隆重版國事訪問」（State-visit Plus）；11至12日訪越南，出席「亞太經合組織」（APEC）論壇；13至14日訪菲律賓，出席東亞峰會（EAS），同時與來開此會的澳洲及紐西蘭總理會談。

　　訪問亞洲十二天，為美國歷屆總統時間最長的亞洲行，此行造訪五國，出席兩次地區性會議，可說十分忙碌，而重頭戲是訪問中國；特朗普啟程前亦即中共十九大閉幕後不數日，他稱習主席為中國皇帝（King of China），習近平也許心竊喜之，卻笑不出來，但特朗普在北京將會受到「超隆重」的款待，完全投合特朗普虛飾浮誇的低俗品味。北京刻意「招呼」特朗普，既有

「互搔背脊」之意，復有營造特朗普此行是「專誠」而非「順道」到訪的氣氛；為向美國示好，劉曉波夫人劉霞可能重現人間。由於貿易有互補性及隨行的企業巨頭甚眾，因此認為中、美將做成多元巨額交易的論者，不在少數，然而，亦有人指出，特朗普欲和中國打貿易戰之心未死，因此，所簽應以「諒解備忘錄」（MOUS）居多； 那即是說，在經貿上雙方都有所求，但各有盤算，且此中牽涉眾多非經濟因素，需要長期討價還價後才有結果。

特朗普和五國領袖的會議，應無意外亦無驚喜。南韓總統文在寅在特朗普抵埗前，公開否定美日韓會結成軍事聯盟，同時強調重視與美國的盟友關係及軍事合作之外，又指出「十分看重與中國的關係，對中國在聯合國制裁北韓的決議案上投下支持票，大為讚譽」。文在寅這種面面俱到的表態，恰如其分、恰到好處。事實上，美國在韓駐軍有增無已，韓國且購進美國最先進的薩德導彈，美國軍力已深植南韓，軍事結不結盟已無關宏旨；更重要的是，看近來的表現，展示了中國有意對南韓部署薩德的過分反應（「外電」說可能是習的近臣對薩德的性能作太誇張的描述有以致之）作出調適，因此有與南韓重修舊好的表現，對南韓企業在華生意逐步「解凍」，「限韓令」已有鬆綁跡象，那從中央電視台11月1日播出南韓平昌冬奧的籌備情況可見；更重要的是，部署薩德的代罪羊南韓的「樂天瑪特」（Lotte

Market）在被迫關店甚且考慮全面撤出內地後，前天突然宣佈決定在成都籌建新店⋯⋯在這種情形下，文在寅才會有上述不得罪任何一方的表演。

對於美國在亞洲最重要盟友日本，特朗普這回訪問，非常順利，熒幕所見，除了兩國「共同興趣」甚多，還有「太子女」接受日相安倍晉三之邀於2日（去週四）訪日，表面理由是在日本外交部主持的「國際婦女年會」上發表演說，實際上是以白宮顧問身份，作為特朗普的「特使」，和日相就若干敏感問題「交換最後意見」。

以圍堵中國為主軸的美日關係，即管有這樣那樣如貿赤問題要解決，建立在互相依賴上的雙邊友好關係「永固」，應可持續，特朗普稱「日本為美國最珍貴夥伴及最重要盟友」，便是顯例。看美國這次不惜冒犯中國，「善待」路過美國的台灣總統蔡英文，可知美國不會放棄——起碼在現階段——任何亞洲「盟友」。

二、

美媒近日指出美國已把過去的「亞太區」定位為「（自由和開放的）印（度洋）太（平洋）區」（free and open Indo-Pacific），此一新定位，據說特朗普將在訪越南時正式宣佈。未經證實的消息指出，新定位首次由日本外務省智囊提出，與美國國務院政策設計總監胡克（B. H. Hook）及國安會亞洲總監波天格（M.

Pottinger）多次磋商後達成的「新戰略」。日美專家一拍即合，皆因「高度重視」印度洋戰略地位，為美國海軍之父、海權權威馬漢（A. T. Mahan, 1840-1914）的重要主張，而馬漢的著作特別是有關制海權（海權論）的論述，影響了數代日本軍事學家……9月下旬，日相安倍訪問印度，向印度總理莫迪提出「印太區」意念，後者「深深信服、完全同意」。此新定位遂成為美國亞洲策略的主要元素。

「印太區」包括的範圍，比「亞太區」更廣泛，以印度洋沿岸包括亞洲、非洲、大洋洲諸國以至部份南極洲……美國介入印太區事務，意味美國勢力的擴張，亦體現特朗普說在他領導下「美國處於歷史最強局面」，並非「假大空」！大體來說，「印太區」的新定位，等於說被招納網羅入美國圍堵中國的印度洋和太平洋周邊國家將大幅增加。日美的新策略若竟全功，中國在「一帶一路」的開拓工作，將面臨更多挑戰。

去月底本已十分緊張的朝鮮半島，因為北韓既揚言可能在太平洋上空進行「空前」的氫彈試爆，又突然在國內大城市「演習疏散似備戰」，大有熱戰一觸即發之勢。回應這些挑釁，美國國防部長馬蒂斯在應國會要求對突襲北韓會有甚麼後果的報告中，指出美國有能力從地面進攻摧毀北韓全部核設施，在最初數天（The first several days）北韓死亡人數將達三十餘萬——如果要出動核武器，「後果不堪設想」。在這種背景下，特朗普

開啟亞洲行,不少論者的看法遂認為美國總統的目的在為攻擊北韓做最後游說工作。

筆者不認同上述的推斷,因為一旦對北韓開戰,不管是否動用核武,只要北韓的核武設施被毀,致命的核擴散便會影響其近鄰中國、南韓、日本甚至台灣,當中大多數是美國的「死忠」,她們條陳利害,美國便會「動口不動手」。雖然特朗普從競選到上任後,多次指出不會和北韓「和談」,因為過去二三十年所作的努力,終歸徒然;這種言論,強化了美國會突襲北韓的可能性。然而,國家領導人尤其是外交人員的其中一項任務,便是為國家利益對外説謊,特朗普之言可作如是觀。筆者相信美國和北韓已進行秘密談判,本月2日《信報》國際版一則短訊,便指「美國對朝(北韓)談判代表尹汝尚(Joseph Yun)與北韓駐聯合國代表團一直有溝通⋯⋯」美國「收買」北韓,使之成為圍堵中國的一隻棋子,這種看法,看似荒唐,看深一層,不無道理。眾所周知,在「中朝友誼萬歲」的表象下,中國與北韓矛盾重重,從金日成開始,北韓便憂懼北京會推倒金氏王朝、扶植聽北京的話辦事的傀儡,因此對北京處處設防⋯⋯,金正恩甫上台便鐵腕鏟除與北京有聯繫的「親信」,可見當時北京在北韓做了不少滲透工作而金正恩果斷殘暴勝乃父。

美國不願朝鮮半島統一(理由見8月30日作者專欄),因此不會「消滅」北韓政權——北韓被摧毀,接

下去的便是南韓統一朝鮮半島──一個統一的韓國，投入中國懷抱以圖經濟利益的可能性大於一切，這對中國和韓國都有利，對美國藉圍堵中國以保住在「印太區」政經利益，非常不利。一句話，不論哪個政黨執政，美國為本身長遠利益，都不會促成南北韓的統一！

　　北京和平壤交惡，近月已半公開，那從金正恩數度對中國「言出不遜」上充份反映。事實上，中國和南韓交往日趨密切以至中國於聯合國經濟制裁北韓上投贊成票及北京不斷高調主張朝鮮半島非核化（即北韓不可進行核試驗），北韓怎會視中國為盟友遑論靠山。在這種情形下，只要美國通過秘密渠道讓金正恩相信金氏王朝不會被推翻，北韓在美國圍堵中國上盡一分「綿力」，不是天方夜譚！

2017年11月7日

中美利加陰霾密佈
內鬥加劇外交多變

一、

　　特朗普十三天亞洲五國兩會行，今天結束；此行的「重中之重」當然是中國，有關的新聞顯示，美國總統受到「皇帝式的招待」，崔天凱大使所說的「隆重版國事訪問」，便是如此。在國家主席習近平和特朗普的「見證」下，雙方簽署了總值二千五百三十五億美元（參考數據，香港去年GDP約三千二百億美元）的「商業協議」，在北韓問題上又達成了以「外交途徑」解決的共識，因此，不少論者認為，特朗普此行收穫甚豐，「中美利加」之局未破。

　　事實並不如此簡單。

　　中美所簽約二萬億港元的「商業協議」，不過是沒有約束力的「諒解備忘錄」（MOUS），表示雙方有做成交易的意願，能否成事，則有待日後「討價還價」；以目前的政治氣候，當然成功的機會不低，惟過程將很艱巨，不難預期。筆者絕非看淡「中美利加」的前景，

而是特朗普在越南時的發言,除指出他希望美國的貿易對手要像美國一樣進行公平交易即不會欺詐對手之外,還說主導投資事項的,應該是私企而非「計劃經濟制訂者」(Not Government Planner),其矛頭何所指,還用畫出腸乎?!非常明顯,特朗普言外之意是指中國過去在經貿上佔盡美國便宜,而中國政府在幕後操盤,是形成中美貿易極度不平衡的主因!特朗普既然如此公開表態,説「中美利加」這條路不好走,自然不是遠離現實。

中美貿易路線(策略)出現分歧,早於去年9月上旬的「二十國集團杭州峰會」表露無遺;中國視此一國際性會議為中國帶引世界推動自由貿易的「誓師大會」;在11日「亞太經合組織非正式會議」上,習主席以《攜手譜寫亞太合作共贏新篇章》為題的演說,不正是「杭州峰會」的伸延?「杭州峰會」結束後,筆者指自由貿易之路崎嶇難行(有關數文收《狂人登龍》),如今看來,中美在經貿上互相角力已無可避免。一句話,中國決意在她的領導下,通過「世貿組織」(WTO)的協議,促進各國互通有無、寬免和減低關稅的自由貿易,但是美國認為某些貿易大國沒有恪守相關協議的內容,令美國受到世貿組織不公平對待(Not Been Treated Fairly),「一些國家」通過國營企業(計劃經濟主要肌體),運用其不計成本的產物進行傾銷、貨幣匯價操控等掠奪性手段,摧毀美國各業,

「令美國等國工人失業、工廠倒閉」。特朗普說得這樣露骨，還有人認為特朗普國事訪問後中美關係會大好？真是咄咄怪事！

不過，說中美共同利益雖多（北韓問題稍後再談）卻無法重歸於好，重溫舊夢，不等於說中國會面對不可克服的困難，相反地，筆者認為中國經濟會持續前行，目前西方傳媒揭示的諸種困難，尤其是債務過重的問題，以當今中央政府掌握經濟資源之豐及政治權力之集中，加上民間儲蓄極富，一定有海外論者意想不到的辦法解決（日後要付多大代價是未來的事）；在債務雖多卻「不成問題」的條件下，中國科技上的突破，據麥健時環球研究所（McKinsey Global Institute）及iResearch in China的看法，在多個領域上已執世界牛耳，創造了驚人的經濟利益；加上「一帶一路」的拓展，中國經濟前景必能百尺竿頭更進一步。投資家羅傑斯說有中央政府的「關懷」，在內地重點企業上投資，不會令人失望，是沒說錯的。

二、

中國之外，特朗普此行還訪問日本、南韓、越南和菲律賓，當然「各有各忙」，她們和美國都有許多問題有待確定或解決，看情形進展似乎不錯。不過，筆者認為特朗普於菲律賓達成的政治成果極為重要，此非指美菲關係有突破，而是特朗普鞏固了和日本、澳洲及印度

的軍事和戰略關係，那便是針對中國亦可說是遏制中國的所謂「印（度洋）太（平洋）四邊關係」，這對中國無疑是一次雖乏殺傷力卻成國力外張的打擊。

　　整整十年前，美國已有組成「四邊安全對話」（Quadrilateral Security Dialogue）的提法，只因澳洲「受中國壓力」退出而不成事（澳洲前駐北京大使現任一家設於北京顧問公司總裁的G. Raby已於《環球時報》撰文反對）；這十年間，中國全方位崛起了，且經常發出與人為善的睦鄰政策，但實際上「大國氣勢浮現」，李光耀點出的君臨天下睥睨群小的自大（太自信的必然後果），令國力有所不及的國家怕得要死，最後只好重投美帝懷抱。亞洲行前，特朗普訪菲與總統杜特爾特「會談」後便打道歸國，最後改變行程，與日、澳、印領袖會談，便是為「四邊關係」打氣。換句話說，防範財大氣粗的中國軍事崛興後可能威脅政治意識迥異的印太周邊諸國的國家安全，美國這名「老大」一招手，日澳印便馬上「歸隊」！

　　要全面議論特朗普亞洲行，有待讀他回華盛頓後「將透過白宮發表」的「重要聲明」，相信特朗普有話要說，不然不會在馬尼拉便於推特發文。無論如何，筆者認為比起全權在握的習近平，特朗普面對重重管治風險，很難作出石破天驚的決策。這些「風險」，舉其犖犖大者有二。其一是10月上旬謠傳國務卿蒂勒森罵他「白癡」引起茶杯風波後，有消息指出蒂勒森、國防部

長馬蒂斯和財政部長努欽，彼此有默契，達成「自殺協定」（Suicide Pact），即當中一人「被炒」，其餘二人馬上辭職。看特朗普陰晴未定的個性，這三位各在本業大有成就的幹才有「攻守同盟」之意，不足為怪；這將令特朗普難抒己意。其一是共和黨眾議員柯卡（B. Corker）剛剛宣佈會召開「聆訊會」（Hearing），檢討應如何規範總統使用核武器的權力（在這方面，總統一言為天下法；筆者和沈旭暉教授均曾作解釋），究竟這會否刺激特朗普爭取時間「撤掣」發動核戰還是靜待國會的新決定，現在沒人說得準；可以看透的是，美國政壇高層「內鬥」加劇，大增外交有突變的可能性！

2017年11月15日

陳詞無慷慨　盛氣露猙獰

一、

　　去週香港「政壇」鬧哄哄，以「北大人」李飛、饒戈平以至長駐香港的王振民就港事發言，貫徹習近平主席十九大講話中強調要全面、牢牢管治香港的政策，他們無論在解釋《基本法》或要香港加速為「二十三條」立法上，盡顯北京「重新把香港納入國家治理體系的新發展、新定位」的決心。對於香港「亂局」，京官認為那是「管治不嚴」有以致之。為了「堅持『一國兩制』和推進祖國統一」，從今而後，要嚴厲治港！

　　京官的相關言文，引起此間政壇中人和評論者強力回應，這些覆蓋不同冷熱媒體的言論絕對言之有物，把京官的說詞批得體無完膚。然而，京官有強力國家機器為後盾，令「辯斥」內容發揮不了任何意義。

　　普通港人已經意會「北大人」此來，不是以理服人，而是來宣讀威權沖天的習主席的「治港聖旨」，李飛主任恍似欽差大臣的架勢，開壇說法，以祈懾服。老實說，此時此地，京官來頭愈來愈小，場面卻愈搞愈大，但是要啟導或訓示港人的政治愚蒙，卻不能只靠來

來去去幾句陳腔濫調,而是要有扎實的內容才能辦到;可惜京官昧於港情,視港人如白癡,片面八股的「京料理」,港人實在吞不下嚥!

這次大量港人即場恭聽李飛講話,可說是刻畫香港「今時不同往日」的「盛事」!不少港人對此舉的感受,一方面是黨習氣濃烈,二是他們對香港民情一竅不通。「北大人」演說的鋪陳、充滿黨八股的依法說法而不得其法,完全沒有說服力。筆者不是說京官力有未逮,而是他們目中沒有港人,把那本曾有京官說過難懂的天書「香港」,全然拋諸腦後,改以天子降旨的威嚴態度,照本宣科,港人明白的固然要聽,聽不明白的亦要作首領教狀。其實,「北大人」此行,意在重申框框條條,要港人規行矩步,按京官的解釋過日子,實際是啟動全面箝制港人的思想自由,包括解讀《基本法》的自由。更荒謬的是,京官屢說港人對落實《基本法》有關選舉過程的訴求是「多事」是「政治化」,其不想港人過問與切身政治權利有關事務之意甚明!然而,京官來港宣讀牢牢管治香港之旨,不正是把香港問題政治化至所有階層和老中青的極致!?

二、

香港受外族管治百多年,英國朝野高高在上,可是期間倫敦何曾派過一名政客或公僕來這裏公開「訓示、指導」香港人?李飛來港「張揚」中央的治港理念,要

是表現足以服人，有理有節兼富啟發性，令港人能有減少困惑的思想出路，那麼其虛張聲勢，和並無必要的勞師動眾，還是可以接受的。可惜李氏說詞太弱，內容如向港人硬銷內地法律已涵蓋香港，港人不得「妄議」、不准亂闖禁區⋯⋯惹人生厭的嘮叨，把這場表演的意義淪為弱肉強食的動物世界，群獸以諸種方法——如以軀體摩擦岩石草叢樹皮留下「體臭」，或更常見的是在其視為專屬活動範圍（Home Range）大小二便、留下穢氣體味以宣示主權，令非我群族的野獸不敢闖入；如此蹩腳的「指點江山」，與以野獸在自定「範圍」撒泡尿的宣示主權何異⋯⋯！

　　不過，人是人，不能與「非人動物（Nonhuman Animal）」的行為相提並論。一般人雖然認識北京「威猛」，然而，願意冒險犯難、以草擬《基本法》初心駁斥京官者，亦不乏其人，那些明知不可為而為之的「勇敢的蠢材」們，仍然聽到群眾喝彩之聲，足以反映許多人受不了京派的大言不慚、強詞奪理和不接香港「地氣」的「法理」。香港來一個梁家傑的三言兩語，清晰扼要、令人心折；其闖入獸味濃烈的「禁區」，膽識勇氣，令人起敬⋯⋯。京派大員來港宣旨的反應甚劣，可是形勢比人強（又是那句老話）！由於北京今時今日有銀彈有子彈，因此法律亦向其傾斜。筆者近日數度在這裏指出，奧斯丁的「實在法」雖然遭受學界的駁斥、排拒（見2015年4月12日「北大法律信息網」的〈約翰・

奧斯丁法哲學再探〉），但「主權者」（在奧斯丁時代，指的是國王和二院〔上下議院〕）對法律有最後解釋權的事實不變。上帝和僱主的「一般性命令」，有選擇自由的信徒和員工有聽從或不聽從的自由，但「主權者」槍桿子在手，缺乏自由意志的子民包括法律界人士，誰敢不從!?然而，不從的人，如今日骨子裏流着自由血液的香港人，數之不盡，惟欲赤手空拳面對胡椒噴霧器、警棍以至槍炮，結果早已寫在牆上！

三、

　　在睦鄰難收成效、台灣愈走愈遠以至自古便是我國領土的釣魚島落入日人之手，已全方位崛興並充滿自信的中國，大感不是味兒，彰彰明甚；在這種權威難伸國力無法「近播」的情形下，其欲將早成囊中物的香港「把玩」得服服貼貼的情意結，與時俱進。然而，由於香港仍有一絲利用價值，北京貫徹香港政策的時候，便不得不稍稍照顧港人的感受。此次李飛主任蒞港「訓話」，是香港過去從未發生過的「政治事件」；過往百數十年，何時曾見港官港商以至學生排排坐聽「長官訓示」的場景！另一方面，北京說香港社會不和諧是過去「管治不嚴」之故，但香港向受「無形之手」指引，且殖民者有法少用甚且不用（巨細無遺立法目的是所謂「有備無患」是也），可說制訂一套要人人遵守的制度後，便撒手不管，何曾有過管治「嚴」或「不嚴」的問

題？北京只要信守承諾，踏實地按照《基本法》辦事，香港自然「大治」。

挾風雷而至的京官，由於採取香港前所未見的「訓話」形式卻乏汪洋捭闔令人折服的言詞，別說無法服人，那些向來惟京意是尚者的反應亦予人以嘴巴唯唯諾諾、內心卻不服氣的印象。這是若干親京分子「二次創作」李飛說詞鬧出笑話或更令人感到強詞奪理的底因。香港有種種先天性缺陷，令人很易在權力與金錢之前忍讓，但在牽連港人政經前景的是非進退上，社會的困惑與不安，大家需要就《基本法》作出合理、公正的解釋。

京港來一場辯論《基本法》的公開論壇，一定會比京派大員的「曲高和寡」更為切實和適當！

2017年11月21日

林行止作品

股市牛氣寬鬆起
貿易戰開罪自由

一、

　　雖然幾個主要的證券市場牛氣沖天，卻仍然掩蓋不住亞洲政治前景極不明朗的現實；股市氣勢如虹、虎虎生風，只能說明長年量化寬鬆已有「熱錢」氾濫缺乏正當出路的後遺症（也許樓價升完可以再升的理由可於此中尋）。美韓空前盛大的「軍演」、美日「合謀」設計的「印太聯盟」，向中國示威的用心，路人皆見。特朗普訪問北京後，在一片樂觀聲中，細讀特朗普的有關談話，筆者認為「中美利加陰霾密佈」，證諸昨天《信報》金融版頭條新聞，筆者總算沒走眼；昨天這項消息引述《華爾街日報》獨家報道，舉出不少事實，稱特朗普「訪京笑裏藏刀，拒收中方大禮──美對華貿易制裁明春拍板」，可見「中美利加」已起質變，會否一拍兩散，明年便有分曉。

　　眾所期盼，中美合作共創財富，世界和平、經濟繁榮可期；然而，由於政治體制南轅北轍、價值判斷雲泥

之別,加上文化差距、宗教迥異(近日內地有比拆教堂十字架更進一步之舉,那是官員上門以習近平肖像取代耶穌畫像),說到底,唯物與唯心不易共存!如果雙方公平交易,經濟真正互通有無,看在錢銀及和氣生財份上,中美友誼長存,不算苛求;其奈特朗普政府多次直斥中國在經貿上「嘗試欺騙美國」及採取「不公平貿易手法」,令過去多年美國吃了大虧。特朗普所說不一定有理有據,但美國政府也下定決心──不惜放棄自由貿易而受舉世責難──向中國討回公道。這正是筆者認為中美前景不明朗、貿易戰一觸即發的原因。

二、

　　經貿上特朗普必有不利中國的「新猷」,政治上亦步步進逼,「亞太」提升至「印太」,在筆者看來,是擴大圍堵中國的包圍圈,是戰略上的「升呢(級)」;而美國懲戒北韓的手法,層出不窮,種種經濟封鎖、禁運之外,昨天還冠之以「支持恐怖主義國」之惡名,這是美國要「強而有力地制裁與施壓,促使北韓重返無核化道路」的嚴厲舉措。顯而易見,在對付「人神共憤」的邪惡北韓政權上,北京若不隨美樂起舞,等於說中國沒有為朝鮮半島無核化盡心盡力管束北韓,那便有負特朗普對中國的殷殷「付託」;如果北京翻臉不認人,與美國同調,真‧制裁北韓,則有促使北韓投入美國懷抱的可能。筆者認同美國絕不願見朝鮮半島統一之說,因

為不論是南北韓和平統一，抑或把北韓炸個稀巴爛後由南韓北上收拾殘局並把之「收歸國有」，都對美國沒有好處，以一個統一的韓國，靠攏中國換取經濟利益的機率最大。這種轉化，等於説美國失去了一個牽制中國的據點，美國又怎會讓其發生。當前美國最忌崛興的中國要和她「分治天下」，因為那意味她在亞洲政經勢力的萎縮甚至消逝！

在這種情形下，美國會想盡辦法令朝鮮半島保持現狀，對美國最有利的形勢是，南北韓軍事上保持對峙甚至緊張（如此才有利美國武器的銷售），但政治上直接間接與美國保持密切關係。目前美國和北韓不共戴天，但底下兩國也許已有接觸，除傳美國已和北韓談判代表尹汝尚有秘密交易（11月7日作者專欄），讀一本新書（《間諜之王》〔B. Harden: *King of Spies...*〕）的書評，方知潛伏朝鮮半島十一年、受知於李承晚總統和麥克阿瑟將軍的美國間諜尼哥斯（D. Nichols，空軍少校），對韓戰起關鍵性作用……美國間諜無處不在，無孔不入，金正恩也許已被「感化」也説不定。「小肥金」今年才33歲，以常理度之，還有四五十年壽命，真是前途不可限量。因此，與其終年提心吊膽活在不知北京會否設法換上一個唯唯諾諾的傀儡取代其地位的陰影中，何如投靠美國，只要甘於被其利用，便可換取金氏皇朝「國祚永昌」!?當然，美國是「更換政權」的斲輪老手，即使投靠美國，金正恩亦難安於位。不過，只要

他能發揮牽制北京的作用,其權位便可保,因此不要低估金正恩被美國收買的可能性。

三、

如果上述的推論不致遠離事實,那意味所有有關美國已做好在朝鮮半島打一場核戰部署的消息(出自特朗普的「推特」),都是虛張聲勢。然而,說美國就此打消打核戰的念頭,亦過於武斷且不符政客必作多手準備的常態。

關於美國兩名眾議員在國會召開應否約束、削減總統動用核武權力的「聽證」(11月15日作者專欄),似已不了了之,因為核彈發射,真的是寫時遲那時快,不管主動攻擊或被動還擊,都可於最多不超過半小時內完成任務、「抵達世界上任何目的地」,這樣於瞬間決定國家命運的決策,又怎能費時失事地由指定的官員會商更勿論經國會審批了……;至於那位說如特朗普「非法下令」核攻擊,他會抗命的美國戰略司令部(專責監督核武使用)司令海登(J. Hyten),看似是不畏權勢的正氣軍官,但特朗普怎會不按章辦事下達「非法命令」,因此,說了等於沒說……。無論如何,美核的「發動權」仍緊緊掌握在總統一人之手。

這些年來,美國武力宇宙最強,雖然是「世界公認」或美國自誇,卻是不爭的事實;不過,如今的情況似已起微妙變化,那是俄羅斯和中國在研發高超音速

（Hypersonics）核導上，已有稍勝美國的重大突破。消息指出俄羅斯將於明年部署高超音速導彈，而中國在這方面亦有令人另眼相看的發展。俄羅斯已成功開發超音速六倍（Mach6）射程四百公里的導彈（英國最新航母配備的反導彈發射器只能截獲超音速三倍的「飛行器」），據說還正在試驗超音速十五倍的導彈……；中國則在「高超音速飛行器」（HGV）即把「人工智能植入導彈系統」上大有所成，而且早於2015年已成功研發超音速七倍的「超音速燃燒衝壓式噴射機」，目前正試驗超音速八倍的導彈攔截器……。美國在這方面當然亦有所成，不過，有關武備要到2020年以後才能投入服務。美國自恃武功高強，在研究高超音速導彈上毫不著緊，看財政預算中的有關撥款，不外數千萬以至數億（不足三億），要急起直追，還須作更多努力。在這種形勢下，美國權力中心有人主張於中俄在高超音速導彈未真正成熟前，先下手為強，把中俄的氣焰壓下去，這種主張在國會山莊頗有市場。不必諱言，如此趨勢，大增核戰隨時爆發的風險！

　　何時會爆發貿易戰或核戰，沒人說得準，然而，在這種不安定不明朗的盲動下，股市樓市以至金市均熱火朝天，大炒特炒，挑戰地心吸力，真是未之前見的新景象。

2017年11月22日

當
2
0
1
7
年

拖垮反對黨派不難
北京要顯恩威不易

一、

　　立法會行政管理委員會（「行管會」）終於向被褫奪議員身份的四名前議員追討一共千多萬薪津，對於此事，昨天《信報》「金針集」的題目，一針見血、一矢中的：〈當（被）DQ議員遇上無良僱主〉，顧題思義，若非把持立法會的議員「無良」，這數名在職時盡心盡力做好份內工作的民選議員，是不會被追討任內領取的薪金和津貼的⋯⋯由於此事尚未上法庭，媒體仍有議論的空間，昨天所見，鋪天蓋地的評論，正反都有，但以此舉是「赤裸裸政治打壓」之說佔上風！

　　最近翻閱有關英國法學家奧斯丁學說的舊作（1990年3月19日，收《利字當頭》），益信法律最終必會向權力靠攏。奧斯丁指出，國內法所以有強制力，令人民規行矩步，並非人民都有守法的道德，而是在於政府有足以強制人民守法的機制（和令機制有效運作的）力量。奧斯丁學說雖然備受批評，有一段不短時期且在英

國法律圈消失,可是,你能説上述這點扼要中肯的論述不符實情嗎?答案當然是否定的。法律看似為普羅百姓伸張「正義」,而當「正義」與當權者利益有矛盾現衝突時,「正義」便得靠邊站。正因為如此,才有「外聘大狀(訴訟律師)」主張向被DQ四議員「追討已領取的每人約三百萬元津薪」。

在這種等同政治凌駕法律的氛圍下,筆者相信「被DQ四子」雖然處於極度荒唐荒謬的「有工開冇(無)糧出」境況,常情公理俱站在他們一邊,可是,最後他們仍得付出這樣那樣的代價!不説道理或法理,和大多數港人一樣,筆者知道的是北京要全面牢牢地管治香港,以其槍桿子在手,「被DQ四子」和他們的辯護士,必然有理説不清⋯⋯。説到底,全面掌控香港管治權的北京,便是要「反建制」的各色人等、尤其是各級議員,嘗苦頭、付代價,以收「以儆效尤」之效。換句話説,北京欲循此間的法律體制,以絕不手軟的手法,令反對派為不符港人自由意志的事噤聲、袖手,做聽話受教的乖乖牌。如此這般,萬聲同調的「社會和諧」便可達致。

循此思路,「DQ四子」的鬧劇稍後也許會鬧上法庭,那是立法會以公帑(納税人的錢)和必須自掏腰包(或「眾籌」?!)的被告對簿公堂,如果還有「上訴」環節,後者在財政上便會被拖垮(有人已做好「被破產」的心理準備)⋯⋯;這種新加坡政府慣用打擊反對

派異己分子手段，如今已在回歸二十年後的香港上演。不過，香港畢竟是個真正國際城市，且因為被北京指派扮演「一帶一路」的「超級聯絡人」角色，既在國際視野之內，且對國策的推展可起一定作用，因此不宜橫加打壓。看在香港對國家尚有一點利用價值份上，也許，北京在展示可以「依法」強力收拾反對派、已令市民「親炙」北京的威權後，會以寬容懷柔的手法平息事件。這對內地和香港，未始不是有積極意義的好事！

二、

事到如今，仍對北京存一線希望，筆者是否太「奈伊芙」（Naive）？筆者的想法也許太簡單太天真，但希望不至於遠離現實。前不久，網媒《852郵報》（post852.com）和《立場新聞》（thestandnews.com），均有中資在香港大舉投資的報道，尤其是前者的「買起香港」系列，縷列「紅色資本」在香港的影響「早已不只在投地、收購物業及港資公司的層面」，連媒體亦在收購之列……。

在已成囊中物的香港作廣泛投資，說來與中共過往的做法已迥然有異。解放期初，老共巧立名目，發起一個又一個「運動」，便把私企私產據為「共」有（國有化），而即使香港現在仍有「兩制」這張畫皮，中資亦可人為製造一場市場風暴，然後低價擇肥而噬，犯不着在高價市場「搶貨」……。此時此刻，私企國企在香港

投資，筆者以為動機有二。首先當然是看好有關行業的市道和前景（當然亦有印「公仔紙」〔股票〕購實物的投資智慧及「洗錢」的計謀）；更重要的是，展示中共不會掠奪強搶私人資財，而是本着市場哲學公平公道做生意。

說到底，中資在香港投資，主要目的在以真金白銀向香港人發出清晰的信號，只要香港人不事事與北京反其道而行、不製造麻煩、杜絕一切不切實際的政治幻想（特別是自決遑論獨立），做中國順民（「激進」分子請別跳腳，英殖時期港人不大都是英國順民!?），則香港的賺錢謀生機會依然存在。對有政治抱負的人來說，當然不會滿足於這種「安排」，但是對人生目的主要在賺錢和生活優裕的偷夫俗子（香港多的是），只要北京不亮槍露劍，不明火打劫、不強詞奪理且在香港百業投下巨資，相信很多人慢慢便向現實妥協，做個不談政治但求安居樂業的「順民」！

當然，香港的「反對派」不易被「改造」，因為北京無法以理服人，一切出之以高壓手段，有自由意志的人又怎會心悅誠服……。不過，港人領教過逆京意的「反建制」要付一定經濟甚至政治代價之後，考慮本身的「機會成本」，起而反抗京意的人必相應減少；「雨傘運動」後反政府活動已不成氣候、氣勢式微，便是殘酷現實的反映。這種微妙變化，一方面固然是有「機會成本」的考慮；一方面則可能是更多人了解到法律不是

為普羅百姓更非為反政府的人而設，而是維護統治階層即建制的工具。港人過去所以對法律有崇高的「幻想」，則是受最資深訴訟律師李柱銘的「誤導」——以為不問收費無償為百姓伸張正義、討回公道，是訴訟律師的「天職」。其實，李柱銘是訴訟律師中的稀有品種！

在這種大環境下，筆者希望北京於有效展示其對香港有絕對全面管治權之後，基於全盤考慮，不要把「被DQ四子」趕盡殺絕，他們畢竟曾是港人一人一票選出的代議士，經過判社會服務令、判坐牢和追討津薪的連環打擊，已知天威難犯、京意難違！希望北京從輕發落這些人。

但願這不是筆者「一廂情願」的想法。

2017年11月29日

營造危局促銷軍火
捧出數字掣肘中國

一、

不聽從中俄「勸喻」、不理會北韓「警告」，美國和南韓如期於昨天開始、在日本海上空、舉行有史以來最大規模、為期五天的兩國聯合空中演習；定名「保持最高警戒」（Vigilant ACE）的演習*，目的在於防範北韓導彈和核武突襲引爆的戰爭。

從表象看，北韓頻頻「試射」導彈，展示「肌肉」，又口出惡言，怒斥美國南韓此舉是對北韓的全面挑釁，是特朗普發動核戰的先兆；美國亦擺出一副不惜發動核戰對付北韓的架勢。而那位違背總統不再與北韓進行外交對話指示而仍然致力於尋求外交手段解決問題的國務卿蒂勒森，則傳出將於年底掛冠（如何了斷，稍後再談）。

所有種種，突顯美國戰意甚濃，有關各國設法使之無核化的朝鮮半島，短期內隨時會為「核子雲」覆蓋。

不過，筆者不作此想，並非有意標奇立異，而是堅

信「如無意外」，美國不會一舉把北韓炸成虀粉，因為一統後的韓國，受地緣政治及經濟誘因這雙有形之手的「指引」，肯定會投進北京懷抱，那等於美國在戰場上大獲全勝後，反而失去一個圍堵中國的重要據點，而圍堵中國是美國不會放棄的策略。有這種考慮，美國人又怎會冒發動核戰的惡名，做此有違國策之事!?當然，朝鮮半島局勢亦可能有「意外」，比如特朗普因「通番」或干預司法公正被彈劾（迄今為止，可能性不大），為「轉移視線」及令彈劾無疾而終，美國便可能導演一齣因為北韓「核意外」引爆的熱戰！

對於美國財閥特別是主宰華盛頓國會山莊政治（共和黨及民主黨一視同仁）的「軍事—工業集團（綜〔複〕合體）」（Military-Industrial Complex）來說，當前「美朝互挑釁東北亞高危」的局勢，正中下懷，因為局勢如斯惡劣，大戰有一觸即發之勢，佔世界過半軍火市場的美國軍事工業，生意興隆，不在話下；事實上，不僅海外訂單源源而至，美國本土需求亦急增，一個最明顯的例子是，雖然不少軍事論者對北韓最近「成功試射」的洲際彈道導彈「火星十五」，並無好評，不當一回事；然而，五角大樓認真應付，視北韓對美國真的有「核威脅」。國安顧問麥克馬斯特（H. R. McMaster）大讚北韓試射導彈及核爆「一次比一次進步」，因此軍方要求增撥經費，添購「薩德反導彈系統」；共和黨參議員格拉漢（Lindsey Graham）更煞有

介事，公開建議目前高危，正是把駐南韓美軍家眷撤回美國的時候。政要營造緊張氣氛，誰人得益⋯⋯美國軍工企業股票價格「升勢可人」，誰在當前的局勢中受惠，還用說嗎？

東北亞局勢錯綜複雜，加上特朗普家族有大麻煩（有難）？甚麼意外都可能發生；不過，高危局勢若不引爆，美國財閥便可坐地分肥，發戰鼓頻催戰火欲燃未燃之財！

二、

不管歐盟會否追隨美國「反對中國獲市場經濟地位」，由美國主導的一場貿易戰，看情形快於中美之間爆發。《信報》2日有段短訊，透露中美的「經濟對話」已全面停頓，此事顯然是美國採取主動，其「片面之詞」是「中國並沒有朝市場導向之路前進」，那意味道不同不相為謀，相關的談判遂中止！

按「常理」，根據《中國加入世貿組織議定書》第十五條規定，中國「入會」十五年後，世貿便自動賦予其市場經濟的地位，使她成員國之間的進出口關稅全面取消。以中國來說，她於2001年12月加入世貿，去年底已屆滿十五年，可是，美國以中國市場不全然自由為由，打破常規，建議世貿不給中國以「市場經濟的地位」，中國的出口貨在美國（及其他持同一看法的國家）仍會被課以不同名目的關稅。

美國對中國的敵意，雖然不可能在貿易上「置中國於死地」，但必然會為她製造不少不易紓解的困難。

特朗普初會習近平，便交給後者一個大難題，他要他「說服」北韓放棄核武，以交換美中的「自由貿易」；七八個月下來，北韓在黷武上可說變本加厲，美國因而有了向中國進行貿易戰的口實。眾所周知，自從去年二十國集團的杭州峰會，中國有在貿易上取代美國國際領軍地位的雄圖，彰彰在人耳目，其主要亦可說是唯一障礙，為欲走回頭路行保護主義（雙邊而非多邊貿易）的美國。美國認為當前的貿易政策尤其是對華貿易，對其不利，那從去年美國對華貿易錄得近三千五百億元（美元‧下同）逆差（貿赤）可見；事實上，貿赤中的大部份成為對華貿易美企的盈利，但特朗普那班極右貿易官員和顧問，罔顧經濟現實，只求達致「貿易平衡」，這種只看統計數據而不深究數字背後意義的「分析」，是要不得的「統計迷信主義」（Statistical fetishism），既稱「迷信」，便有不科學的盲點。這點普通常識，美國當局不可能不了解，但美國在貿易上走回頭路的目的，在扶助國內的末日行業（如煤礦），復在打壓中國的崛興。迷信不迷信便不重要。

中國當然不是省油的燈，她有「自由貿易自信」，固不待言。以當前的情勢，不追隨美國貿易政策的，必大有國在（歐盟已有此意，若落實，將促致美國與歐盟進一步的分歧；脫歐的英國會否放棄來自中國的經濟利

益與美國並肩抵制中國,大家不妨留意),那意味世貿組織將因美國獨行其「是」,各自為政,從而失卻應有的功能,國際貿易將因此陷入亂局。然而,中國外貿所受的打擊,將不致太嚴重;中國外貿會繼續興旺,以經貿對象主要是來自「一帶一路」沿途的六十四國。中國計劃在這些國家投入一萬億元(參考數據,1948年援歐六國的「馬歇爾計劃」總資金一百三十億元,約合現值一千五百億元),中國的投入是否有「成本效益」,姑且勿論(領導人説有便有,不知內情的外人不得「妄議」),惟這些「受惠國」與中國間互通有無的「自由貿易」必然大躍進。

中國現在有的是金錢,看勢頭還會不斷膨脹,加上要拓展六十多個新市場,短期內是不會被美帝難倒的。

2017年12月5日

---

* 美韓軍機演習 規模最大　北韓上週再度試射長程彈道導彈後,美國與南韓昨天展開為期五天、代號「警戒王牌」的年度聯合軍事演習。今次演習共出動超過二百三十架軍機,其中包括美軍六架最先進的F-22隱形戰機及六架F-35A隱形戰機,規模為歷來最大。對於北韓在演習前譴責今次軍演,南韓統一部發言人昨天反駁,表示有關演習屬例行防禦性演習。

這次演習中,美軍B-1B戰略轟炸機、EA-18G「咆哮者」電子戰機、F-15C戰機等軍機及一萬二千名官兵會聯合南韓軍隊,模擬在北韓領空上對導彈發射車及遠程火炮等目標進行精確制導打擊,以及就防禦北韓空軍滲透等情況進行演練。十二架隸屬駐日美軍的F-35B隱形戰機亦會從日

本岩國基地前往參與演習，並在朝鮮半島上空盤旋。

面對緊張的朝鮮半島局勢，中國外長王毅昨天與蒙古外長朝格特巴特爾（Damdin Tsogtbaatar）會面後表示，對各國在過去兩個月相對平靜期間沒有把握機會化解危機而感到難過，重申反對任何令局勢緊張的行為。

美國資深參議員格拉漢（Lindsey Graham）週日稱，把美軍的軍眷送往南韓為「瘋狂」舉動，敦促國防部撤離仍在南韓的美軍家眷。

烏鎮峰會制高點？
根基迴異衝撞來！

一、

　　第四屆「世界互聯網大會‧烏鎮峰會」，已於前天正式開幕，《央視網》指稱此為「中共十九大閉幕後，中國主辦的一場重要國際會議」，可見中國對此在「千年水鄉、智慧烏鎮」舉行的大會的重視。習近平主席致大會的賀信，重申中國「希望與國際社會一道，尊重網絡主權，發揚夥伴精神，大家的事由大家商量着辦，做到發展共同推進、安全共同維護、治理共同參與、成果共同分享」。政治局常委、「習主席的大腦」王滬寧在開幕式致詞，傳遞了類似意念。說詞非常動聽，然而，外媒的看法有點「偏頗」，比如《紐約時報》説「中國頂級理論家鼓吹更嚴密地控制網絡……」值得內地有關人士注意的，還有前三屆大會負責人、「國家互聯網信息辦公室」主任、被外媒稱為「大搖大擺、趾高氣揚、花言巧語、油嘴滑舌」（swaggering and oleaginous）的魯煒，已因涉貪落馬，北京的「涉外」官員，應該有點

「再教育」的談吐儀表，才見外賓，不要淪為外人眼中不知所謂的小丑！

除了內地網絡巨頭雲集「擺東半球最強飯局」之外，「蘋果」、「谷歌」的行政總裁亦首次與會，據彭博的報道，他們的觀感為大會的目的在促進控制互聯網的「戰略」；而「蘋果」的庫克對《華盛頓郵報》說，習主席認為發展網絡旨在「構建網絡空間命運共同體」、「為經濟社會發展注入了強勁動力」，並讓大家分享隨之而來的經濟利益，與「蘋果」的理念毫無二致；不過，庫克同時看到中國於鼓吹「網絡公開」的同時，對網絡的監控變本加厲⋯⋯

內地互聯網的飛速發展，世人皆見，其帶來的經濟效益，亦無人不知（港人起碼知道內地多位「首富」均憑互聯網起家）。然而，與此發展平行的是，政府對互聯網的監控日嚴，這是有目共睹的事實，因此，北京今後在提及內地的網絡成就時，最好別加進甚麼「開放自由」這類說者與聽者都不相信的詞言，以免令外人反感（「內人」當然不敢說）而帶來反效果！

二、

中國有意爭取佔據科技和貿易的世界「制高點」（commanding heights），其壯志宏圖，其充份自信，令人相信目標不難達致；不過「巧逢」看來癲癲廢廢實際工於謀略的特朗普厲行「美國優先」策略，兩強爭

冠，必有一番較量。中美哪一國先抵頂峰，北望神州
的人說中國、崇洋的人說美國；筆者則一派「中立」
（完全明白「中立」是評論者的大忌）。所以如此不偏
不倚不爭氣，皆因客觀地看，迄今為止，在人工智能的
創新發明與運用上，美國仍穩執世界牛耳，然而，美國
內政多變，定期選舉令執政者不能久安於位，等於其推
動政策，不易一以貫之（奧巴馬政府的多項政策被特朗
普修改甚至推翻，便是顯例）；當然，美國市場私企主
導，而且創下輝煌的成果，但當競爭對手是國家而且是
一個迅速崛起、無比自信的銳氣大國，而且此大國又無
內政不穩定的情況，其多方發展更快，不在話下。眾所
周知，中國在新科技應用上已大有所成，而在領導人的
「鼓勵」下再上層樓甚至攀上科研高層，把美國比下
去，未必是天方夜譚！這種發展趨勢，令筆者連科技的
門檻也乏認識，所以沒有邃下判斷的條件。

　　目前科學界熱議的話題之一，是中國在基因研究
及「藥物個人化」（Personalized Medicine）開發上，
會否取得比這方面的先行者美國更大的成就？許多人都
保持「中立」，不置評──人人知道美國科學家在這兩
方面均大有所成（「藥物個人化」其實已開始商業化，
付得起錢的人可訂購為他獨有基因配製的藥物），但中
國政府插手，且全力以赴，投入私企力有未逮的經濟資
源，其成就便可能急起直追以至超前。

　　在研發「精確藥物」（Precision Medicine）即「藥

物私人化」上，中國已定下十五年計劃，投入研究經費近十億美元；反觀美國，奧巴馬政府在啟動此項目研究的撥款只有二億一千五百萬元——特朗普政府有太多更緊急的事要處理，無暇理會此事，長此下去，資源充沛的中國有亮麗成績，不難預期。事實上，深圳華大基因科技有限公司（深交所上市；原名北京華大基因研究中心〔Beijing Genomics Institute, BGI〕）在這方面已有驕人成績，其研發的「轉錄組研究技術」（RNA-Seq），一種從整體水平研究基因功能，以及基因結構、揭示特定生物學過程，及疾病發生過程的分子機理的技術，簡單來說BGI在「斷症」上已有突破，其產品遠較歐美同類效能的廉宜……和筆者對RNA-Seq十分陌生的讀者，相信不乏其人（筆者看了一份介紹生產「藥物私人化」企業的投資通訊才知有此事），但世界尤其對此技術已趨於成熟的歐美學者，莫不羨慕BGI的成就。

中國在新科技研發上的大躍進，以內地的政治制度，無疑是中共領導之功，這大大強化了領導人的「制度自信」；在這種情形下，中國在以民主政制為主導的自由世界市場上遭遇更多的阻障，是必然的——如果所謂自由世界在科技上商業上表現遜於一黨專政（不民主）的國家，「人民的眼睛是雪亮的」，久而久之，西方國家人民通過投票箱支持類共黨的政黨上台，自由民主世界豈非走上窮途，這種趨勢絕非當前西方主流社會所願見；不但如此，私人企業在自由市場上的對手是為

達政治目的可以不計回報的國企，又如何作「公平競爭」。中國企業進入世界市場，具有無比優勢，難怪特朗普要疏棄自由貿易走保護主義雙邊貿易的回頭路⋯⋯

　　中國全方位崛興，東西方的衝突——經貿，以至政治——只會日趨頻仍！

2017年12月6日

---

*　2018年2月14日中紀委網站發公告，指魯煒嚴重違反政治紀律和政治規矩，「陽奉陰違、欺騙中央，目無規矩、肆意妄為，妄議中央，干擾中央巡視，野心膨脹，公器私用，不擇手段為個人造勢，品行惡劣、匿名誣告他人，拉幫結派、搞『小圈子』；嚴重違反中央八項規定精神和群眾紀律，頻繁出入私人會所，大搞特權，作風粗暴、專橫跋扈；違反組織紀律，組織談話函詢時不如實說明問題；違反廉潔紀律，以權謀私，收錢斂財；違反工作紀律，對中央關於網信工作的戰略部署搞選擇性執行；以權謀色、毫無廉恥。利用職務上的便利為他人謀取利益並收受巨額財物涉嫌受賄犯罪。」

公告又批評魯煒身為黨高級幹部，「理想信念缺失，毫無黨性原則，對黨中央極端不忠誠，『四個意識』個個皆無，『六大紀律』項項違反，是典型的『兩面人』」，在十八大會議後亦不收斂、不知止。公告最後指魯煒「政治問題與經濟問題相互交織的典型，性質十分惡劣、情節特別嚴重」，依規定開除其黨籍及公職、把其違紀所得收繳，並把他移送到有關的國家機關依法處理。

•　作者2018年2月15日補記